爸爸是只"狗"

王小列 著
李尚龙 监制

北京时代华文书局

我声嘶力竭地冲她喊道：『我不要，他只要还有一口气，我就还有爸爸。』

我给它喝水，它小心翼翼得好像是我在水里下了毒，我索性给它倒了杯红茶，就是我爸爱喝的那种，结果它三下五除二就喝完了。

加完油之后，发动机不知道为什么，

怎么拉也拉不着，

在开船人不断尝试的时候，

快艇一刻不停地顺着水流向下游快速地漂去，

而且越漂越快。

这一天应该说是我最伤心的一天，经过一系列检查，确诊可乐患的是一种先天性软组织瘤，是一种罕见的动物疾病……

天啊！只见在远处人群的后面，可乐不知道什么时候出现在了那里，它端坐在地上，正意味深长地看着我完成我人生中最重要的一段旅程。

“医生说了，这病已经没有救治的必要了，还说……”我妈一下子打断我的话，有些生气地说：“这叫什么话，什么叫没有救治的必要，他们救治了吗？他们尝试救治了吗？”

当医生把针头插进可乐的静脉时，

我发现怀军已经泪流满面了，

他哭得像个孩子。

我安慰地抚摸着他的肩膀，

同时递给他一张纸巾，

怀军马上克制地擦去眼泪。

我知道他实在不能忍受这个场面，

示意他可以先出去缓一下……

我感到身后有人在快速接近，我稍稍集中了一下注意力，并控制了线路，以免影响到超越我的人。后面的人很快就滑到了我的身旁，但是我发现他并不打算超越我，而是跟随着我落后我半个身位，我的眼泪立刻夺眶而出，因为我的潜意识告诉我，这个人就是我爸爸。

序一

王小列

写一个“90”后的女孩以及她的家庭是件很难的事情，尤其还要写到她和她的闺蜜在面对初恋和失恋的时候，她们各自内心的感受以及她们互相在对方心理上产生的微妙的影响，对我来说更是件难事。

写小说对我来说是第一次，一开始我甚至怀疑我是不是能够把这件事情进行到底，大概八成的可能是要半途而废的，所以在开始写作的阶段，我都没有向任何人说起过这件事。当我写不动的时候，我就让音乐来帮助我找到人物的感觉，我在整个小说的写作过程中只听宫崎骏、久石让和莎拉布莱曼这三个人的音乐，他们的音乐让我很容易找到故事的方向、人物命运的跌宕起伏。这三个人的音乐，我还是最喜欢莎拉布莱曼的音乐，因为她的音乐代表了我在一个时期的记忆，一听到她的音乐，我就会很自然地回想起那个特定的时期，回想起与那个时期相关的人物以及发生的事情。音乐会把你所经历的一切自然地一一浮现在你的眼前，与其说你是在听音乐，不如说你是在回首往事，咀嚼你曾经的岁月。所以，如果有谁恰好在看小说，不妨试着打开他们三人中任何一个人的音乐，你会发现故事的节奏和韵律一定与他（她）的音乐特别合拍。

其实，我也算是有一点运气，我竟然在写作上找到了嫁接的办法，并且很快就尝到了这种办法的甜头。写作时，把我的个人经历或者感受嫁接到故事中的人物身上，让她们再经历一次我曾经的经历，如果有熟悉我的朋友在看这部小说，肯定会发现有些场景也是你经历过的，甚至有一些事件至今仍然在你的记忆中铭刻。

对于写作，我是不具备任何写作技巧的，书中的情节以及人物的某些经历都来自于我的朋友以及我自己。当然，来自我自身的经历和感受是需要经过处理和过滤的，因为我的年龄与故事中的人物不吻合。幸运的是，我有至少五位以上的“90”后朋友为我提供了她们对生活的观点、态度以及经历，让我能够很快抓住她们对这个世界的态度，她们对感情的态度以及她们对人生的态度，所以，我故事中的人物就是她们生活的折射。

通过写小说，我开始学会观察自己所处的环境，观察自己生存的这个生态圈，最终学会观察到自己。

我的每一次进步其实就是认识和接近这个世界真相的过程，我在不同阶段能够不断成熟其实就是我不断学会放弃的过程。

这个故事前后差不多酝酿了五六年的时间，在这个漫长的过程中，我获得了很多朋友无私的帮助。首先我要感谢的是我的朋友宋方金先生，他以他的智慧使我对这个故事的认识不断地深入，从一个比较简单的人与宠物的感情故事发展成为一个关于人生的故事；然后我还要感谢那些给我提供了很多生活细节的朋友，她们提供的生活细节让这个故事的内容变得丰富而真实，她们是：郭碧婷、卢靖姗、钟一诺、薄冰、梁晓和昕芸。

还要感谢那些在写作上给予我直接帮助的朋友，他们给我这个新人准确地引导，以免我误入歧途，他们是丁涵，叶小刀、刘培朋、刘倩彤、朱睿、黄健、金玲、于莉、樊馨蔓、赵璇，还有“00”后的罗娜多。正是因为有了他们的指引，我才有了今天这个关于狗和女孩，女孩和父亲，女孩和母亲以及女孩和闺蜜的故事，并且有那么多有趣和感人的细节。

最后，我要感谢李尚龙先生，我能够下决心开始写这部小说，就是源于尚龙的一句鼓励我的话，他说：“你为什么不自己把你心中的故事写出来呢？”就因为这句话，我当天就“怀孕”了，不过我还要安慰自己要淡定，要客观地看待自己的能力，哈哈，因为那个时候我已经不淡定了，已经开始以为自己完全可以了……

但是，很快我又变得很不自信，我觉得我是不太可能写这么多字的，因为我的脑子里根本就没有装这么多字！我最大的恐惧就是没写两天我就会把知道的全写完。幸运的是我很快找到了有效的办法，我终于在一个星期后第一次体会到了写作的乐趣。

谢天谢地，今天我确实完成了我的第一部小说，不到最后时刻，我仍然觉得这似乎过于顺利，不太真实。但是，我希望读者在看完这部小说的时候，能够被故事里的情感所打动，就像我被故事打动一样，让我用小说的最后的一段描写来结束这个“序”吧。

……我忽然惊讶地发现，在那一组连拍的照片中，大约在中间部分，也就是第十一张到十五张之间，可乐的骨灰正好在空中开始向下坠落，在阳光下，竟然神奇地构成了一个爸爸生前的图像，爸爸正面向着我高高地跃起，脚下穿着雪板像是刚刚飞腾起来停在空中，他一只手扬起保持着平衡，另一只手习惯性地垂下摸着雪板，他扬起的脸上笑容都十分清晰……

我们两个惊呆了，怀军也是第一次发现照片里居然还有这番景象，我们仔细地看着这几张照片，我和怀军都觉得爸爸是在用自己的方式告诉我们，他现在非常满意，非常开心。我知道，这是爸爸留给我的最后的信息了，爸爸在这个信息里巧妙地传递出他对我的爱，原来爸爸已经可以很艺术地表达他对我的爱了。

序二

李尚龙

第一次听到王小列导演讲这个故事是在一个夜晚，那是一个关于爸爸和狗的故事，简单却深刻。

我听得热泪盈眶，猛地喝了好几杯烈酒，回到家，恰好看到一位父亲，一只手推着自己的宝宝，另一只手牵着一只狗。

我愣在原地好久，那爸爸的背影就像列导描述的那样，忽然间，感觉那个故事就发生在身旁。

其实，好的故事不都是如此吗。

在接下来很长时间我都尝试着向不同的朋友讲述这个故事，但总觉得自己没有办法讲得清楚，说得明白。这是一个关于亲情的故事，也是一个关于爱的传说。每次讲到细节，总觉得差强人意。

那段时间我和列导正在合作《刺》，于是在剧组里，我没事儿就跑到他的房间里跟他聊聊天。时常喝着喝着，就又嚷嚷着请列导再讲一遍这个故事，有趣的是，每次列导都能讲出一些不一样的细节。

果然，好的故事，三天三夜也说不完。

于是在一天晚上，我鼓励列导，说："如果可以，列导，您为什么不自己把您心中的故事写出来呢？"

列导有些震惊，说他当导演这么多年来，从来没有尝试过文字创作，术业有专攻。

在我一通忽悠下，列导决定试试，不知道过了多少个日夜，他忽然给我发了条信息："尚龙，你交给我的任务完成了。"

我是在一个早上坐在电脑边读完最后一个字的，作为第一个读者，我挺后悔自己读得太快，因为好的故事应该读慢一些，就像好的时光，应该细细品味，就像好的人，应该慢慢陪伴。

希望你和我一样，喜欢这个故事。

.01.

我妈和我爸是前世修来的缘，这辈子注定就该在一起互相折磨，他们谁也离不开谁，但是谁也见不得谁，而我就是在这样的环境下来到了这个世界。我记得我妈的口头禅就是："本来不该和你说这些的，但是你已经长大了。"

这句话从我依稀有记忆开始，一直听到我上小学三年级，当我懂事的时候，我才理解我妈为什么这样和我唠叨。因为她太苦了，她的内心世界就像是一个不大的碗，东西满了，只能让她倒出来，而在她的世界里，她没有人可以倾诉，只能倒给我。

我爸和他的家庭最后的决裂也是因我而起。

在刚有了我的时候，我爸在电缆厂上班，他每天都很忙，根本顾不上家，妈妈要坐月子，妈妈的娘家也不能提供任何帮助，所以爸爸就向他的妈妈求助。现在看，他也只能向他的妈妈，我的奶奶求助，希望她能来我家帮忙照顾一段时间，好让我们度过最艰难的阶段。当时以我家的经济条件还请不起保姆，所以，唯一的希望就寄托在奶奶身上。

我的爷爷和奶奶是老北京人。说到老北京人，我爸妈总会有一种皇城根儿的荣耀感，其实在我看来，像我爷爷奶奶这样的老北京人，不过是最早生活在皇城根儿的小市民而已。他们的爸爸妈妈或者爷爷奶奶也许是逃荒逃到这里的，他们没有受过什么教育，一生没有文化，更沾不上皇城根儿的哪怕是一点儿的贵气，所以才会分别有了我爸和我妈他们这两个满是一地鸡毛的家。

先说我爸爸的家。我爸爸在家排行老二，虽然爸爸上面还有一个哥哥，但是干家务、做饭、背着妹妹遛弯、买菜，等等，都是他每天必须干的工作，甚至因为家里经济紧张，我爸也只读完了初中，高中就不让读了。但是妹妹，也就是我的姑姑，居然可以读完高中，这是对我爸内心的一次打击。姑姑在家里的受宠程度是旁人想象不到的。爷爷嗜酒成性，每次喝完酒除了打奶奶，就是打爸爸，似乎这是两个固定的打击目标，不过有时候，是爷爷和奶奶一起打爸爸。从家里的资源分配就能看出我爸在他的原生家庭中有多么不受待见，任何好吃的都会先尽着大儿子吃，尽着小女儿吃。无论是关爱还是物质，在我爸这里从来都是匮乏的。他似乎天生就不该出生一样，虽然我爸出生的时代是个物质匮乏的时代，但是只要正常一点儿的家庭，也不会那样对待子女！我爸虽然是老二，但他也是儿子啊，在那个时代，儿子在很大程度上就决定了一个家庭的未来，虽然我作为一个女孩儿，这么说有些酸。

我爸在家里的地位之所以这么低，原因是我奶奶在生我爸之前生过一个女儿，但是不知道什么原因孩子在襁褓中就夭折了，所以，奶奶是带着一种极大的补偿心理对待我这个后来降生的姑姑……

爸爸兄妹几个成年以后互相都不联系，他的哥哥好像是在哪个工厂的工会工作，和我们家从未有过交集，所以对我来说，我对他还不如对邻居熟悉。

现在，你们应该已经知道在我出生的时候，我爸向他妈也就是我奶奶求助会得到什么样的结果了吧。是的！我奶奶根本不听我爸说的，任凭你说破天儿去，她就咬住一个理由：你的父亲身体不行需要照顾，离不开人。结果就是：不来！

如果事情发展到这里就停止的话，也许还没有突破亲情的底线，也许我爸日后会自己慢慢消化。作为儿子的我爸，不管我妈那时候怎么想，他还是可以理解他的妈妈的，毕竟她年纪大了，不想吃苦，受不了累，等等。最终摧毁我爸那颗原本就已经破碎的心的事情还是无情地发生了。就在我奶奶拒绝我爸求助的一个月以后，我的姑姑生了一个女儿，也就是我的表妹。令所有人大跌眼镜的是，我奶奶不用请就主动跑到我姑姑家去帮忙了，对我爸而言，似乎就在昨天，他才刚刚向我奶奶求助被拒，可想而知我爸当时的心情是怎样的！奶奶不但去了姑姑家，索性连家也搬到了我姑姑家的楼下。我奶奶的这一手，狠狠地摧毁了我爸，从某种程度上来说，奶奶的这种做法对我爸的伤害远远超出对我妈的伤害。这种伤害是无法修复的，我奶奶等于在精神上，亲手杀死了自己的儿子。

很长一段时间，我妈甚至怀疑我爸到底是不是我奶奶亲生的。这个问题也曾经萦绕在我的脑海中很长时间。当然，事实是我爸确实是我奶奶亲生的，可是正因为是亲生的，发生这样一幕才让人无法接受，无从解释，才让我爸从此切断了他和原生家庭的一切联系，包括我的爷爷去世、奶奶去世，我爸都没有回去过。俗话说：哀莫大于心死，这句话用在我爸的身上再恰当不过了。

记得我在幼年时经常得不到爸爸的关爱，每当我对爸爸失望的时候，我都会不自觉地在心里对我爸这种曾经的悲苦境遇产生出一种幸灾乐祸的心情，甚至对我爸有一种瞧不起的感觉。我知道这种感觉源自于我爸在他的原生家庭里所处的地位，这种悲苦的地位也连累了我和妈妈，让我们跟着他一样不受待见，那段日子对我们家而言，是十分艰难的。

不要以为这就是我们家全部的苦难，和我爸爸的原生家庭相比，我妈妈的原生家庭更是一地鸡毛。

.02.

我妈叫潘雁秋，在家排行老四，上有一个大哥，两个姐姐，下有一个弟弟。

这也是一个非常不平等的家庭。妈妈的爸爸，也就是我的外公，很早就因车祸去世了，外婆艰难地带着五个孩子过生活。外婆生完老大之后，还想接着再要一个儿子，但是不凑巧，一连生了三个女儿，我妈潘雁秋就是她最小的一个女儿。外婆不甘心，似乎要和命运抗争到底，最后硬是又生了个儿子，所以，这三个女儿简直就像是外婆的累赘。家里所有的生活资源都供给了两个儿子，三个女儿完全被轻视，被忽视，哥哥和弟弟怎样都行，中间这三个姐妹怎样都不行。似乎外婆尤其不能容忍三个女儿的错误，无论谁，哪怕就犯一点点错误，都会招来严厉的惩罚，这样的状况在外公去世以后变得变本加厉。这样看来，我们这一代是幸福的，因为我们这一代只有一个孩子。

但是，老天有眼，它给了家里最小的女儿也就是我妈妈超强的学习能力。我妈从小学就一直是班级第一，到了初中是全年级第一，最后我妈不甘心在那个普通的学校继续上学，她决定考到市重点中学去学习，结果如愿以偿。这让她的妈妈，也就是我的外婆非常意外。外婆把所有的希望都寄托在了两个儿子身上，但是她的两个儿子似乎就没有学习的细胞，成绩一塌糊涂。即便是这样，外婆也根本不觉得我妈学业能好到哪去，但事实证明，妈妈的成绩是最好的，也是稳定的，她永远都是她那个班级的第一名，后来是全校的第一名。按说外婆应该为有这样的女儿感到骄傲才对，但让人意想不到的是，外婆不但没有为她的女儿感到骄傲，甚至还在她的两个儿子面前说尽妈妈的坏话，不断挑拨离间，生生切断了兄妹之间原本该有的亲情，在他们幼小的心灵里埋下了互相仇恨的种子。这样的事情简直不敢细想，细思极恐。对我妈而言，这是多么可怕的母亲啊！

“知道吗？我五岁的时候就已经学会平事和扛事了。”我妈没事就跟我说她小时候的事情。

“妈，你五岁的时候能够抗什么事？平什么事？”

“有一年，就是在你外公出车祸的前一年，他和你外婆吵了架，一个上午都想不通，中午外婆叫他吃饭，他也不吃，全家人都没理他。可是，正当你外婆吃完饭让我去洗碗的时候，你外公抱着一个煤气罐，他把阀门拧开，很远就能听见‘丝丝’向外喷气的声音，他一手拿着打火机，一边喊着，没法儿过了，我干脆和你们同归于尽。”

尽管我不止一次听到过这个故事，但是每每听到我还是会被这样的举动震惊，说到这里妈妈苦笑了一下接着说：

“全家人吓得半死，全都跑到了门外，只有我一个人走到你外公面前，叫他不要点打火机，我说如果没有被炸死，烧死是很疼的。我当时也很害怕，但是全家上下没有一个人愿意上前劝阻，只有我来劝。后来你的外公就放下了打火机，他把我抱在怀里，我现在回想起来，觉得他那时应该也不想死吧。原本我还没有哭，可是他一抱我，我倒是被他吓哭了，我哭着对他说我不想死。”

“后来呢？”

“后来大家才陆续回到房间里，你外婆当着孩子们的面打了你外公两个耳光，你外公也被打哭了。”

“你那时候那么小，有什么事情需要你扛呢？”

“在家里每天给哥哥弟弟烧火做饭，这样的事就落在了我身上。”

“那为什么不是你的两个姐姐呢？”

“她们好像天生就不会干活，我好像就是天生来这个家里做丫鬟的。”

听我妈这样说，我的心里还是不由自主地痛了一下，心疼我妈小时候竟是如此劳累。

“一次，你外婆抱着我要当着你外公的面跳楼，那时候我大概只有五六岁。”

“那外公没拉着你们吗？”

“可悲就可悲在这里，你外公不仅不拉，还指着你外婆的鼻子骂道：‘你不跳就不是人！’说着把我从你外婆的怀里扯下来放在地上，就手还帮着打开一扇窗户。当时我害怕极了，不停地哭着拉着你外婆的衣服对她说：‘妈，不要跳，不要听他的，我保证以后会好好照顾哥哥和弟弟，我听妈妈的话，不让你替我操一点儿心。’”

妈妈说到这里，眼泪忍不住流了下来，我递给妈妈一块手绢，这是妈妈在我生日的时候给我买的。妈妈没有接，她用手把眼泪抹去，看着我淡淡地说：“本来不该和你说这些的，但是你现在已经长大了，你也该了解一下。”

“还有一次，你外公拿着一把西瓜刀，你外婆拿着一把菜刀，两个人都要劈死对方，只有我站在他们中间，那时候我大概有一米一左右高，我也发疯一样大声喊着：‘你们要劈就先劈死我吧，我也不想活了。’神奇的是，我的歇斯底里奏效了，他们最后都放下了手里的刀。”

“天哪！不能想象你的童年是怎么度过的。”

“你外公后来因为车祸去世了，当时我们全家人甚至可以说是松了一口气。要知道你外公在的时候，全家人都生活在一种高度紧张的精神压力下，时间长了，每一个人都处在崩溃的边缘。

你外公去世的时候，家里的人并没有多么难过。相反，在他去世后没多久，大家很快就适应了没有他在的生活。”

我好奇地问我妈：“那家里面谁对你最好？”

我妈摇了摇头：“没有一个人。”

“那你每天怎么面对他们呢？”

“考学，幸好还有考试制度。你要知道，当你走投无路的时候，只要你肯学习，希望改变，那么考试就是你改变人生的唯一途径。我就是凭着我有超强的学习能力，从小学到初中，再到高中，我一路拼命学习，终于我考上了北京师范大学。从此我跳脱出了那个捆绑了我十八年的生活环境，摆脱了我的哥哥和弟弟，还有两个姐姐，我终于可以不再给他们做饭，我可以靠自己的能力独自一个人迎接新的生活了。”

“那他们会给你学费吗？”

“这个你外婆还是要给的，毕竟在当时，我是那个家里唯一的骄傲。我拿到录取通知书的时候，街坊邻居都来了，在我们那一带还真是不容易呢，你外婆还是很有面子的……”

我不止一次听我妈给我讲她的家庭和她的变化，可以说我是听着我妈的唠叨长大的。但是我很同情我妈，如果她的兄弟姐妹中哪怕有一个人能够成为她的知音，哪怕有一个人愿意听她倾诉，或者她的爸妈哪怕有一个人能给她一点点温暖，她的内心世界也不会孤独成现在这个样子。她的内心世界就像一个不大的碗，盛不下多少东西，东西满了自然就会向外溢，而我就是她的倾听者，她盛不下的东西全都会一股脑儿地倒给我。每次我听完以后都不由自主地想到动物世界，想到丛林法则，妈妈生活的这个家简直没有亲情可言。但我还是由衷地为妈妈高兴，在那样的家庭环境中，妈妈能活成今天这样实在是太不容易了。

就这样，我爸和我妈这两个冤家在朋友的介绍下终于碰面了，他们就好像是在这个世界中专门为了对方而等待着，等待着有朝一日碰面的那一刻。我不能想象这两个苦命的男女，在他们彼此看见对方第一眼的时候是怎样的心情。他们会像一般的恋人那样产生触电的那种感觉吗？遗憾的是，在我成年以后，我才证实他们从初次见面一直到结婚生子，从来就没有产生过触电的感觉，因为他们压根就不知道什么叫触电。

.03.

我爸和我妈第一次见面的时候，我妈刚刚从师范毕业一年，分配到北京市一中当数学老师。

我爸比我妈大四岁，两个人约在北海公园见面，他们用了一个下午，在湖上划船的时候就私订终身了。从面儿上看是因为双方都没有父母的牵绊，自己很容易就给自己做主了，实际上，从今天的眼光来看，这完全是双方都极度渴望被爱，尤其渴望被异性关爱，或者说纯粹是荷尔蒙在起作用。他们在认识的第五个周一就去领了结婚证，当我成年以后我就注意到为什么是第五个周一，不用问我就能肯定地说是我妈发现怀上我了，这就是他们马上去领证的直接原因。

在我妈怀我和生我的这段时间里，我妈对婚姻的期望值呈断崖式的直线跌落，原因就是我爸这个人根本就不会爱别人，或者说他根本不知道怎么去爱。

当时我爸每个月的工资九十八元，加上奖金能领到两百多元，这在当时已经算是高工资了，但是能交到我妈手里用于家庭开支的却很少。因为我爸喜欢滑雪，同时他希望买一辆喜欢的汽车，他要把钱存起来买车。我妈因为工龄短，每个月工资只有八十六元，所以在没有请保姆的情况下，只能自己带孩子操持家务，这让她吃尽了苦。她原本希望嫁给一个能关心自己的丈夫，从而改变她一直以来的孤独生活。因为对自己原生家庭的极度失望，她把所有的希望都寄托在了她和爸爸的婚姻上，以至于赌上自己的一切也在所不惜。但是她错了，她原本以为可以两个人抱团取暖，而现实中却是两个冰人抱在一起更加冰冷，彼此都感觉不到丝毫的温暖。但是因为有了我，生活还得继续，他们在我即将上小学的时候才给我起了个名字叫李妍。

在我们这个三口之家，因为爸妈都不懂得如何去爱对方，不懂得如何表达自己的感情，所以我生长的家庭环境非常冷漠。在这样的家庭环境中，我们都必须学会接受，学会适应，学会忍耐，而忍耐原本就是爸妈他们与生俱来的本事。这样的生活还算平稳，一晃就过了八九年。

记得在我三年级的时候，爸爸的单位突然效益不好了，大部分工人都下岗了。曾几何时，效益不错的电缆厂是那么令人向往，很多年轻人都想尽办法，以能到厂子里上班为荣。

记得那个时候，每月的 4 号是发工资的日子。我爸每月能拿到九十八元。但这不是最激动人心的时候，因为每个月的 15 号是发奖金的时候，那才是让每个人激动的日子。按照我爸的奖金系数计算，他每个月都能拿到一百零七点六元的奖金，比工资还多。所以，每个月大家都盼着 15 号快点到来，似乎工资就不算钱，奖金才是钱。

在 1998 年秋天，我爸工作的电缆厂一夜之间就完了，这种“完”的意思是工厂什么都没变，但是没有钱了，既没有奖金也没有工资了，厂里大部分工人都要另谋生路，他们一夜之间失去了依靠，电缆厂的辉煌时刻就这样过去了。后来我才理解当时为什么偏偏是我爸的电缆厂成了这个样子，实际上，大部分国有企业都面临这样的局面。在这个时刻，对我们家冲击最大的莫过于来自经济上的压力，顷刻之间，我们全家只能依靠妈妈在学校每个月的工资过日子。最重要的是，爸爸去年才教会我滑雪，这刚刚才对滑雪有了兴趣，眼看今年的滑雪季就要到了，可是，我却不能去滑了。

要说会滑，我还差得很远，在我刚上小学的时候，爸爸就常带我去雪场学滑雪。因为他很爱滑雪，所以他大部分的时间都花在了滑雪这项运动上。对妈妈，对家庭，他都没有那么大的精神头。

小时候，无论刮风下雨，送我去学校的是妈妈，接我的还是妈妈。在外人眼里，我妈就是个单亲妈妈。只有在滑雪上，我近水楼台占了先机。在我很小的时候就被我爸抓去训练滑雪了，先是单脚练习，然后是推坡，前推后推，再就是落叶飘，小S大S。也许是我的运动天赋随我爸，所以我学得很快。可是当我第一次跟爸爸站在雪道的山顶出发点向下看的时候，妈呀，差点吓尿了。雪道除了坡度几乎是直上直下的外，似乎还有点向外凸起，根本看不到山下。爸爸跟我说："别怕，我会跟着你一起向下滑，如果你实在不行就向后坐在雪坡上。"

现在我都不能想象我第一次滑雪时的那个熊样，就像坐滑滑板那样，是一路坐在雪道上出溜到山下的。不过很快，我就敢自己向下滑了。有一次，我先到出发点，穿好雪板，戴好头盔一下子就滑了下去，我爸上来一看人没了，被吓了半死，他怕我控制不好速度出事，所以拼命地在后面追赶。等他追上来的时候已经是在山脚下了，我已经脱下雪板准备再上缆车了。我觉得从那以后，我爸就不把我当小孩看了，他经常用大人的口吻和我说话，比如坐上缆车来到山顶，他总会以成年人的口气问我："怎么样，要不要先来杯咖啡？"每当这个时候，我都很自豪，很希望这时候恰好有个同学路过，见证这一幕。所以，我喜欢冬天，因为每逢冬天，我们都会去滑雪场滑雪。

这一段时光恐怕是我童年时代最温暖的时光了，相比之下，我的妈妈过得很辛苦。虽然爸爸那时的工资算是高的，但是他拿给妈妈的只是一小部分，因为他还要买滑雪装备，要时不时地邀请朋友吃饭，其余的他都存着。因为我听他跟朋友吹牛，说很快就要买个牧马人。当时我还不知道这是一款车的名字，只觉得似乎和草原有关。

一天夜里，妈妈让我先去睡了，我躺在床上听见爸妈两个人在小声说话，妈妈说："我听说和你一起的很多人都自谋职业了，有的做起了小买卖，生意还不错，都赚到钱了。"

"那又怎么样呢？"

"你还待在工会干什么？没什么钱，也没事可做。"

"但是总算是个一官半职。"

"不就是一个副科长嘛，又不能换钱用。"

"睡觉睡觉，以后我的事你别管。"

就这样，两个人不再出声了。

环境改变人，我爸就是最典型的一个。自从电缆厂没有效益后，我爸就没有了收入来源，我们家的生活也一下子陷入了窘境。一夜之间，我再不能去滑雪了，别说滑雪，就是平时想买个冰淇淋，我爸都舍不得。一时间，爸爸变成了一个吝啬的人，朋友们在一起聚会，他从来都不出钱，时间一长，被人称作“铁公鸡”，慢慢地朋友之间也就不来往了。我爸有个好朋友，也是电缆厂的同事，名字叫王彤，他们倒是常在一起，如果没有王彤叔叔，爸爸恐怕早就成孤家寡人了。

不管我妈怎么忙，也不管我学校里有什么事情，我爸就是不管不问。学校的家长会他从不参加，从我出生到上幼儿园，再到上小学，我爸什么事情也不管，唯一让我高兴的事就是以前还能带我去滑雪，但现在，也不能滑了。我妈常挂在嘴边的话就是：“两个孩子不好养啊！”我的班主任有很长时间都以为我只有一个单亲妈妈呢。

我每天都能看见我爸和王彤叔叔在下象棋，不是我爸去找王彤叔叔，就是王彤叔叔来找我爸，不过，王彤叔叔来的时候比较多，日子一天一天就这么过着，有时候，他们下棋能连续一个通宵。

有一年的夏天，两个人在院子里下棋，一直下到第二天早上。扫地的大爷看见两个人还在下棋，就和他们俩打招呼：“呦，这么早就出来摆上了。”我爸他们两个人谁也没顾上搭理扫地的大爷，或者说压根儿就没听见。后来扫地的大爷逢人就说我爸和王彤叔叔棋瘾太大，早上五点钟就起来下棋……他哪里知道，那根本就不是早上五点钟起床的事啊，他们是一夜没睡一直下到了天亮。

.04.

一转眼，我开始上初中了，我们的生活发生了翻天覆地的变化。对我们家来说，最重大的变化就是电缆厂被一家上市公司给收购了，改名为华北稀有金属电缆厂。从此，我爸以及留在厂里没有辞职下海的人就成了电缆厂的元老，被新来的大公司收编，作为电缆厂的代表成了小股东，不但开始恢复发工资，而且每年还可以分红，似乎又是一夜之间，一个馅饼真的从天上掉下来了。

一天，我爸突然接到厂里领导的通知，叫他赶快前往第二人民医院，说王彤叔叔不行了。

“大夫，王彤得的是什么病？”我爸第一时间在楼道里叫住医生问道。

“他的病情是突发性脑梗，目前还在昏迷中。”

“那还有希望吗？”

“希望不大。”

“大夫，求您了，他才四十五岁，比我还小，而且上有老下有小……”

“你是他什么人？”

“朋友。”

“对不起，我们已经尽力了。”他们说这几句话的工夫已经走过了一整条走廊，走廊里到处都是病人，就好像大家约好了在一个时间里生病一样。最后医生走出了楼道，留下我爸爸一个人。

王彤叔叔就这样在朋友和家人没有任何准备的情况下突然走了。对我爸来说，王彤叔叔的走对他的打击很大，我们参加王彤叔叔追悼会的那天，我第一次见到爸爸伤心成那个样子。在追悼会开始的时候，他还没有什么不正常的，依次和以前厂子里的熟人打招呼，和王彤叔叔的家人打招呼，在整个追悼会的过程中也都很正常。但在回家的路上，我爸突然止不住地流眼泪，用我们常说的一句话叫“后反劲儿”，意思就是反应慢 N 拍。我和妈妈互相看了一眼，因为第一次见到我爸这样强烈地悲伤，平时就连他小小的伤感我们都没见到过，所以我们根本不知道该怎么办。到后来我爸忍不住哭出了声，我妈还是不敢劝。他们结婚这么久，我妈就没有见过这样的场面。就好像王彤叔叔是他的亲爹亲娘一样，不对，就算是他的亲爹亲娘去世，也没见过他这么伤心！

直到晚上，我都睡了，爸爸还坐在他习惯坐的那把椅子上抽烟。妈妈小心地倒了杯他喜欢的红茶送过去，就在她放下茶杯准备转身时，爸爸突然拉住了妈妈的手，我妈回头看着我爸看她的眼神，那个眼神就像是一个极度需要关爱的孩子看着母亲的眼神一样。过了一会儿，我妈就在爸爸旁边的凳子上坐了下来。两个人谁都没有开口说话，这是他们结婚以来第一次坐得这么近。静静的，谁也不说话。我觉得他们是在进行很复杂的交流，这种交流是不能用语言表达出来的。后来，听我妈说，是爸爸先伸出手拉住了她的手，这是爸爸第一次这样向她表达情感，而且是以这样无声的方式。也许是因为他们之间太缺乏交流了，当我爸用五指相扣的方式抓住我妈的手的那一瞬间，她被震撼了。据我妈说，她眼泪当时就像是开了闸的水，一下子涌了出来……

自从王彤叔叔去世以后，我爸就像是换了一个人，经常一个人坐在椅子上发呆，每次都是我去叫他吃饭，他才会从他的世界中醒过来。

一个周末，我们一家三口围着桌子吃饭，爸爸突然放下筷子：“太可惜了。”

“什么太可惜了？”妈妈问。

“王彤啊，你说这电缆厂开始好转了，生活条件也都好起来了，他却没了。”

“不说这些，快吃饭吧。”

“你说人这一辈子一下子说没就没了啊！”

妈妈没有搭理这个话茬。

“真是人生无常啊！本来以为这才刚刚过了不到一半，好日子还长着呢，可是自打发生了王彤这个事，我忽然觉得人生真的很短暂，稍不留神，就到尽头了。”

“吃饭呢，说这么丧气的话，还让不让人吃了。”说着，妈妈放下碗筷去厨房了。看着我妈的背影，爸爸打住了这个话题。他看着我，顺着我的头发摸了摸，可能是因为很久没有关注我了，突然发现我已经长成大孩子了，有了少女的模样，更让他感觉到了岁月催人老吧。

他对我说：“妍妍，还想不想滑雪？”

这一问让我有一些意外，但是更多的是惊喜，我笑着对他点点头。

爸爸笑着说：“等天气凉了，我们再去崇礼滑雪，你都忘了怎么滑了吧？”

“没有忘，学会了就不会忘。”我急忙回答，生怕他又反悔了。

从那天起，我又一次开始期待冬天快点到来，期待能再一次和爸爸穿上雪具，站在雪道的最高处，从上面飞驰而下。随着我们家的生活开始变得越来越好，妈妈脸上久违的笑容也开始出现了。

有一次，爸爸出去办事很晚都没有回家，妈妈和我吃完晚饭收拾完桌子，她突然对我说：“你有没有觉得你爸变了？”

“变得开始知道顾家了！”

“他可能是觉得亏欠我太多了。”

“亏欠我的也很多。”我补充道。

妈妈笑了，她同意我的补充，之后又说：“不管怎么样，只要他能像现在这样保持下去，我这辈子就算是嫁对人了。”

现在想想，我妈对他们的婚姻要求的实在是不多，她仅仅希望丈夫能替她分担一些家务就足够了。或者说不用分担，只要能在她需要的时候呵护她一下，关照她一下，就足够了。

.05.

不管生活条件是否艰苦，我的学习成绩都是不用父母操心的。可能是遗传了我妈学习能力的基因，我很小就有独立规划自己时间的能力，自主学习能力也比较强。我甚至能够在学习中享受到快乐，用我妈的话来说：“一路走来全都是绿灯。”

我在小升初的关键时刻没费爸妈一点精力。因为我自己很清楚我要上什么样的中学，未来我要上什么样的大学。眼前，我的目标就是要考入市重点高中。能够进入重点高中，就意味着我未来能够轻松进入一流的大学。而我理想的高中就是妈妈任教的市一中，和小升初比，这次我还是很争气的，准确地说，是很有运气。

自从王彤叔叔去世以后，我爸就变了。这种改变对我和妈妈来说是巨大的，我们家不仅仅是在经济上有了好转，爸爸很快就买了他喜欢的牧马人，更重要的是，我们家开始变得温暖起来。我和妈妈都能感觉到爸爸最大的变化就是，知道珍惜眼前的生活，珍惜这个家了。

和我一同考上市一中的还有我的闺蜜孟藜，据说她的爸妈是找了关系的，她的成绩与录取线刚好差三分，校长也是考虑再三，最终才同意录取她。现在的人都很务实，因为升学率是衡量一个学校教学质量的硬指标，没有人敢轻视。要说唯一的遗憾，就是我们班的张怀军没有考上，说起张怀军，我和他还有一点小故事，也不算小，如果婚姻之事是小事的话。

.06.

七年级下半学期，我们班参加学校举办的文艺演出，因为竞争比较激烈，班主任计老师天天盯着排练。因为我们班的平均学习成绩是全年级第一，所以这次演出的第一，对计老师来说也是一定要拿下的。计老师是教化学的，并且是负责我们全校化学教研的主任。平时很难看到计老师的笑容，但是哪个学生能看到计老师的笑容，那一定说明这个学生在她心目中是个不错的。说实在的，我从心里觉得，计老师的笑容还是很迷人的，可惜常常只是昙花一现。

那天排练，我高兴得有点得意忘形，连蹦带跳地跑上排练场，结果脚下不知道被什么东西绊了一下，整个人就向前扑了出去。刚刚展开的一面很宽的条幅，被我扯开了一个很大的口子。最先笑出声的是坐在台下的以张怀军为首的几个男生，从他们放肆的笑声中可以听出来，我刚才那一笨拙的动作真的很可笑。张怀军甚至笑得直不起腰，我被他们笑得恨不得找个地缝钻进去。直到计老师突然出现在我们面前，他们的笑声才突然止住，就像是突然被切断了电源的喇叭。计老师走上前看了一下那面被我撕开的条幅，然后扫视了一圈在场的所有人。看到计老师极具杀伤力的眼神，再加上现场凝固的紧张气氛，我的大脑忽然变得一片空白。本能地把刚才几乎脱口而出的认错的话咽了回去。

“谁干的？”计老师声音不大，但是充满了失望，我觉得用“愤怒”二字更加准确，因为这个条幅是我们用班费订制的，我们每个同学都在上面绣上了自己的设计。有的是一朵花，有的是一片云，还有的是一只小鸟……反正这面条幅在我们全班人的手里整整折腾了一个通宵，现在被我弄成了这个样子，唉！

“我再问一遍，这是谁干的？”计老师第二次的质问让我有一些清醒，我想我必须承认这个错误。

“是我干的。”忽然，张怀军在台下向计老师举手承认是他弄坏的。全班人都转过头看着张怀军，只见他向前一步，来到计老师的面前诚恳地向计老师说：“是我弄的，我刚才不小心摔了一跤，结果一脚踩上去给撕烂了，我马上拿出去找专门的人给缝起来。”

当张怀军说完这么简单的表示悔意的话后，全班同学都知道接下来计老师会怎么样反应，所以我们在场的每一个人都做好了迎接火山爆发的心理准备。但令人意外的是，计老师并没有爆发，她语调平和地说：“马上拿出去把它缝好，不能耽误咱班的排练。”

说完转身走了，留下我们所有同学面面相觑。

时隔多年，当我和怀军躺在床上再一次谈到这件事时，我们仍然百思不得其解，我甚至怀疑当时计老师已经知道是我闯的祸。而且随着时间的推移，我越来越坚信计老师肯定知道是我干的。这件事给我的人生产生了非常重要的影响，首先是对怀军这个人，虽然他是一个不好好学习，爱抽烟，爱打架，大家唯恐避之不及的人，但是在我的心里，他是一个可以深交的人。再就是计老师，明明知道是我闯的祸，为什么借怀军给的坡，放我一马呢？这其中的道理我用我有限的人生不断地在消化，同时也在不断地从中受益。我觉得教育的意义有时候不是分数高低，不是奖状多少，而是在去除考分和奖状之后留下的东西。我慢慢意识到计老师是个了不起的教师，她的行为对我人生的影响是非常深远的。

一般中考后不到一个月，各学校就会陆续开始公布录取分数线，虽然只有不到一个月，但是我和爸妈似乎经历了半年之久，那简直就是在痛苦中煎熬。盼星星盼月亮终于盼到了公布录取分数线的这一天，但当我看到市一中的录取分数线后，我的心一下子凉了大半截，彻底傻眼了。市一中的录取线是五百四十二分，而我的分数是五百二十四分。我们全家都陷入到了绝望之中，我甚至焦虑到开始怀疑人生。忽然，我好像想起了什么，从沙发上一跃而起，再次查阅市一中的录取章程。突然我一下子尖叫一声，尖叫声把爸爸和妈妈吓了一跳，我大声说："我不是本区啊！"

妈妈还没明白："什么本区？"

"咱们这是在西城对吧？"

妈妈还没搞清楚状况，不解地问道："那又怎么了？"

我忍不住激动的心情几乎喊出来："你们是海淀啊！"我已经激动得脸红脖子粗："你们本区录取线是五百四十二，但是对西城区应该是五百二十一，而我是五百二十四。"

这下全家都明白了，短暂的安静后，全家人立刻陷入狂喜之中。我们拥抱在一起激动地连蹦带跳，大喊大叫。我们的兴奋甚至惊动了邻居过来敲门，问是不是发生了什么事情。

送走邻居后我轻轻地关上门，回头看见爸妈竟然还站在原地，就连站立的姿势都一点没变。这一幕让我忍不住大笑，接着爸妈也忍不住全都笑了起来。开始是憋着不敢出声，最后实在憋不住，再一次爆发出放肆的笑声。

说这一天是我人生的一个转折点，一点也不为过。被市一中录取，对我来说是最理想的结果。但更让我惊讶的是我爸在这件事情上的反应，他对我和妈妈说："我有一个决定。今天是咱们妍妍的大日子，我想我们三口之家的小日子也就还能持续三年了。"

"瞧你说的，什么三年？"妈妈埋怨地制止我爸。

"你让我说完，咱们妍妍读完高中，肯定就上大学了对不对？"

我和我妈肯定地点头同意，我在心里想，而且还应该是好大学呢。

"我的意思是说，女儿越来越大，和我们单独待在一起的时间就会越来越少，所以我决定趁着妍妍还没有长大，在今年放假的时候，我们三个人来个尼泊尔滑雪之旅，我们旅游加滑雪怎么样？"

我本能地扑上去抱着爸爸并在他脸上亲了一下，我的这一举动让爸妈愣了一下，连我自己都很意外我会做出这么亲密的举动。但是很快，他们都露出了开心的笑容，我相信我们三个人在这个时候都感受到了一种家庭的温暖。对爸妈来说，这是值得庆祝一下的。

我不但喜欢滑雪，也很喜欢尼泊尔这个国家。所以当爸爸宣布这个决定后，我就处在极度兴奋之中。在我的脑海中，尼泊尔那是一个神秘的国家，更别说那里还可以滑雪。说到滑雪，我曾经中断了一段时间，但是这两年我一直在抽空练习。还有一个让我喜欢滑雪的原因，就是我觉得单板滑雪特别帅，这一点我没告诉过任何人。所以，只要有时间，我都会去练习滑雪，我很享受在雪道上别人投来赞赏的眼光，尤其是帅哥。

临出发前两天，我上街买一些小东西时，在一家酒店门口看到孟藜爸爸和一个年轻女子在一起，他们站在酒店门口四处张望。

出发的前一天晚上，我和孟藜吃饭，我们各自都在玩着手机，我突然想起来昨天在大街上看到的事，我说："昨天我在街上看见你爸了。"

"嗯。"孟藜的注意力完全在手机上，根本没在意。

"你爸没有和你妈在一起。"

“一个人？”她一边看手机一边问。

“他和一个年轻女人在一起，你要给你妈把好关啊，当然，也可能是我多心了。”

“看清楚长什么样了吗？”这时候孟藜放下手机问道。

“看上去挺不正经的样子，但是，你爸挺正经的，两个人像是在找地方。”

“你是说从酒店出来的？”

“不是，是我刚好看见他们站在酒店门口。”孟藜听完又继续去看她的手机了，我说，“大概他们是在判断应该往哪里去。”

吃完了饭我们就各自回家了，谁也没有想到这竟然是孟藜家庭发生巨变的开始，而且情况远远超出我们的想象，只不过眼下就像是暴风雨的前夜，平静得有些令人不安。

尼泊尔是一个多民族多宗教的国家，主要信奉印度教，同时还有佛教、伊斯兰教等。因为没有发达的现代工业，所以少有环境污染，民风朴实。

我们到达尼泊尔的时间是 2006 年 7 月 5 日。因为我们出发前就在网上预订了一家民宿，所以在办完入关手续后，一出大厅就看见民宿老板拉姆举着牌子，牌子上用中文写着：“欢迎李劲松先生全家来尼泊尔度假”。拉姆很快就凭着照片认出了我们。她会中文，虽然有口音，但是我们都能听懂，这也是让我很意外的地方。

拉姆二十八岁，足有一米七八的个头，肩膀宽阔，面颊红润。可是她非常害羞，动不动就脸红，当我们问她为什么二十八岁还不结婚时，她先是笑一下，然后不好意思地说：“结了婚就不能喝酒了，丈夫不会让我出去玩，太没意思啦。”

记得来到尼泊尔的第二天，我们准备外出，因为约的车还没有到，所以我们就在楼下大堂里的沙发区等待。这时候拉姆正在打电话，虽然听不到对方在说什么，但是从拉姆接电话的反应大概就能判断出对方是在给她介绍男朋友，因为拉姆害羞得脸都红了。

“啊，我这个样子还能有人要吗，优点？优点嘛就是喝酒！”说完自己忍不住笑了起来，对方又在说着什么，因为拉姆在微笑地听着，接着拉姆又一次红着脸笑着说：

“啊呀，特长嘛？特长……还是喝酒嘛。”

说完竟旁若无人地大笑起来，那笑容是我在这个世界上看到的最具有感染力的笑容，我当时就被她的朴实和坦诚彻底征服了，这需要多么朴实和坦诚才能这样介绍自己！

.07.

拉姆的民宿十分具有当地特色，色彩鲜艳的门窗镶嵌在混合土打造的建筑上，整个建筑呈品字型围出了一个院子。院子里种了很多花草，最艳丽的就是格桑花。为了居住舒适，拉姆在原有基础上做了一些现代化的改造，比如引入了自来水，太阳能热水器，卫生间以及洗衣房。而且拉姆是这里唯一的工作人员，她每天负责为每个房间打开水，收拾卫生。

也许跟高原气候有关，这里无论太阳有多强烈，只要你站在阴影里，就会感到明显的凉意。更有意思的是，就连大街上卖的水果的温度，也像是刚从冰箱里拿出来的一样，而这仅仅是因为拉水果的车停在阴影里。

还有一个令人意外的发现，第一天我问拉姆能不能带我们到一个比较有特色的小镇去逛逛。拉姆问想去一个什么样的小镇？为这个问题我们沟通了很久，我形容来形容去，最后拉姆根据我的描述问我："是不是就像电影《天堂电影院》

里面的那种小镇？”

我当时就惊呆了，我想不到拉姆居然也看过这部电影。我惊讶之余冲她点点头，她用轻松的口气说：“明天我带你们去看一个地方，你肯定会喜欢。”

第二天，在她的带领下，我们驱车走了大约一个半小时，来到了一个古朴的小镇。一条弯曲的街道从小镇中心穿过，街道两边的房屋错落有致地排列着，一些商贩已经把水果、牛肉、皮毛、奶茶壶等摆在摊位最显眼的地方。来往的行人熙熙攘攘，偶尔有一辆不知道从哪儿来到哪儿去的长途车开驶进小镇，沿着浅浅的车辙慢慢悠悠向前晃着。汽车的喇叭声和着街道上的人声、金属声、小孩子的尖叫声，还有牛的叫声，简直就是一曲绝配混响，这是在现代化城市里不可能听到的自然的声音，好听极了。

那天，我们还有幸碰到了一群修缮房顶的工人，据拉姆说他们是专门修缮老式建筑的（用我们的话就叫古建队）。当地的房顶大都是平顶，经过打磨的房顶平滑干净，排水性能非常好，看上去有点像我们城里一些老建筑用的那种水磨石地面。他们每人手持一个一人高的木棍，木棍的下端固定着一块圆形的石头，大家列队按照一定的节拍一边唱，一边用手中的圆形石头夯实屋顶。令人惊讶的是，他们并不是一成不变地只按一个节奏干活，他们会不时地变换节奏，变换队形，有时候像是在表演踢踏舞，有时候又像是在表演黑人的说唱，他们就这样在歌声中干活。不，这哪里是在干活，这完全是一种行为艺术。我忽然觉得天地变大了，生命中居然可以看到这么美妙的景象！那天我们哪儿都没去，就在房顶上看着他们的表演，一直到太阳下山。要不是拉姆提醒我们该回去了，我们不知道要待多久呢！

虽然和电影《天堂电影院》中的那个小镇不一样，但是小镇的古朴和味道一点都不亚于电影中的场景，我由衷地佩服拉姆的审美。

夜里我请拉姆到我的房间聊天，我们聊了很久，那一夜我才知道，原来拉姆是个电影迷，我可以毫不夸张地说，她看过的电影比一般的电影专业人士都要多。这一晚，我们从好莱坞聊到意大利，从德国聊到法国再聊到丹麦，然后是日本和韩国，最后回到中国。聊完之后，拉姆在我的心目中已经远远不是一个房东的形象了。我以为我是没有高原反应的，但是那一夜我严重失眠了，半睡半醒间我做了一个梦。

梦里，我在一片茂密的丛林中缓缓降落，应该是从直升机上下来的，因为我隐约还能听到直升机特有的螺旋桨的声音。茂密的丛林里面铺满了厚厚的树叶，脚踩上去非常松软。

此刻快要日落了，金色的阳光透过层层的树林，把有限的光束尽可能地投射进来，处在阳光照射以外的大部分暗区呈现出紫罗兰的颜色，和金色的阳光形成强烈的对比。我踏着松软的树叶前行，来到一座建筑前，我马上就辨认出这座建筑就是北京沙滩的美术馆。不同的是，在我的梦里，美术馆并非钢筋混凝土结构，而是由木头和树叶建造而成。此刻美术馆里正在举办一个画展，画展的主题叫“秋”，我走进展厅，一个人都没有，只有一个年轻的女子和我，她大概是看馆的人吧。我走近一幅挂在墙上的画，我注意到从画框到作品都是用木头和树叶制作而成，在那幅画下方的地面上，还有一些真实的落叶，以呼应画中的主题。

我进门的时候，眼神无意中从那个年轻女子的脸上滑过，那个女子面容惊艳，让我忍不住转回头仔细去看，正好与她的目光相遇，我赶快低头回避。在走到下一幅作品前，我借着转身的机会又一次看向她，那个女子已经变成了一个风韵犹存的妇人了。之所以用“变成”来形容，是因为我确定自始至终只有她一个人。我感觉到她知道了我在看她，所以趁她还没有进行下一个动作的时候，我就把目光移到了别处。我很奇怪，对这样的变化我好像并不惊讶。我甚至好奇地再一次回头看她，而这一次我看到的是一位老妇人，但是她的风韵依然不减，魅力更是不输年轻时的样子。这个女子，应该说这个女人，除了年龄在她身上有不同的变化，她的漂亮、魅力、气质，一直没有变，一直保持着秒杀一切，谁看谁爱的样子……

在我有限的生命当中，这个梦在我的脑海中复习了无数遍，每一个细节我都熟记于心，我一直希望在某一个时刻，我能够突然大悟，原来这个梦是这个意思啊！可是直到现在，直到我趴在电脑前写下这一段的时候，我仍然不得其解，不知道它究竟是什么意思？象征什么？暗示什么？对应什么？

.08.

2006年7月7日，今天的计划是先去参观附近的一个寺庙，然后再去雪场滑雪，所以我们一大早就出发了。参观的寺庙是位于加德满都郊区的文殊菩萨庙，它建在斯瓦杨布山的山顶。据说当年从五台山来的文殊菩萨途经这里，看到了当地百姓的疾苦，于是挥起神剑，劈开一座大山，从而形成了一个巨大的峡谷。湖水沿峡谷倾泻而出，形成了一个富饶的谷地，百姓为了感谢文殊菩萨的恩德，修建了这座寺庙。

寺庙环境清幽，依山环抱。进到寺院的中心，有一种庄严、安详的气氛。爸爸在寺庙里为我们一家三口专门请了三个护身符，说是保佑家人平安的。护身符是一个用细彩绳串起的银色的金刚杵，造型精致，绳子的颜色也很艳丽，像是一道彩虹。我非常喜欢这个护身符，刚从爸爸手里接过来就迫不及待地挂在了脖子上，也就是从那时起，这个护身符就一直没有离开过我。

不知道为什么，在我潜意识里老是有一种强烈的感觉，这种感觉不断提醒我要珍惜这次尼泊尔之行，好像以后很难再有机会一家人一起出来旅游了。

生活中有些事往往就是这样，很多细节经常在不经意间被人忽略，但只要你事后回想一下，那些细节很可能就是你生命中的某种预言。如果你能事先注意到这些细节，就很可能避开危险，甚至可以挽救别人的生命。遗憾的是，大部分人都无法读懂这样的预言。

参观完寺庙，我们就去了雪场。今天的天气非常晴朗，我们在雪场的休息大厅里一边喝着咖啡，一边享受着日光浴。这儿的咖啡厅很有特色，一排落地大窗迎着雪场一字排开，阳光肆无忌惮地从落地窗外倾泻进来，让室内显得格外明亮。从窗户看出去，整个雪场尽收眼底，可以看到雪道从山顶直对着我们而来，一直延伸到窗户下。妈妈说："你们去吧，我就坐在这里看书。"

我喝完咖啡，吃了几口面包，和爸爸抱着雪板就要向门口走。此刻，妈妈忽然伸手示意，我和爸爸都以为她要说什么，但是她好像又想不起来要说什么了。于是便笑了笑说："没事了，你们走吧。"

爸爸临走前还不忘把我剩下的一点面包给吃掉了，我知道他不喜欢浪费。

不一会儿我们就坐上了上山的缆车。

站在山顶的出发点俯瞰，山下的城市一览无余，这时候，很多人都会拥有一种“会当凌绝顶，一览众山小”的悟性。就好像站在一定的高度，很多事情就变得容易看透，变得容易理解。

今天，雪道上的人不算太多，我戴好头盔，检查好雪板的锁扣，忽然我的右肩膀被人拍了一下，我本能地转回头，发现并没有人，原来是站在我左边的爸爸跟我开了个玩笑。这是他的习惯动作，从小到大，他总是这样没事就拍我一下。按说我应该早就意识到是他，但是人的本能总是下意识地向着拍打的方向看，这也让我爸多年来屡拍不爽。得逞后他得意地笑着，对我伸出右手大拇指，我也同样回应他，意思是都准备好了。

我爸向着山下歪了一下脑袋，意思是你走先！而我也早习惯了爸爸这样的流程，于是我深呼了一口气，把重心向前一倾就沿着雪道向山下滑去，我能听到身后爸爸的雪板与雪道摩擦的声音，听上去非常悦耳。

虽然我并不是很熟悉这里的雪道，但是刚才在上山的时候，我在缆车上已经仔细地观察过了。再说，我的技术虽然离专业选手还有些差距，但在业余选手当中，我应该算是有经验的。

我们一前一后，就像是汽车漂移赛中的跟随，爸爸可以同步我的动作到令人发指的程度。我们一边向下滑，一边感受着清新的空气拂面而过，两个雪板的摩擦声随着雪道的弯曲、身体重心的变化，交织在一起很有韵律。

忽然，不知什么缘故，感觉脚下轻轻震了一下，再仔细感受，一切又恢复了正常。这一点并没有引起我的注意，但谁能想到，几秒钟之后，我们就处在了生死边缘。

很快，我就觉得背后有一股强大的冷空气压迫而来，温度也跟着骤降，还夹杂着轰鸣声，我只感到后背瞬间凉透了，就像是没有了衣服的保护。我趁一个弯道回头瞥了一眼，只见爸爸迅速赶上与我并排，从他的头盔里传出他紧张的喊声："雪崩，全速向下冲！"

一切来得那么突然，根本容不得你有思考的时间，爸爸并不超越我，而是紧紧跟在我的后面。我知道，他轻而易举就可以超过我的。我本能地使出全身的本事向下猛冲，我想我从来没有滑得这么快过，我的下降时速应该已经超过了一百公里每小时。背后的温度越来越低，我知道雪崩就要赶上我们了。其实一般四公里长的雪道要是不考虑周围人全力向下冲的话，最多五分钟就应该冲到山下了。按照我们刚才开始加速的位置，应该是下降到了一半的位置，那么全速冲下去也就需要两分多钟。但是此刻，我觉得雪道变得异常的漫长。似乎过了很长时间都没有看到终点。我一面拼命向下冲，一面还想着此刻妈妈也许正站在窗子边上焦急地看着我们，所以我不断提示自己不能慌，不能有任何低级失误，以免日后让她笑话。想到这儿时，我已经感到两侧雪沫在冷空气的推动下超过了我，也就在这时，我看见了终点。心中不自觉地升起一丝喜悦，浑身一阵轻松，似乎这次死里逃生对我而言还算是有些轻松的。但是，一瞬间，仅仅一瞬间，我就被冰冷的白色埋没了，一切都在一瞬间安静了下来。没有光线，没有声音，世界安静得什么也听不到，什么也看不到。我觉得身体就像悬浮在深海里，四周有很多鱼群围着我旋转。我没有氧气瓶，又不能向上浮，就在一个固定的深度，渐渐地失去了知觉，周围的声音渐渐远去，一切都黑了下来……

当我恢复知觉的时候，我的记忆是从深海开始恢复的。我慢慢向上浮，一点一点接近海面，光线也越来越强，海面上的马达声和人声也越来越清晰，在我冲破海面露出头的一瞬间，如爆炸般的巨响，声音完全恢复了，整个世界也变得完整了。这时有一个医生俯下身子看着我，他晃晃电筒，然后对我微笑地点点头，接着，他什么也没说就离开了，剩下的事情交给了其他护士。

我清醒的时候，妈妈陪在我的身边，虽然只过了不到两天的时间，但是妈妈这两天的变化却很明显，看上去明显老了几岁。可以想象这两天她有多难熬。听妈妈说，我昏迷了十八个小时。我是在接近终点的时候被倾泻而下的雪崩追上并且埋住的，由于雪道在接近终点的时候已经变得平缓，雪崩的冲击力也有所缓解。而且我很幸运，我是第一个被当地的救援队从雪里挖出来的。可是爸爸却没那么幸运，我在整个向下冲刺的过程中一直觉得他就在我身后，但是妈妈说发现他的位置离我足有十五米远，而且压在他身上的雪是我身上的五倍以上，直到现在爸爸还在重症监护室里，一直处在昏迷当中。

我在醒来的第二天早上就可以下床活动了，下床的第一件事就是和妈妈去看爸爸。

爸爸的情况远比我想象的要严重，而且我第一时间发现，爸爸脖子上没有护身符，不知道他是没有戴还是在雪崩中遗失了，反正在他留下的衣服里我们都没有找到那个护身符。

此时，我脑子里闪现出我们在咖啡厅和妈妈分手的那个瞬间，当时我们谁也没有意识到妈妈伸手是什么含义。我们就以为那是妈妈瞬间想不起来要说的话了，但是现在站在爸爸的病床前，我觉得妈妈的那个举手就是我们生命中的预言。我还想到了前一天夜里我做的梦，为什么梦中的女人用三个阶段就快速地走完了她的一生？

爸爸因为窒息导致昏迷，正在ICU抢救，虽然医院把所有的抢救手段都用上了，但是他还是需要靠呼吸机维持生命。除了心跳是自主的，血压、温度、呼吸等一切都是靠呼吸机维持的，直到现在，时间已经过去四十八小时以上了，爸爸还是没有能醒过来的迹象，妈妈问医生："怎么还没有醒过来呢？"

医生说："一般在二十四小时内醒来属于正常。"

妈妈问医生："那已经过去二十四小时了，这说明什么？很严重吗？"

妈妈担心会不会是因为别的原因，因为爸爸曾有过脑梗，但那一次很快就康复了。妈妈急切地希望确定爸爸是否因为窒息引发了脑梗并发症而昏迷不醒，虽然这是她最不愿意看到的情况，但是直觉告诉她，这种可能性极大。

但医生的回答却让妈妈很纠结。

医生说："我们唯一能够确诊脑梗的手段就是做脑部扫描，

但是，这个扫描需要拔掉呼吸机，可是我们怕患者一旦脱离呼吸机就再也醒不过来了，你们看是否再等等？”

此时，是不是要做脑部扫描变成了一个非常重要的问题，因为爸爸这么长时间没有醒来一定是其他地方出了问题。最后在妈妈的努力下，我们和医院最后达成了共识，在尽可能缩短爸爸脱离呼吸机时间的前提下，冒险给他做一次脑部扫描。虽然冒了很大的风险，但是如果不这么做的话，恐怕连一点希望都没有。此刻我完全不能帮上任何忙，只觉得现在的妈妈还是挺果敢的。

检查完之后，爸爸再一次被送回到ICU病房，再次带上呼吸机。

扫描结果出来后，结果正如妈妈担心的那样，爸爸脑子里发生了大面积脑梗。

医生说：“你们要不要等一等看，一般这种情况，患者大概需要七到十四天可以醒过来，如果到那个时候还不醒，情况就不妙了。”妈妈决定等，尽管等待对我们而言意味着付出的代价越来越大，但是只要爸爸能醒过来，一切都是值得的。

漫长的七天过去了，爸爸还是没有醒过来，妈妈又找到医生，哀求地问：“我们想听一句实话，不要怕打击我们，以你们专业的判断，人还有救吗？”

我理解妈妈，我想妈妈是不想做无谓的抢救。

医生对妈妈说：“请告诉我，你们想怎么做？”

“我们当然想尽全力抢救啊！”

“那我们会尽全力的。”

由于爸爸的大脑已经失去了自我调节功能，他的身体开始出现低压和低温症状。每次都需要注射肾上腺素和多巴胺来提高血压，而当血压快速升到高位又必须马上调整，以使血压恢复在正常数值而不要太高，因为血压快速升高会导致脑梗更加严重；体温也需要机器控制，高烧时需要注射降温药，在这样的循环往复中，爸爸承受着巨大的痛苦。

一天，爸爸忽然有了一点意识，他因为痛苦而发出呻吟，我看到妈妈守在一旁无助地掉着眼泪。

妈妈再次来到医生办公室问大夫：“我丈夫还能醒过来吗？”

医生说：“根据我三十年的行医经验，这种情况多半不会苏醒了，但是我有一个患者，到了第二十五天居然苏醒了，那简直就是个奇迹，你们要不要再等等，看有没有奇迹发生？”

妈妈经过激烈的思想斗争决定继续等。

第二十五天，爸爸的病情突然恶化，并且伴随着四十度的高烧。医生们忙作一团，打降烧针，插管吸痰。在这个过程中，爸爸的体温和血压随着抢救如过山车一样忽高忽低，尤其是插管，从他佝偻的身躯和憋得通红的脸就能看出他有多痛苦。妈妈的眼泪像断线的珠子洒在病床上，谁也没有想到，此刻爸爸已经出现了严重的炎症。

妈妈经常将手伸到爸爸的头下，摸着爸爸的脑后部，感到极热的温度，那是炎症，可是摸到他的手脚，又像阴影处的水泥地面一样冰凉。这样的情况下，谁都不会相信他还有希望。

在爸爸呼吸少许平静的时候，妈妈会趴在他的胸前听他的气息，也许他们只能用这种方式交流了。

再一次剧烈的吸痰操作后，医生告诉妈妈，需要割开气管插管吸痰，因为从喉咙插管患者很痛苦，也不好操作，妈妈同意了。随后，爸爸的气管被切开插入导管，可能是获得了一刻的轻松，爸爸似乎有话要说，但是又说不出来。妈妈找来笔和纸，把笔放在爸爸手中，再把爸爸的手放在纸上，爸爸艰难地扭动着手指，写出我们根本认不出来的字迹。医生说患者已经无意识了，这仅仅是条件反射。

我和妈妈在这家尼泊尔医院已经煎熬了整整四十五天了。

2006 年 8 月 21 日，上午，我看见妈妈从医生的办公室出来。她远远地看着我，似乎是看见了她的精神支柱一般，突然上前将我抱住，眼泪止不住地掉下来。我当时就预感到可能是爸爸的病情又恶化了。后来才知道，是医生告诉妈妈，爸爸已经过了最佳抢救时间，几乎没有抢救的价值了。我搀扶着妈妈回到病房休息后，独自到了 ICU 病房，我想最后再看一眼爸爸。

当我站在他的床前，看着他微微起伏的胸膛，尽管我曾经恨过他，爱过他，但是现在我更多的是同情他……忽然，我发现他的左手动了一下，因为我就站在他的左侧，所以我看得非常清楚。我再一次仔细观察，这时候，他的食指又动了一下。“妈！”我大叫着跑出去，我要告诉她我爸还有生命体征，还有抢救的必要。

之后，我和妈妈来到爸爸的病房，这时候，医生和几个护士也进来了，他们上前开始拆掉我爸爸身上的各种仪器。我一下子推开妈妈想要上前制止他们，但是妈妈死死地拉住我，跟我说：“我已经在放弃治疗的确认书上签字了。”

“我刚刚还看见他的左手在动。”这句话我是哭着喊出来的，我希望自己的哭喊声能制止他们。

“医生不相信你说的是真的，按医生说的做吧！”妈妈拉着我不让我去阻止医生。

“你们不能拔掉管子。”我更加挣扎着要保住维持爸爸生命的仪器，但是妈妈直接抱住我，大声地喊道：“李妍，听我说，我已经签字了，这样你爸爸会不那么痛苦。”

我声嘶力竭地冲她喊道：“我不要，他只要还有一口气，我就还有爸爸。”

从那时起，在我心里就升起了对妈妈的怨恨，在很长一段时间都不能消减。当医生和护士把所有的仪器都拆走了，只留下爸爸和一张盖在爸爸身上的白色床单时，已经失去理智的我推开妈妈，根本不管她是什么样的感受。我看她的眼神完全可以杀了她，我恨她，我推开她，应该说当时我是推倒了她摔门而出的，我跑到走廊的尽头号啕大哭，因为我失去了爸爸。

.09.

失去爸爸，是我人生中经历的第一个告别。

和房东拉姆，是我的第二个告别。在爸爸整个抢救期间，拉姆来过医院几次，虽然帮不上什么忙，但是她带来的关心和安慰，让我们感觉到在这样一个陌生的环境里，还有朋友。

在最后收拾行李准备返回北京的时候，我默默地坐在房间靠窗的椅子上，妈妈看上去显得有些虚弱，我们彼此都没有说话。她又一次从箱子里拿起爸爸在医院写的那张纸条，歪着脑袋辨认着爸爸留下的最后笔迹。忽然，妈妈的眼泪夺眶而出，紧接着就哭出声来，看得出她根本没有任何心理准备。我立刻从妈妈手里接过那张纸条，说来奇怪，这张纸条我们在医院谁也看不出来究竟写的是什么，可是这次我一眼就辨认出了那原本认不出的字迹，竟是“永别了”这三个字。

拉姆养了一只名叫“索朗”的柴狗。索朗的毛色通背金黄，越到肚皮下面颜色越浅，五官很清秀，和日本的秋田犬有些相似。自从发生雪崩以来，我们所有人的精力都放在了医院，没人注意索朗就在这几天临产了。似乎是天意，它在 2006 年 8 月 21 日下午 2 点 30 分产下了一对幼崽，不知什么原因只成活了一只。听拉姆说，大概就在我爸被拔了管子之后，差不多是在我和妈妈回到拉姆的民宿之前，索朗生产了。如果这件事情发生在大城市，谁也不会联想到转世这个概念，但是在尼泊尔这个神秘的地方，在我陷入深深的痛苦和伤感的时候，我很轻易就相信了这种说法。即便是回到北京以后，当我妈因为我始终不能回到正常的学习状态中，而带我去见心理医生的时候，我还是宁愿接受拉姆的说法，那就是可乐（索朗产下的小狗）是我爸的转世。我压根就不相信我妈，以及我妈找的那个心理医生定义的我受到打击心理产生阴影什么的。

在我们收拾行李的时候，拉姆来看我们。她对妈妈说：“节哀吧，人死不能复生，接下来要照顾好女儿，不能让她太伤心了。我也不能为你们做点什么，但是，今天我家索朗产小狗了，成活了一只。按照我们这里的习惯，这就是李妍她爸爸的转世，我把它送给你，就让它陪着你女儿吧，这样她心情也许会好一些。”拉姆平时不太说话，能一下子说这么长一段还是第一次。

我看到妈妈这时候抬头看着拉姆，拉姆又转头看向我，眼里充满柔情地说："怎么样？以后它就能陪伴你了。"

看到我和妈妈正在消化她的提议，拉姆接着说："那就这样决定了，你们把这只小狗带回去，她爸爸的灵魂也就跟着回家了呢。"

这一句最关键，我看到妈妈听后报以微笑，对拉姆说："谢谢。"

拉姆也露出了笑容，她转身出门，把早就放在门口的纸盒子端进来递到我面前，我看到一只幼犬很乖地趴在盒子里，毛茸茸的十分可爱，拉姆说："怎么样？很可爱吧！我给它起了个名字叫'可乐'，希望它会永远带给你快乐，回到家后要仔细照顾好它啊，等它长大了你一定不会后悔的。"

随着时间的推移，我越来越意识到拉姆的这句话意味深长，因为可乐对我而言已经远远超出了一只宠物犬的含义。它不仅能感知我的痛苦和喜悦，还能洞悉我的内心感受，并且在我需要的时候与我互动。

自从我们接受可乐回北京的那一刻起，它就已经是我们家庭中的一员了。

2006 年 8 月 24 日，妈妈独自处理完所有的善后事宜，带着我和可乐踏上了飞往北京的航班。

在如何处理爸爸骨灰的问题上，妈妈犹豫了，最后，妈妈决定还是把爸爸的骨灰留在尼泊尔。妈妈请拉姆找来了当地的僧人，请他们为爸爸念经超度，护送他去往极乐世界。多年以后，我才理解了妈妈的苦心，因为爸爸生前恶劣的家庭关系，所以他本人一定是拒绝回家的，而妈妈的家庭也好不到哪儿去。对爸爸来说，生前的生活是苦难多于幸福，妈妈不想爸爸死后还回到那个环境，她觉得留在这个带给爸爸快乐的尼泊尔挺好的。尼泊尔是爸爸除祖国外唯一去过的国家，也是唯一带给爸爸快乐的地方，让爸爸安葬在这里，想必他也是愿意的。拉姆的朋友还在寺庙里为爸爸点了一盏长明灯，似乎这样人的生命就会得以延续。

飞机上，我有点头痛，用眼罩蒙着眼睛希望能够睡一会儿。

“回去以后，关于爸爸的事情就统一说是意外，不用说得太仔细。”

我开始以为这是梦里的声音，直到妈妈推了一下我的手臂：“听见没有？”

我这才摘下眼罩，看着妈妈恳求的眼神，我轻轻地点了点头。

开学后我就在市一中上学了，孟藜和我一个班。受到我爸这件事的影响，我对新学期的到来没有一丝的兴奋。孟藜说我从尼泊尔回来后变得成熟了许多，而且她对我带回来的可乐充满兴趣，一有时间就跑到我家和可乐玩。

孟藜听说我爸爸去世的消息后并没有强烈的反应，她甚至都没有问发生了什么事，因为她的家里也发生了变故——她的爸妈离婚了。孟藜告诉我，她爸和小三已经生了个孩子，眼看彻底瞒不住了才跑回来和她妈妈提出离婚……

我妈经常说我，人要学会长大，要学会成熟，在我这儿统统听不进去。随着可乐一天天长大，我发现了很多有意思的细节。首先是睡觉，我专门为可乐买了一个很可爱的窝，看上去我都想睡在上面，但是可乐并不领情，似乎它压根就不爱这个窝。开始我还以为它可能遗传了索朗的生活习惯，喜欢睡在柴火堆上。后来，我发现事实不是这样的，当可乐可以跳上跳下的时候，我每天早上都会看到它睡在我爸以前最爱坐的那把椅子里。每当我看到这一幕，都会产生幻觉，会觉得不真实，冥冥之中似乎有什么无形的东西和我爸紧紧地连接着。这种事情我是从来不和妈妈说的，因为我早就知道她会怎么说，一定是："这是因为你失去爸爸太难过了，心理产生的错觉。”

我开始有意识地去验证我的一些推测。比如，我让可乐看电视，先给它看综艺节目，可乐的反应是坐不住，要跑；但当我把频道调到体育节目，找到德甲或者欧洲杯之类的足球赛时，可乐瞬间就安静了下来，就好像它能看懂似的。再比如，我给它喝水，它小心翼翼得好像是我在水里下了毒，我索性给它倒了杯红茶，就是我爸爱喝的那种，结果它三下五除二就喝完了。

正常情况下，我觉得一般狗狗都是不会喝茶的，但是我家可乐就爱喝茶，以至于我也开始喝红茶了，因为我喝红茶的时候，就能想到给可乐也倒一些。后来我又注意到，只要我用那个我爸习惯用的杯子，可乐就特别兴奋。发展到最后，可乐睡觉永远不在它的窝里，而是在我爸的椅子上；喝水永远喜欢喝红茶，而且就认我爸的专属杯子，那个杯子最后就成了它的喝水专用杯。

可乐的这一切行为都让我感觉到爸爸并没有真正离开我，而且他离我很近很近。正如拉姆说的，带可乐回家会让我感到快乐。

·10·

从尼泊尔回来后，我发现我特别需要朋友，需要和朋友倾诉我对人生的感悟。本来怀军是一个合适的人选，但是因为他没考上市一中，去了另一所普通高中，见面的时间自然也就变少了，眼前能够随时听我倾诉的就只有孟藜了。我们经常在放学后跑到学校附近的一个叫“北平咖啡”的咖啡店里混时间。因为我们都不喜欢在家待着，而咖啡店里不仅冬暖夏凉，还可以免费上网，自然就成了我俩消磨时间的最佳地点。我们不知道在那里度过了多少个阳光明媚的下午。

孟藜有一个男朋友，比她大很多，是个社会人，据她说还坐过牢。我特别好奇他们在一起都聊些什么。因为我们每次见面聊的内容都是家长如何，学习如何，就是聊不到我关心的话题。更让我惊讶的是，他们居然还同居。有一次我忍不住问孟藜：“快说说，同居是什么感觉？”

“你试一下不就知道了。”说完孟藜用成熟的笑容看着我。

“这我可不敢，那还不被我妈给打死。”

“只要别让父母知道就行了，我这个男朋友还跟我爸认识呢，只不过我爸不知道我们有这层关系。”

这简直太刺激了，就像电影里的人物关系。

我们在这段日子里的共同爱好就是抽烟，准确地说是孟藜教会了我抽烟。

我问孟藜：“你是从什么时候开始抽烟的？”

“没多久，我是在外婆去世以后学会的。”

后来听孟藜讲述她外婆去世的前前后后，我才知道她的外婆去世本身对她并没有造成太大的刺激，倒是她知道外婆去世这件事的方式狠狠地伤害了她，那种方式，换作我也会忍不住的。

孟藜从小是她外婆带大的，所以和外婆的关系非常亲。孟藜外婆去世的时候，正碰上孟藜的爸妈刚刚离婚，两个人谁都没有把这件事告诉在北京上学的孟藜。爸爸不说也就忍了，可是妈妈一家也不说，孟藜就理解不了了。最后是因为别的事，孟藜打电话回家，是大姨接的电话。大姨一听电话那头是孟藜就哭了，孟藜本能地感觉到应该是外婆出了什么事。果然，在孟藜的追问下，大姨才告诉孟藜外婆已经去世的消息……到了晚上孟藜终于和她妈通了电话，在电话里孟藜问："为什么不告诉我外婆的事情？"

妈妈说："是害怕影响你的学业。"

孟藜对我说："你听听，这种话像是我妈说的话吗？影不影响学习他们怎么能知道！再说，这种事情难道是能瞒得住的吗！"当时孟藜很激动。

"放下电话我马上给我爸打过去，说实在的，原来在我的心目中，爸爸是我心中的偶像，是无所不能的，是男神！可是自从他和小三搞出了孩子，和我妈离婚，这个男神的形象就彻底坍塌了，虽然心里那个理想的形象还在，但它已经和我爸没有丝毫关系了，只是变成我对男性的一个标准而已。我爸听到我问他为什么不告诉我外婆的事，还安慰我说：'主要是怕你太难过，我们处理后事就可以了，你就安心学习……'我直接打断他的话，告诉他：'你以为我现在就不难过吗！'"

这件事对孟藜的刺激很大，在她看来，她完全被这个家庭边缘化了，似乎这个家的所有事情都与她无关。孟藜是带着怒火回到老家的，来到外婆的灵堂前，孟藜忍不住号啕大哭，一直哭到没有一丝力气。按照孟藜的话讲，哭完之后她缓了半个小时。然后，等到身体恢复了力气，她把她爸的新家给砸了。

我不明白家怎么砸。孟藜告诉我："凡是竖着的，凡是挂在墙上的，凡是吊在空中的，全被我砸了个稀巴烂，全家人没有一个敢上前阻拦的，最后任凭我砸到瘫软在地上为止。"

孟藜对抗家庭的方式太极端了。相比之下，我是做不到的，但是我也特别羡慕她，觉得解气。我在想，如果把我换作是孟藜，在尼泊尔医院看着医生们拔掉我爸身上的管子，那还不得把医院给拆了。

走在回家的路上，我还在想着孟藜的描述。我认为，不管她爸有多么对不起她的妈妈，但是从她爸看着女儿把家砸了而没有拦她，就足以见得她爸很心疼她，这需要多么深的爱才能这么包容她啊。想到这儿，我就不自觉地伤感起来，要是我爸还活着该多好。

我和孟藜各自都在十六岁那年经历了一次人生的痛苦，尽管我们还都没有做好准备，但是该降临的痛苦是不会等你准备好才降临的。我觉得有时候，人生不用过的太长，就好像有的人过了一辈子，可是生活却像是刚刚开始，而有的人没过多久，却好像已经走完了一生。所以，人生各有不同，个中滋味只有自己知道。

妈妈从尼泊尔回来后像变了一个人似的，她变得爱唠叨了，尤其是见不得我花一点精力在可乐身上，每当这个时候，她都会冲我唠叨："李妍，你要学会成熟一点，怎么一直长不大呢！"

我就听不惯这句话，因为我就不想长大，但是我嘴里不这么说，我回怼她常用的句子是："我已经长大了。"

"那你还不能管理好你自己的时间吗？没看见要期末考试了吗？"

妈妈现在的脾气一点就炸。

不知不觉中，期末考试前的最后一次月考如期而至。不出我妈的预料，我的成绩创下了我上学以来的最低，两门主课不及格，其他功课都勉强刚刚达到及格线上。这个结果连我都很意外，我的学习成绩从我们班的前三断崖式地落到最后，我想我妈肯定要崩溃了。

我妈的反应倒是没有我想象的那么糟糕，她带我去了一位朋友家，我本以为她是为了安慰我，后来才知道，那位朋友是别人介绍的心理医生。当时我还真没有意识到这个问题，我只记得我在那个人的家里暴吃了一顿。

天气越来越凉了，妈妈的脾气却越来越暴躁，有时候可能仅仅因为我的一句话，我妈就会忍不住发火：“好啊！你要是不喜欢我管你，我可以不管，但别指望你上学的时候我给你喂它，你就和可乐过吧。”

不管我们因为什么而引发争吵，我们之间的矛盾最后都会聚集到可乐身上。在我妈看来，就是因为我太关注可乐，才会有今天的结果，我妈还有一句口头禅：“记住，你对可乐那不叫爱，那叫精神贯注。”

我心里说，这就是爱。你说的精神贯注在我这里就是爱，我的可乐懂我、依赖我、舔我，能和我互动，这难道不是爱吗？但是我不想和我妈吵架，她爱怎么说就怎么说吧。

促使我妈对可乐出手的恐怕就是学校的那封通知书，那封通知书是直接给我妈的，大概的意思就是如果李妍同学不能及时纠正错误，把学习成绩从现在的水平拉高到可以升学的状态，那么学校将考虑劝其退学或转学，因为学校的升学率不能因为一个人的自暴自弃而受到影响。

很多事情你是很难从表面看到本质的，就像我妈一样，虽然她看上去不那么强势，但是你绝对不要被这种假象给迷惑了。

·11·

我永远记得那天，2006 年 11 月 27 日，中午放学，孟藜家里有事先回去了，我也早早地回到家里，我推门进家的时候，妈妈正在厨房切菜。

“回来了？今天怎么这么早就回来了？听说张怀军没上市一中，怎么样，他最近好吗？你们有没有联系？”

一般情况下我妈是不会提及怀军的，况且她知道怀军没考上市一中，这不是没话找话嘛。我没有回答她的问话，放下书包就直接来到可乐常待的阳台，怎么没有呢？我又跑到我的卧室寻找，还是没有。而且我注意到，随着我的寻找我妈变得越发紧张了起来。

我忽然意识到了什么，我带着不好的预感，压抑着急促的呼吸来到妈妈跟前。妈妈没有转过身，但是已经停下了手中的动作。

“妈，可乐呢？”

妈妈背对着我既不回答也不看我，但是这种沉默对我而言就是在印证我的猜想。

“妈我问你可乐呢？你把它弄哪去了？”

我的语调越来越高，但我还是尽量控制自己的情绪。

我妈转过身面对着我：“你难道不知道学校给你的最后通牒吗？

学校找我谈话了，告诉我你的学习成绩一直在下滑，学校需要家长出面干预，毕竟升学率代表着一个学校的品质，这是个硬指标，是红线，就算我是学校的老师也不能例外……”

我不耐烦地打断了她的话，近乎歇斯底里地吼叫：“你是不是把可乐卖给狗贩子了？”

“是的，就因为你的学习成绩一再下滑，学校告诉我，再这样就要劝你转学或直接退学，你知道吗？你拖累了全校的成绩，全年级的成绩。”我妈这时也爆发了。

“这跟我没有一毛钱关系，我不管，你今天不告诉我可乐在哪我跟你没完。”

“没完就没完，反正可乐已经送人了。”

这是我最怕听到的，这句话就如同一把刀子直接刺中我的心脏，那种痛和愤怒是别人不能体会的。

此刻我已经疯了，我看着厨房，想干什么连我都不知道，我不知道要怎么发泄。本能地见东西就砸，拿东西就扔。我一边扔一边无助地喊着：“我要你把我的可乐给我找回来。”

我听我的声音已经认不出我自己了，那不太像人声，倒像是金属之间摩擦发出的尖锐的声音。我在此时此刻理解了孟藜砸她爸家的心情，很快我就和上来拉扯我的妈妈纠缠在了一起，我妈一边制止一边喊：“你疯了吗？”

“我就是疯了，是你把我逼疯的。”我用更大的声音回敬她。

情急之下，妈妈一记响亮的耳光打在我脸上，我愣在原地。瞬间，我的眼泪夺眶而出，妈妈也有些意外，刚要安慰，没想到我彻底爆发了，我一把推开她大叫着：“你不要碰我，我以后没有你这个母亲。”

我妈还想上前拉住我，但我不知道哪儿来的那么大的力气，甩开了她的胳膊，冲到门外。我妈紧随我追了出来，但是，此刻的我已经失去理智。我们先后来到单元门口，我妈碍于面子，没好意思追出单元门，毕竟外边还有不少人路过。但我可顾不上这些，我站在路的中央转身狠狠盯着她大声喊道：“我最后再问一遍，你把可乐弄到哪去了？”

我妈看着我半天没有张口，我相信那个时候她的内心非常复杂。

突然我提高嗓门喊道：“好吧，今天你居然能这样对待我，把我的可乐送给狗贩子，我真不敢相信你竟能下得了手，你知道可乐对我意味着什么吗？我今天总算看清楚你了，现在我才能理解你在尼泊尔怎么就能同意拔掉我爸身上的管子。那就是因为你的心太狠，如果不是你，我爸他现在还活着……”说着我已经泣不成声。

此刻我妈已经顾不上面子，她想走上前辩解或者是安慰我。但我没有给她开口的机会，而是厌恶地指着她：“我不要听你说，你听着，从今往后，你过你自己的生活，我李妍和你再无任何关系。”

我妈有点紧张，她转头看见已经有不少邻居在驻足观望，有一个阿姨来到我的身边小声劝道：“小妍，不管怎样她是你妈妈……”

话还没说完就被我打断：“从现在开始她已经不是了，

我是不会认一个拔掉我爸身上管子的人当妈的。”

说到这里，我已经从伤心转为愤怒的控诉：“当时，在医院你不顾我的拼命反对，同意医生拔了维持我爸生命的管子，那时候我明明告诉你我看见爸爸的手动了，他还有生命体征，他还有呼吸啊！”

说完这些我转身跑向了小区门口，因为我哭得实在说不下去了。

后来听别人说，当时我妈就如枯木一般，呆呆地伫立在单元门口很久很久，直到周围人们都散去了，她还站在那里。

从那时起，我就算是离家出走了，我离家出走是完全没有准备的，准确地说是临时起意的。

但是，事情既然已经这样，那我也豁出去了。那一刻，我觉得我妈不仅断送了我爸的性命，她还恶毒地断送了我对我爸唯一的精神寄托。要知道，可乐无论是送到哪一家狗肉馆，其悲惨命运都是不言而喻的。一想到这些我就心如刀绞，我顾不上什么学习成绩，此刻我觉得世上唯一有意义的事情就是寻找可乐。

我住到了孟藜家。那段时间我每天要干的事情就是到各个狗市去转，期望能够找到可乐的线索。我去过北京市最大的狗市，在那里我仔细地一排一排挨家询问可乐的踪影。

在那段时间，怀军听说了我的事情，第一时间来到我的身边。他每天陪着我，有时候我劝他去学校，他笑着说："你都不上学，我再去那不是装大尾巴狼吗？"

看得出来，怀军是真的关心我，有时候我要去较远的地方，他一定会陪我一起去。后来我也习惯了，觉得和怀军在一起，不仅路上也变得不再枯燥，内心也安定了许多。一天，怀军打听到昌平有一个私人收购流浪狗的基地，我们马上跑去了。到基地以后，看到上百只流浪狗生活在那个简陋的基地里，我的心里非常不舒服。在那里我们没有找到可乐，我一方面为可乐庆幸，庆幸它没有流落至此，另一方面又开始担心，担心它成为别人餐桌上的肉。

当时怀军有一件事情一直没有告诉我，那就是在我们寻找可乐的同时，怀军和我妈保持着联系，这是我后来才知道的。

记得有一天早上，怀军躺在我边上跟我说："知道吗？你妈在把可乐送人的问题上其实还是有点后悔的，她私下找过我让我帮着联系那个收狗的小贩。"

"我怎么不知道？"我一个翻身坐起来盯着怀军。

"你妈当时不让我告诉你，我看她很内疚也挺着急的，我就答应了她。”

我忽然觉得希望就在前面，所以我压住了火问怀军：“她给你狗贩子的电话了？那你去找了吗？”

“去了，我按照你妈给的电话找到了那个狗贩子，当时他摸着头对我说：‘弟弟，不是我不给你，是我也找不到了，我这儿就是个集散地，每一波收上来的狗无论大小，当天就会运走。’”

怀军这时候也坐起来接着说：“我当时想如果可乐在他那儿，我就用双倍的钱给你赎回来，但是我看那个狗贩子说得情真意切，没有骗人的意思，我也里外看了一遍，的确没有看到可乐，就连其他的狗也没有。”

怀军的话把我刚升起的一线希望无情地浇灭了，我狠狠地看着他：“为什么告诉我？你不是答应我妈不告诉我的吗？为什么现在又告诉我？”

怀军一看不妙，惹我生气了，赶快起身拉住我：“哎哎，别这样，我这不是跟你说了吗。还有一个消息给你，我的一个朋友认识一个美国人，他在中国很多年，是研究中国文化的，听说他还给冯小刚的电影翻译过对白字幕呢。”

我有点不耐烦：“有话直说，别绕太远。”

“听说最近他一直在做救助流浪狗的事情，他的基地就在机场附近，我们明天到那儿去看看。”怀军看我有了一点满意的表情，自己先笑了。

第二天我们来到了这个叫“白居易”的美国人的基地，这里有大约两百只流浪狗，可惜的是可乐不在其中。白居易热情地接待了我们，他讲着一口标准的普通话，他讲述的最多的是他在中国的救助行动中遇到的事。他说：“以前，我觉得这些狗狗确实需要我来救助，不然它们的命运是很悲惨的，但没想到，自从我干上救助流浪犬这行，我反倒从一个救助别人的救助者变成了一个需要别人救助的人。”

我觉得他似乎把我们当成是可以帮他解决问题的人了。他接着说：“前天社区管委会来到我这个地方，通知我这里要搬迁，你们想一想，我和我的两百只犬，现在得先找一个能够安顿的地方啊，到现在我都是自己花钱往里垫，没有赞助，没有慈善捐款，你们说是不是我才需要被救助啊……”

从白居易那出来，我和怀军都在想，这世界上真是什么人都有，什么事情都能发生啊。

那一段时间，我们走遍了北京几乎所有大大小小的狗市和救助站，就连二百公里外的河间狗市我们都去了，但是可乐的影子一直都没有见到，就像是命里注定我就不能找到可乐一样，我甚至在想它是不是在有意躲着我呢？

因为找可乐，我和怀军的关系更近了，但还好，我和他互相无感。正因为这样，在我妈有了男朋友的时候，我才选他结成联盟来跟我妈对抗。怀军要是我哥或者我弟，我们一定会相处得非常融洽，我们在一起的时候甚至都没有感觉到性别的属性，无比放松。

另外，我这个疯狂的阶段大概也是我人生中最破罐子破摔的阶段了。那段日子我除了和孟藜抽烟混日子，就是和怀军逛京城，找可乐，我妈也拿我没办法。

也许是我的原因，也许是我们互相的原因，我妈几乎变成了一个泼妇，她甚至会跑到我和孟藜住的地方破口大骂，简直是把脸面给丢尽了。从这一点来说，我还真为她庆幸，庆幸在那个时期她认识了后来成为我继父的男人。但是，我又很抗拒这个男人，他的出现直接导致我产生了一种非常变态的心理，那就是我要和一个男人同居给我妈看，而这个男人我就选择了怀军。现在回想起来，真不知道那段日子是怎么走过来的。

.12.

转眼已经是第二年的春天，我跟着孟藜参加了一个饭局。那是某些女孩梦寐以求的饭局，孟藜和我说甚至可以见到拥有上亿资产的老板。后来，当我熟悉了这些套路后才知道，这种饭局有多不可思议，多荒诞。你可以想象一下，华灯初上，晚宴的时间才刚刚开始，北京的大小餐厅里，不知哪里就上演着老板和女孩的饭局。

被上当的或者愿意上当的女孩，如飞蛾扑火一般，希望在一夜之间出人头地，化身富婆。后来我给这样的饭局起了个名字叫"钓鱼饭局"，因为老板们大都不像下三烂那样偷偷用见不得人的手段，比如给你饮料里下药什么的，他们更精于演戏，尤其是互相配合演戏，一切都取决于你是否愿意上钩，这就是钓鱼饭局的要意。

介绍孟藜参加饭局的是孟藜认识很久的一个姐姐，孟藜叫她孙姐。孙姐是做建材的，据说整个回龙观小区的门窗百分之七十五都是她提供的。孟藜叫上我，说让我长长见识。说实话，我还是第一次见识到这么豪华的饭局呢。当时参加饭局的老板大概有五个，还有一些看上去是老板的下属，因为他们很会在关键时刻帮老板“贴金”，他们不停地互相夸对方的老板生意有多大，多有钱。其实都是说给我们这些女孩子听的，因为桌子太大，对面的人隔得很远，所以他们说话的声音都很夸张，这让我想起电影中那些拉皮条的场景。除了我和孟藜，饭局上还有三个和我们年龄相仿的女孩子，她们应该都是孙姐叫来的。我觉得饭桌上的座次决定了每个来宾的属性，除了做东的孙姐，老板们都是真正的座上客，而姑娘们才是盘中餐。

一开始大家都是很端着的，孙姐依次介绍大家认识，互相加联系方式。酒过三巡，一些老板就忍不住“活跃”了起来，我旁边的一个张总对旁边的尹总说：“尹总，你现在这么大的生意，每天营业额少说也在百万以上了吧！这要是哪个女孩跟了你，那可是衣食无忧啊！”

尹总谦虚地客气道：“哪里哪里，我哪里比得上张总，你在澳洲随便一个的项目就得上百亿，那才是大手笔啊。上次我们去澳洲，多谢你的热情款待，来来来，我敬你一杯。”

说着起身干了自己的杯中酒，有尹总带头，在座的所有人也都跟着把自己杯子里的酒干了。尹总看到我和孟藜没有喝完杯中的酒，马上说：“哎，不许养鱼啊，我们不劝酒，但是大家干杯都必须喝完。”

所有人都起哄地看着我们俩，这让我和孟藜很不好意思，于是就把杯子里的酒全都喝掉了。酒桌上，只要你的杯子空了，肯定会马上有人给你满上，态度客气得让你很难拒绝。

这时，张总接着对尹总说：“尹总，你之前介绍的澳门朋友真够意思，太周到了。上次一起去澳门玩，我们一共三个人，带了两个妹妹，我们三个玩牌，你的朋友就给两个妹妹一人一百万让她们自己逛商场。等我们这边玩得差不多了，那两个妹妹也购物回来了，那大包小包的，回来后还老打电话问什么时候再去……”

大家开心地笑着又干了一杯，我和孟藜对视了一下想说我不想再喝酒了，但还没等我说话就又被叫起来干掉杯中酒。整个饭局就是在这种节奏下一轮一轮地喝酒，最后，整个饭店都没有客人了，孙姐开始安排各位老板送姑娘们回家。其他三位姑娘都被安排妥了，餐厅门口就剩下尹总、张总，还有孙姐以及孟藜和我。孙姐说：“这样吧，尹总送孟藜回家，张总送李妍回家。”

当然，孙姐不知道我和孟藜住在一起。孟藜和孙姐说：“谢谢孙姐了，我的司机就在停车场那等着呢，谢谢今天你请我们来参加晚宴。”

“啊，有司机啊，那什么，那你们就自己照顾好自己。”

孙姐说完转身对另外两个老板说：“那今天就不劳烦两位了，下次再说吧。”

说实话，看得出来孙姐没想到我们这么个小的女生还能有自己的司机，这是让她很意外的地方。

别说孙姐有些意外，就是我也很意外孟藜还会有这么一手。在回去的车上，我和孟藜坐在后排，我悄悄问孟藜：“你什么时候叫的车？”

孟藜趴在我耳朵上兴奋地说：“大姐，这不是叫的车，是袁哥的小弟，是专门给我服务的。”

我知道袁哥就是孟藜说的男朋友，我一直都不知道他的全名叫什么，反正只要一说袁哥就知道是他了。孟藜说完得意地冲我脸上呼了一口酒气，我们都不自觉地傻傻笑着，甚至都不知道为什么笑。

第二天还没睡醒就被手机铃声吵醒了。我和孟藜抓起手机一看，好家伙，给孟藜打电话的就是昨天饭局上的那个尹总，给我打电话的是另一位张总。尹总不到四十岁，一看身材就知道平时不锻炼，跟粽子似的，张总很年轻，运动款，但浑身就像泡在香水里似的。我俩用手势示意分开接，我们一个里屋，一个卫生间，通完电话我们就像是成功做了坏事那样，在床上幸灾乐祸地哈哈大笑。尹总和张总说的话都一样，就是表达昨晚没送成我们特别遗憾，说要约着中午到一家六星酒店吃自助。

其实孟藜的人生还真是和这个孙姐有很大关系的。孟藜曾经和我说过，她一眼就看透了餐桌上的套路。为了获得这些人脉资源，孟藜跟孙姐吹牛说自己家里也是做生意的，有生意大家可以一起做。这些人听完孙姐的介绍都对孟藜另眼相看，也变得彬彬有礼了。从那以后，再有饭局，孟藜还去，但我是不去了。在饭桌上，孟藜也不再是一个普通的女孩子了，她的身份是同道中人，是合作者。这并不是说着玩的，他们还真的把孟藜当生意人看，并且说一旦有好项目可以大家一起做，入股什么的。有时候，老天的安排就是那么令人很意外，孟藜人生中的第一桶金就是靠着自己的胆识在他们这里赚到的，这第一桶金成就了孟藜的传奇，为她日后突破自己原有的阶层奠定了重要的基础。

.13.

我妈有了男朋友的消息是怀军告诉我的，我听到的第一反应就是晴天霹雳。当时我的想法是，我爸尸骨未寒，你居然这么快就有了新欢。所以我在第一时间就决定，我要报复她，于是我告诉怀军：“从明天起我要搬到你家，咱们一起住。”

怀军很意外，没来得及反应：“你说什么？你跟孟藜掰了吗？”

“没有，我是说我们同居。”

“为什么？”

“因为我妈肯定不会同意。”

“你这个逻辑很烧脑，我需要冷静一下。”怀军确实不知道我是怎么想的。

“你家在城里不是有套房子吗？我们就搬到那儿去住。

但是你别想多了啊，我告诉你，你不许碰我，碰我就告你强奸。”

“你是因为你妈找男朋友受刺激了？”怀军有点琢磨过来了。

“但是你记住啊！我们的同居要让我妈相信你真的把我给办了。”

“那还不容易，真给办了不就得了。”怀军坏笑。

“美的你！”

“可是，我怎么跟我爸妈说呢？”

“我不管你怎么说，反正计划就是这样的，你必须完成任务。”最后我还是夸了怀军一下，“不过，对你的人品我还是非常相信的。”

就这样，一周以后，我就从孟藜家搬到了怀军家。在我搬走后第一次见孟藜时，孟藜见我的第一句话就问：“你跟你家怀军那个了没有？”

“我说没有你信吗？”

“我信。”

“我们还真没有那个，我就是咽不下这口气。我告诉怀军，咱俩住一起你不许碰我，但是，你必须让我妈认为你已经把我给办了。否则，咱俩就没有明天。”

孟藜似乎很开心：“解气！你这可比我狠多了，我虽然是真同居，但是我是瞒着家里人的，你虽然是假同居，但是直接叫板你妈，你这是要气死她的节奏啊！”

我说：“她不管我的痛，我就十倍的还给她。”

孟藜给了我个大拇指，看得出她真的佩服我，随后她又说：“那你家怀军可真够意思，他能忍得住，说明他真的在乎你。”

孟藜这句话我印象很深，冥冥之中也许就是因为这句话，奠定了我和怀军两个人的未来。

果然，没过多久，我妈就找上门来了。准确地说，是打上门来的。

我妈第一次来的时候，我正在和怀军看电视，就听外面一个尖厉的声音传来：“李妍你给我出来，张怀军，你个臭流氓，你们给我出来。”

开始，我并没有听清楚，但是，怀军先听出来了：“好像是你妈。”

说完他紧张地在屋子里转圈，不知该怎么办，这时候我也听出来了。“她怎么知道我们在这儿呢？”我质问怀军。

怀军的这个房子是坐落在一个老北京四合院当中，院子里还有其他人与我们合住，就是传说中的那种大杂院。这里虽然不如公寓楼和别墅方便，比如上卫生间需要到公共厕所，但是，我喜欢这里的独立，喜欢这里的市井气息，喜欢院子里的石榴树和海棠树。这里你能看到一年四季的变化。我们住的这间是正房，坐北朝南，院子里一共住着三户人家，本来这是怀军父母的住处，但是自从他们在优山美地买了别墅，就不在这里住了。

我们先是不出声，希望她没人理一会儿就走了，但是我们低估了这个女人的意志，她不见到我出去绝不罢休。不一会儿除了我们的屋子，其他屋子里的人全都出去了，因为现在正值暑假期间，所以大人小孩满院子都是。最后，怀军忍不住了，他小心地走到我妈面前：“阿姨……”

我妈看都没看怀军一眼吼道：“告诉你，李妍，给我滚出来，跟他这种流氓在一起最后也会变成流氓。”

我在窗帘后面听着气就不打一处来，怀军说道：“阿姨，我们没有干什么，您放心，我找到李妍马上就通知您。”

一听这句话，我妈瞬间爆发了：“她就在你家，你们在这个年龄居然好意思住在一起，你就不怕犯法吗？”

围观的其他人不了解怎么回事，开始窃窃私语。我实在忍不住冲出房间，走到她面前愤怒地叫道：“你谁呀？能不能有点修养，别在这里丢人现眼跟泼妇似的撒泼。”

“嫌我没修养是吧？我告诉你，我是你妈！没修养也是你妈。”

说到这儿，我也爆发了：“我告诉你潘雁秋，从我走出家的那天开始，你就不是我妈了，我也没有你这个妈，我们俩没有任何关系，请你不要干涉我的生活。”

“李妍你给我听着，你认不认我这个妈不重要，但是你们还小，你不能就这样没有廉耻知道吗？张怀军，你要是再和李妍同居信不信我告你强奸？”

这时候，我们谁也不让谁，怀军左右为难。最后他拉着我的胳膊小声劝道：“别这么大火，服个软就没事了，这周围邻居都看着呢。”

我甩开怀军的胳膊：“别拉着我，你要是害怕就滚远点，我就不信我的生活我做不了主。”

这时，只见我妈一下子躺在地上撒起泼来，这一动作让我彻底崩溃了。我完全没想到我妈会和泼妇一样，用躺在地上的手段来赢得一场原本没有优势的吵架。这时候观看的群众也大概看出个意思了，有的哄着自家的孩子回屋了，有的上前两头劝，我此刻既觉得丢脸，又觉得伤心。伤心我妈居然变成了这样一副样子，伤心我居然可以绝情到这种地步，真的很难形容我当时的心情。在这种情绪下，我跑出院子冲上了大街，我的内心似乎有一股岩浆随时要喷发，此刻只想离四合院越远越好。我不知道四合院里后来是怎么收场的，反正我回去的时候已经是第二天凌晨四点了。院子里的一切都恢复了平静，怀军从屋里出来见到我松了一口气。他说他送走了我妈就去找我了，怎么也找不到，那天晚上他说他真的有点害怕。

没过多久，大概是一个月左右的时间，那时候已经是九月了，我和怀军刚看完电影回来，一进院子就发现，我妈和一个男人早已在院子里等着了。当时那个男人没和我妈站在一起，他正在欣赏那棵石榴树。我和怀军都愣住了，没想到他们会在这里等着我们，更没想到我妈像是变了一个人似的，恢复了知识分子的气质，不急不躁，见到我甚至露出微笑："回来了。"

她转身招呼旁边的男人："哎，功宇，跟你介绍一下，这就是我跟你说的李妍，我的女儿，这位是她的男朋友张怀军。”

然后她指着这个男人对我和怀军说：“这位是李功宇叔叔。”

李叔叔礼貌地冲我和怀军点头示意，他甚至和怀军握了握手，可能是出于谨慎，对我只说了声：“你好。”

李叔叔对怀军说：“怎么，不让我们进去坐一下？”

怀军快速地看了我一眼，算是征求过我的意见，之后他急忙开门把他们请进了屋。

也许是和上一次有鲜明的对比，这次的见面我对他们的接受程度很高。妈妈所有的话都有一个特点，主语中只字没有用“你”，没有一点对我的指责和抱怨。这倒把我弄得不好意思了，我听她谈到的全是她的感受，她的担心和无奈，我甚至一度有些自责，我觉得给我当妈真不是件容易的事。

怀军不时地给李叔叔和我妈续茶水，我不断观察李叔叔。他没有开口，只是微笑地看着我妈听她说话，就像看着一个得意的学生在完成老师安排的作业一样。这种气氛在我们从尼泊尔回来后就很少见到，甚至我妈和我爸在一起的时候都没有这样的感觉，可以说是一种甜蜜的感觉。当你经历过不安、纠结和挣扎，你就会知道这种甜蜜感是多么美好，多么幸福。

这次见面我还有一个发现，因为我自己也不确定，所以我都没有和孟藜说起过，那就是我和我妈的母女关系。每当我妈不停地抱怨我、指责我的时候，我就会不停地反抗，我从心底拒绝这种指责，我甚至觉得我妈继承了外婆的“遗产”——嘴碎！特别不招人爱。比如明明是我错了，但我就是不愿意在嘴上服软，我觉得我已经在行为上示弱了，这还不够吗？你应该感觉到了我的歉意才是。但是每当这个时候，我妈不但不接受我已经放下身段，已经示弱的事实，非要让我张嘴承认我错了，而且一旦我承认错了，她百分之百马上就会跟一句：“错哪儿了？”

我这暴脾气，就是不承认，错了你又能把我怎么样！但是，这不是我要说的关键问题，我要说的是我发现自己有的时候也像我外婆，也很碎嘴，得理不饶人。而每当这个时候，我妈就变得像我，嘴硬，打死不认错。这难道也会遗传吗？有的时候已经没有悬念，就是她的问题，她居然能像小孩一样假装没听见。如果你用事实把她逼到墙角，心想这下没什么可说的了吧，但是，她会冲你一笑，好像她这一笑是一把万能钥匙，管你接不接受，转身就走，离开现场。这就是我们真实的母女关系，不停地转换角色，有时候我都觉得我妈是我的女儿。

我妈的改变是令我意外的，而且当我知道我妈的改变都和李叔叔有关以后，我开始对这个李叔叔有了些好感。因为遇见他，我妈被拯救了，不然我妈真的有可能变成泼妇，而把她变成泼妇的凶手就是我。从这一点看，我要感谢李叔叔。有的时候，人是需要运气的，我妈在她人生最艰难的时刻遇到了对的人，这是她最大的幸运。我有时候在夜里回想起这些事情时，会情不自禁地流下眼泪，但这不是伤心的眼泪，那是一种欣慰的眼泪，一种终于有人能代替我爸给妈妈安慰和照顾的释怀的眼泪。

我一直企图搞清楚我和我妈的关系是否正常，但却不知道该找谁来评判，也找不到可以评判的地方，就这样在时断时续的思考中，时间就像流水一样过去了，转眼我已经要过十八岁的生日了。

我的生日是一个尴尬的日子，1990 年 4 月 17 日，这个日子很尴尬，像“90”后也不像“90”后，像金牛座也像白羊座……

2008 年 4 月 17 日就要到了，我在不知不觉中告别了那段特别叛逆的时光，终于回到了正常的轨道上。但让我没有想到的是，就在我即将迎来生日的时候，怀军送给了我一个特别的礼物。这个礼物对我来说，几乎是给了我第二次生命一样，我不知道我的前世要有多大的福报才能让我获得如此厚重的馈赠！

.14.

2008 年 4 月 16 日，怀军突然神秘地跟我说：“明天生日想要个什么礼物？”

我告诉他：“我的成人礼，一生就这么一次，你自己看着办。”

他神秘兮兮地说：“明天我带你去个朋友家，但是有个要求，去那儿之前不能问。”

我想大概也不会是什么特别贵重的东西，不然为什么还放在朋友家呢？而且我本来就不爱猜那些费脑筋的问题，再说，不知道前提也不好分析。管他呢，我要控制自己的好奇心，忍着点，我最近看的一本书中说这叫“延迟满足感”，这说明我随着年龄的增长在一点点成熟。

第二天下午，我特意请了半天假，跟怀军去他的朋友家，他朋友的家住在格拉斯小镇，那是温榆河畔一个很大的别墅区，房子的款式都很洋气，每一家的院子也很大，特别适合养宠物。整个小区环境优雅，那些围绕在湖边的树木都已经长出了嫩芽，阳光下，那种绿非常清澈。其中，像玉兰和一些藤蔓类的开花植物都已经在盛开了，整个小区显得特别有生机。我们来到怀军朋友的家门口，只见院内草坪上养了三只狗狗，它们分别是一只拉布拉多，一只边牧，还有一只柴狗，这只柴狗有点像我家的可乐。自从我失去可乐以后，只要看见狗都会条件反射地想到可乐，可乐从被我妈送给狗贩子，至今已经过去了整整五百零八天，想到这些心头不免涌起一阵伤感。

怀军的朋友在门口迎接了我们，进屋后，大家一边喝茶一边聊天。我和怀军的这位朋友见过一面，平时也总听怀军说起他们夫妻两人，所以还算是比较熟悉。朋友的妻子小君说："听怀军说起过你家可乐的故事。很巧，上星期我们经过罗马环岛的时候遇到了一只流浪狗，它好像跟我有缘，老是看着我。我蹲下招呼它，它就立刻跑到我的面前，像是老朋友一样，我当时看没人要就把它带了回来。"

小君说着向外一指："就是院子里的那只柴犬，我给它起了个名字叫Frank，它一来就和其他两个小伙伴玩到一起了，特别懂事，从不和那两只打架……"

我当着朋友的面不好责备怀军，难道这就是礼物吗？找一只像可乐的柴犬就能够代替可乐吗？这简直太儿戏了。这时候小君起身走到窗户边上向我招手：“李妍，你来看看，是不是有点像？”

出于礼貌，我端着茶走了过去。这时候我才认真地端详这只Frank。Frank正在和另外两只狗狗追逐玩耍，它来回蹦跳着，十分投入。我不得不承认，不管怎么看，Frank都是有几分像可乐的，这让我瞬间回忆起了可乐的样子。想到这里，一阵悲伤之情油然而生，我每次想到可乐都会这样。因为可乐不是什么名犬，可以说就是一般的土狗，所以在这一年多的时间里，如果它还健在，还没有被人屠宰的话，大概也活得很艰难吧，因为不会有人在意它。这时怀军跟我说：“要不你出去试一下，叫它一声以前的名字，看它是不是可乐？”

我回头看看怀军，再看看他的朋友，他们都对我善意地微笑着，那种无言的鼓励让我有了一种冲动。我端着茶来到院子里，眼前三只狗狗正“目中无人”地互相追逐，完全投入在它们的游戏中，根本没有意识到我已经来到它们互相追逐的草坪上。我不确定地轻声叫了一声：“可乐。”

只见那只Frank立刻从它们的游戏中抽离出来，它站在原地回身望着我，似乎也很意外，而此时我的直觉告诉我，天哪！这就是可乐。要知道亲情之间的感应是很奇妙的，那是一种用语言说不清楚的生物感应。我不知道茶杯是什么时候从我手里掉下去的。我单膝跪地向可乐张开双臂，同时又一次肯定地召唤了一声：“可乐！”

只见 Frank 用我熟悉的眼神与我交流，毫不夸张地说，这就是触电的感觉。随即 Frank 狂甩着尾巴向我跳跃过来，一下子把我扑倒，它这一扑让我瞬间泪流满面。我完全忘了当时所在的环境，一把抱住可乐，滚在了一起。怀军后来说，当时的情景把在场的所有人都感动了，就连刚才还在一起玩的拉布拉多和边牧也呆呆地站在一旁观望，不知道眼前发生了什么事情。

五百零八天，我和可乐分别了整整五百零八天之后，竟然意外地重聚了。我后来问怀军：“你是怎么确定这就是可乐的呢？”

“直觉！”怀军得意地说。

这真是天大的好事，这是上天馈赠给我的礼物，我不记得我抱着可乐在草坪上过了多久，当我的情绪平复后，松开可乐的第一件事就是转身抱着怀军一阵狂吻，完全旁若无人。至于那天怎么去的城里，吃的什么，我一概不知道，对我来说那些都不重要了。

可乐的失而复得改变了我的一些生活。虽然我妈已经默许了我和怀军住在一起的事实，可越是这样，我反而越是不再那么坚持住在怀军家了。可乐的回归也给了我们彼此一个很好的台阶，我又很自然地住回到了我妈那里。对我来说，这个家又一次完整了，一切似乎又回到了从前，我们每个人再一次找到了一个安放自己的地方。

自从可乐回到家里，又找回它的老位置——我爸的那张椅子，无论白天休息还是晚上睡觉，可乐总是盘卧在那张椅子里，非常惬意。就连喝茶的习惯可乐依然还保持着，不知道在分开的一年多的时间里，它都在哪里睡觉？喝的是什么？肯定没有茶喝。

一天，我坐在地板上对着窗户发呆。我想起了爸爸，想起了我们在雪场的情景，望着窗子陷入沉思。忽然我的右肩膀被拍了一下，我下意识地回头看去，没有人。我有些意外，难道是错觉吗？当我回头看向左边，只见可乐刚刚并排坐在了我的左手边，眼神看着窗外。但是我能从它的眼神中看出它是假装看着窗外，那种眼神是那么的熟悉，我瞬间泪目了，我觉得在这么安静的空间里，这种眼神交织只有我和它能够体会得到。我又想起了拉姆说过的话："这是你爸爸的转世，带它回去，你爸爸的灵魂也会跟着回去的。"

现在，我相信这一切是真的，因为这种感受只有当我一个人的时候才会出现，这种感受不需要和任何人分享，它就是我的一个秘密，永远藏在心里的秘密。从那一刻开始，我就爱上了孤独，爱上了冥想，在这种状态下，我能感到我离爸爸的距离是那样近，近到触手可及的程度。

对了，自从我爸去世后，我就再也没有去过雪场。雪板和雪地的摩擦声变得非常刺耳，甚至每当朋友谈论起滑雪，我都会刻意回避。我彻底告别了滑雪这项运动。

.15.

孟藜在带我参加完孙姐的那个饭局后不久，就办了休学，专心做生意。算起来我和她已经有半年多没有专门约见面了，要不是孟藜约我说必须见一面，可能我们都不知道彼此现在长什么样了。我们约在了一家音乐餐厅见面，记得当时已经是初夏了，餐厅外有一条很长的林荫街道，道路两侧的树荫几乎连在一起，除了来去匆忙的车辆，行人倒是不多。而且这里的环境非常不错，闹中取静，是我和孟藜经常去的地方之一。

孟藜一见面就跟我讲："知道吗？上次吃饭，就在你左手边的那个女孩，你猜她现在开了个什么车？"

"不知道。"

"一辆保时捷跑车，知道和谁在一起吗？"

"这我哪儿知道呀。"

孟藜喝了口饮料，放慢了节奏神秘地说：“那个尹总还记得吗？看上去就像是个好人的那个……尹总终于如愿以偿了。”

说完孟藜笑了，是包含很多意思的那种笑。我们就在那里耗了整整一个下午，最后的话题落在了以后的规划上。孟藜给自己定的目标是进入商圈，跻身有钱人的行列，过有钱人的生活。用她的话说，她已经迈出了重要的一步，所有这一切都要拜那次她带我参加的那个饭局所赐……

孟藜一边喝着茶一边给我讲述着这半年多发生的事情：“那次饭局后的一天，我接到孙姐的电话，说是出来喝茶。我去了，孙姐见到我，直截了当地问我：‘你不是说你爸也是商圈的吗？能凑些钱来一起做项目吗？’”

“可以啊，什么项目？”孟藜毫不犹豫地问孙姐。

孙姐把最近她要干的事说了一遍。因为马上要开一个安邦小区的大项目，孙姐想在里面拿到小区所有的供料和门窗，后面还想拿下整个小区的电梯和绿化。原来，饭局上带去的女孩，都是介绍给那些老板认识的，目的就是为了能够从那些老板那里拿到工程项目。

现在回想起来，我差一点就成了孙姐的“礼品”，多亏有孟藜，多亏有袁哥，总算是有惊无险。

孟藜说孙姐当时就直接问她能不能入股合作。我好奇地问孟藜：“你怎么能够确认这不是骗局呢？或者确定不会赔钱？”

孟藜说：“之前我让袁哥从侧面了解了孙姐的公司情况，虽然公司不大，但是一直做得不错，在业内也有一定的口碑。”

孟藜问孙姐说：“你需要多少钱？”

孙姐说：“我需要先垫资，大概要一千九百万。”

我打断孟藜插嘴道：“让你拿多少？”

孟藜说：“孙姐希望我能拿出五百万。”

我一听当时就晕了：“怎么可能，你上哪儿去弄这么一大笔钱？”

孟藜说：“没错，当时我一下子也慌了，但是我不能让孙姐看出来。我也不知道当时哪里来的勇气，我跟孙姐说，我要回去和我爸商量一下，我爸要是觉得这个项目值得做，我就投。”

说到这里，孟藜靠向沙发望着天花板说：“其实，我从孙姐那里出来仔细地分析了一下情况，又让袁哥帮我打听了一下目前这个项目的情况，最后我把心一横，回老家和我妈一起把我爸过户给我的四套门面房一次性全卖了。”

听到这里，我已经完全呆掉了：“怎么从没听你说过呢？”

“我后来害怕了，要是就这么房子没了钱也没了，我和我妈今后可怎么过日子呢？”

“那你真敢把钱交出去？就不怕出事？”

“有时候人需要赌一把，我当时就是这种心理。”

孟藜喝了口茶，稍微轻松了一些。

“当时卖房子一共卖了五百二十万元。回到北京就是填合同，签合同，再分批打款。整个项目为期两年，一年后开始回笼资金，没想到一切还都挺顺利的。”

我简直不敢相信，孟藜只留了二十万在手里，其他的全拿去投资了。我眼前的孟藜不过才十七岁多，干这些事情的时候冷静得完全不像她这个年龄的人，不对，应该说疯狂到不像一个正常人。

“当时的我哪里想得到，就在不到一年的时间里，我的投资成本基本上全都回笼了。这一次投资，我能挣回本金的两倍多，一共是一千多万，五百万纯利润。”

孟藜此时还沉浸在成功前的憧憬里，她一边喝着茶一边兴奋地说：“知道我有了钱会干什么吗？”

“你说来听听。”

“我觉得我好像是开窍了，我想和我的一个朋友做豪车生意,如果顺利的话,到时候想开什么车就开什么车,随时换。”

这就是孟藜当时的理想生活，我冷静地问孟藜：“你就没有想过万一赔了呢？”

孟藜说：“我坚信不会，这一切也是基于袁哥的人脉，他知道很多内部情况，否则我也不敢。”

我还是觉得孟藜太胆大了,万一出问题呢？上哪儿哭去！孟藜说：“说实在的，当我把四套房子卖了的钱一笔一笔分期打到孙姐的指定账号上的时候,我是心虚的,没有安全感的。但是转念一想，一切都是命，如果栽了就认命吧。”

说到这里孟藜举起茶杯：“来，为了明天的成功干一杯。”

这是 2008 年的初夏，我们两个女孩的人生轨迹从此开始分叉，奔向各自的目标。孟藜一发不可收拾地向着她的目标一路狂奔，跳出了她原本的阶层，完全跻身于商圈。而且她的成功速度和财富积累速度之快简直令人难以置信。而我，正全力以赴地准备我的高考，向着我平淡稳定的人生前行，财富与我似乎没什么关系。幸运的是，我有可乐，仅仅因为这一点，我就觉得足够幸福。

自从我和可乐住回到我妈那儿，我就经常看到李功宇叔叔来我家。虽然他对我非常客气，但是我对他的态度还是有些矛盾，总体上是排斥他的。可乐也非常排斥他，一碰到可乐对他低声吼叫，我就有一种说不出的高兴。后来，我想到一个特别有意思的办法，当他洗完手用毛巾擦手后，我都抢上前去抓过毛巾："李叔叔，您去喝茶吧，我帮您搓一下毛巾。"

其实我哪里会去搓啊！我不但不会去搓，还会把毛巾留下来，等到家里没人的时候，再把李叔叔用过的毛巾拿出来让可乐嗅一遍，然后开始训练可乐。

. 16 .

我用带有李叔叔气味的毛巾训练可乐，可乐的悟性很好，它很快就领会到了我的意思，一旦咬住这块毛巾就死不松口。后来，只要是李叔叔用过的毛巾，不等我发号施令，可乐就会在第一时间扑上去撕咬。再后来，就发展到只要李叔叔一进我家门，可乐就扑上去凶狠地撕咬他的裤腿儿，搞得他非常紧张。每当这个时候，我就躲在我自己的屋里偷着乐，等时间差不多了，再假装生气地把可乐拉开。我觉得每次这样做之后，我都有一种释然的感觉，我从心里觉得爸爸是能感觉到的，而且他一定会高兴的。

在这样的恶劣环境下，有一段时间李叔叔来我们家的次数明显减少了。

在我和孟藜不满十八岁的时候，我们分别经历了人生的重大打击，我和孟藜都失去了爸爸。不同的是，我是在生物学的角度失去了爸爸，而孟藜是在精神层面失去了爸爸。自从孟藜的父母离婚以后，孟藜爸爸就带着那个年轻女人回老家生活了，和孟藜妈妈形同路人。对孟藜而言，她的爸爸虽然活着但是已经死了。

其实在我看来，孟藜的爸爸尽管伤害了她们母女俩，但孟藜的爸爸还是非常爱孟藜的，这种爱表现在他对孟藜的愧疚上。她爸和她妈办离婚的时候，她爸只给自己留了一套在老家的房子，其他四套底商、两套住宅，还有北京的住房，全都给了孟藜母女俩。只是过户的时候，在把房产过户到谁的名下这个问题上，孟藜的爸爸还是斟酌了一番。他和孟藜说过，全部过户给孟藜的妈妈他不放心，害怕一旦她妈妈被哪个居心叵测的坏男人欺骗了，那她们母女俩的生活就没有保障了。商量到最后还是决定全都过户在孟藜名下，这个决定也符合孟藜妈妈的利益，所以她自然不会有什么意见。仅凭这一点，我就觉得孟藜爸爸是爱她的，也许离婚是迫于无奈吧。人生肯定会有很多无奈，有时候我们只看到别人做出了不合情理的选择，那是因为我们不知道背后的原因罢了。

有时候我甚至有一种冲动，要将从我们两个有限的人生经历中感悟到的人生酸甜苦辣，写出来发到网上。如果真那么做了，一定有超高的点击率。

有的人，人生的路还没走多远，就已经体验了整个人生；

有的人，生命已经快到尽头，但还没开始真正的人生。

我和孟藜都属于前者。

一个周末，我妈和李叔叔出去了，我一个人在家看书，其实我也没看进去，我觉得他们最近的关系好像越来越好了。我在考虑我到底应该是个什么态度呢？按常理，我应该排斥他的，毕竟他取代了我爸的位置，可是，我有时候为什么又希望他们在一起呢？在他们的问题上，我一直有些矛盾，脑子里有两个我在打架。我经常在夜里问自己，这个李叔叔人还行啊，我为什么不喜欢他？因为他的存在，妈妈的脾气比以前好太多了，那我每次为什么还要跟他作对呢？

有时候我也会有一种自责，因为接受李叔叔会让我感到对不起我爸，居然这么快就放弃了抵抗，任由入侵者进入我们的家。

在我的内心深处，是非常惧怕我妈歇斯底里的。但我发现李叔叔能够让我妈随时都处在比较理性的状态，只要和李叔叔在一起，我妈就会出人意料地有涵养，有书卷气。这也许能够解释为什么我这么快就放弃抵抗他的“入侵”吧。

前些日子，在我的训练下，可乐只要一见李叔叔进屋就会扑上去撕咬他的裤腿儿，并且从喉咙里发出低沉的警告声。

如果不是我妈呵斥，恐怕可乐的暴力还会升级。每当这个时候，我妈好像能感应到我心中的窃喜似的，有时候哪怕她在另一个房间，她都能知道我的表情，所以她一听到可乐的低吼，不管在哪儿都会高喊：“李妍，管一下你的可乐。”

而我的标准回答就是高声回应：“可乐，干啥呢？谁又惹你了？”

可是，最近我意外地发现这种情形改变了。有一天我从学校回来，发现可乐并没有第一时间出来迎接我，以往都是我人还没到门口可乐就先到门口等着了，可是今天却没有，这让我心里有一丝不安。进屋一看，可乐正和李叔叔打得火热，李叔叔蹲在地上抚摸着可乐的肚皮，可乐仰躺在地上，翻来侧去，似乎很享受这种抚摸。要知道，狗狗只有非常喜欢你、信任你，才会仰躺在你的脚下并且把肚皮露给你。在我的眼里，他们看上去似乎就是多年不见的老朋友，更让我醋意大发的是，可乐竟然没有理我。按说以可乐的敏感程度，只要我进屋，它肯定是有感知的。这个场面让我消化了很长一会儿，我随后就大喊了一声：“可乐！”

可乐被我的喊声惊醒，一骨碌从地上翻起，摇着尾巴向我跑来，我看都没看它一眼，径直走到我自己的房间去了……

可乐一定是感受到了我的不高兴，狗狗对主人的面部表情是十分敏感的。所以它极尽讨好之能，就像一个没心没肺的人，我禁不住它这样讨好，很快就投降了，露出了笑脸。

经过这件事，可乐好像也意识到了我的内心变化，几乎再也没有发生过类似的事情。

一天早晨，我终于意识到我对李叔叔的接纳实际上是出于对我妈失控情绪的恐惧。这就是人们常说的“顿悟”，人生就是这样，不是任何事情都可以用道理解释的。很多事之所以发生，并不是如表面看的那样显而易见，有的原因可能会藏在表面之下的一层甚至更深层，有的也许就是你永远的谜。

怀军来了，我们这段时间的联系不多，我最近因为李叔叔的事情有些冷落怀军了，但是不管怎样，只要我叫怀军，他都是随叫随到。为此，他经常自嘲说：“我对你来说，就是那种随叫随到、随哄随走的朋友。”

因为很久没有见他了，所以这次我们约好出去吃个饭聊聊天。

我们约的地点是王府井百货大楼附近的一家港式火锅，我和孟藜去那里吃过，觉得不错后来就成了那里的常客。吃饭的时候，怀军说：“李妍，我不想考大学了。”

“为什么？”

“你也知道以我的成绩是很难考上的，即便是勉强过了分数线，恐怕也没有什么可以选择的学校，也都不是我理想的。”

“你不会生我的气了吧？”

“怎么会！”

“那你打算高中毕业后干什么？”

“当兵，到时候你们去上大学，我去当兵，这也不是什么丢人的事。再说，到了部队，还可以让我收一下心，磨炼一下心性，你说呢？”

怀军的话让我忽然有一种伤感的离别之情，可能是感受到了不久之后的分别，此刻我脑子里想的全是怀军的可爱、本分，还有他对我所有的好。总之，此刻怀军在我眼里一下子全都是优点。我知道怀军的选择是对的，但心中的复杂情绪却让我不知该如何表达。怀军见我在愣神，用筷子敲敲我的碗：“大姐，问你的意见呢！这可是我的人生大事啊。”

我马上点点头：“我觉得你的选择是最适合你的，只不过想到我们就要分开了，心里有些不适。也不知道你会被哪个部队招去，会去哪里，是不是要到很远的地方……”

说到这儿我居然没有忍住，眼泪一下子就涌了出来，怀军马上坐过来用纸巾帮我擦眼泪。我一下子靠在他的肩膀上，这是我第一次感觉到他的肩膀是这么温暖有力，让人有一种想依靠的感觉，而且这种依靠能让人心静。不知不觉间，我居然在他的肩膀上睡着了，也不知道过了多久，怀军把我晃醒说该走了，一看表，我居然睡了一个多小时。

也是从那时起，我心里就产生了一个想法，我要送怀军一个很重的礼物，以报答他帮我找回可乐之恩，同时也感谢他一直以来对我像亲人一样的呵护。我相信怀军一定会终生难忘的。

他应征入伍的那一天，我一定要去送他。

高考季如期而至，今年的竞争异常激烈，我没日没夜地复习、做题、上课，甚至都没有注意到孟藜近况。在所有的考试结束以后，我才见到了孟藜。这时我才知道，孟藜正经历着她人生中又一次重要的告别。

.17.

我和我妈的关系可能是这个世界上最飘忽不定的关系，既脆弱又紧密地连接在一起。我可以和我妈一周不说一句话，因为有时候我们真的连说一句话都嫌多。但是当我妈受到某种刺激母爱泛滥时，只要有一会儿见不到我，她就会满世界找，必须马上找到我，不然后果不堪设想，似乎我就是那块能堵住母爱泛滥缺口的水泥块。在这种情况下，我妈一见面就嘘寒问暖，要啥给啥完全没有原则，但等三分钟热度一过，尤其是当我的情绪被她调动起来，觉得我妈这些年也不容易的时候，她就会拒你于千里之外，变得极其不近人情……

当我一个人的时候我也经常检讨自己，那次我们在单元门口大吵一架的后果就是——彻底揭开了尼泊尔医院的秘密（本来妈妈是不愿意说出来的）。而拔管子的事情很容易让人浮想联翩，学校的很多老师和周围的左邻右舍的议论，让我妈在无形中背负了很大的压力。精神上的重压，使得我妈在学校的日子非常艰难，没过多久，我妈就心生退意，辞去了学校的工作。当然，生活给你关上一扇门的同时，也会为你打开一扇窗。我妈妈的好友——教数学的方曼青阿姨，还有许平叔叔，拉着我妈办了一个数学提高班。因为教学质量过硬，至少能够帮助学生把数学成绩在现有的基础上提高二十分以上，这个提高班很快就名声在外，学生多到应付不过来。可想而知，这个数学提高班的收入也非常可观，所以我妈每天都跟打了鸡血似的。辞职，对她几乎没有造成任何负面影响。

这么说吧，一个学生一小时费用八百元，每个老师一天可以辅导四个学生。既不用风吹日晒，也不会太累。他们还设计在一定的阶段老师之间可以交叉互换学生，让学生从三个老师那里获得不同的经验和技能。

我妈今年已经四十二岁，但身材匀称，从外形上看最多也就三十来岁。也许是失去丈夫，还有我这么一个叛逆的女儿的原因，岁月的沧桑还是在她的眼角留下了痕迹。我妈在穿着上不太在乎名牌，仅有的那几件也是装点门面用的。她平时更喜欢尝试一些价格不贵但款式新奇的衣服。不过最近，我发现她开始买一些大品牌的衣服了，这可能和办提高班的收入有关，没准也和李叔叔的品位有关。

因为我听别人说，可以从一个女人着装的变化，看到这个女人的内心变化和情感变化。

每个高考季都像是一场马拉松赛跑的最后冲刺阶段，但在我妈眼里，可能更像是一场生死博弈。所以她最近变得非常焦虑，而且还非要我报考清华大学计算机网络工程专业，或者计算机软件工程专业。

那天，我们从学校往家走，我妈边走边语重心长地跟我说："现在电子信息产业是一项新兴的高科技产业，计算机网络工程和计算机软件工程都被称为朝阳行业，我听说'十一五'期间这些朝阳行业将以高于经济增速两倍的速度快速发展，前景十分广阔，而且，以你的实力，填报这两个专业应该没有悬念。"

我立刻打断她的话，她现在就像在做报告："打住，我对清华大学、对计算机没有兴趣。"

"那你对什么有兴趣？你知道全国有多少人渴望进入清华大学吗？你现在的成绩可以考入清华大学，你还不想去，你真是身在福中不知福。"

"那我就给其他学生省出一个名额呗。"

我妈白了我一眼，没有说话，伸手拦了一辆出租车。汽车行驶途中，我妈坐在副驾驶座上转头生气地问我："那你到底想报哪个学校？"

“北航。”其实我有这个想法已经很长时间了。

我妈显然是很惊讶：“北航？什么专业？”

“工业设计。”我觉得我妈听到这个名字半天都没有反应过来，这个名字对她而言太陌生了，因为我从来没有和她说起过。我意识到，我妈此刻应该是在强压怒火，不想和我在车上争吵。过了一会儿，我妈换了一种口气：“李妍，你想啊，清华有什么不好？就算你以后到国外，清华这个名字含金量也是数得着的。这都马上高考了，再说，北航这个工业设计你肯定也是最近才想到的，并不成熟，你说是吧？”

我耐着性子解释道：“妈，这些我都知道，可是我希望我能学一门自己喜欢的专业，而不是被别人接受的价值所左右。”

我妈提高了嗓门：“什么叫别人接受的价值？那就是普世价值，再说你还没有学你怎么知道你不喜欢？”

我也针锋相对：“可我就是不想上清华。”

我果断地击碎了我妈对清华的幻想，因为我觉得我妈为我做的这个选择，与其说是为我选学校，不如说是为她自己选学校。

我妈这时候也急了，她几乎已经不能控制自己的怒火了：“那你要是考不上呢？”

“考不上就不上呗！”

我妈惊讶地回过头，不相信这是从我嘴里说出来的话，她再一次忍住怒火说：“好，那你是不是可以同时报考清华的计算机网络工程和北航的工业设计两个专业？”

我当时已经对我妈的所谓人生安排厌恶至极，我说：“报考可以，但是清华不是我的第一选择，我的第一志愿肯定要填北航的工业设计。”

我妈彻底绷不住了：“我简直没法跟你说，就不该替你操这份心，好心当成驴肝肺，司机你停车，让她下去。”

司机：“大姐，这是高架不能停车。”

当我听到我妈让我下去时，我瞬间下意识地就要去拉车门，甚至都忘了汽车正在高速行驶。这一举动把司机吓得够呛，他一边减速一边大声说：“别动啊，这儿很危险，我到前面找个停车的地方你们再吵。”

·18·

安静，此刻车里只有令人窒息的安静。

等司机在安全地段靠边停下以后，我立刻拉开车门冲到马路边上，此时我已经愤怒地哭不出来了，只是觉得在车上多待一秒都会窒息而死。虽然事后回想，也觉得可以不用这么激烈，但是当时我就是本能地做出了反应。我妈也跟着我下了车，她好像意识到了失控的情绪导致的危险。我愤怒得连站着的力气都没有了，只能蹲在地上抱着双膝，一言不发。我妈站在我的边上就好像在挽救一个失足青年："我们能不能好好地说话？"

我不吱声，我妈继续说："我作为一个过来人，我的人生经验就是你最好的课本，人生经不起反复，更经不起重新来过，难道你不觉得这很重要吗？"

虽然当时我已经没有争吵的力气了，我只是依然坚持我的主张："我不是说你的人生有问题，我只是希望能够自己把握人生，而不是过你想过的人生。这不是对与错的问题，哪怕最后失败，我觉得也是值得的。”

我妈绝望了，她一定在想，这孩子脑子里到底进了多少地沟油……事后我和孟藜谈起这件事情的时候，孟藜也觉得我坚持得对。工业设计在以前似乎过于冰冷，让人联想到的只是金属，可是看看今天，看看各类手机，太多新潮的产品无不证明科技产品也是可以有温度的，也可以有艺术气质。说白了，就是因为今天以手机为代表的一系列产品，为我打开了工业设计的这扇门，科技与艺术的结合真正激发了我潜藏在心底的巨大兴趣。即使在我今后创业的艰难时期，我都没有后悔我做出的选择，因为我始终没有丧失过对我所选择职业的兴趣和热情。

这次的冲突，使得我们的母女关系再一次降到了冰点。在这段时间里，我妈不再管我，全身心地投入到和同事办的数学提高班，她把几乎所有的时间都放在了那里。而我的所有时间都给了可乐，给了我自己，我们就像是生活在同一屋檐下的两个陌生人。

差点忘了，在这样一段冷战的时间里，我妈和李功宇叔叔结婚了。他们没有大办婚礼，只是请了几个亲朋好友在一个饭店里小小庆祝了一下。

我最后还是决定不去参加他们的婚礼。他们结婚那天，我带着可乐在一条不知名的河边待了大半天，看着河水缓缓地流淌，听着鸟叫和蝉鸣，有一种回到童年的感觉。可乐也从来没有在野外玩过这么长时间，所以那天我们两个都很开心。虽然我还不知道和继父一起生活会是什么样子，但可以预见的是，因为他的存在，我和妈妈爆发战争的概率，一定会大大减小。

这么一想，我忽然觉得自己还是幸福的，可乐也好像感受到了我此刻的心情，因为从可乐走路的姿态上就能明显看出它很高兴。可乐高兴的时候，它走路的姿态会非常优雅，就像是马术比赛中马儿的盛装舞步那样，朝天竖起的尾巴就像一个旗帜。看到可乐这样，我的心情也是大好，步伐也变得很有节奏感。因为心情变得愉悦，连回家的路都感觉比来的时候近了很多，不知不觉就到家了。

今天是 6 月 10 日，高考刚刚结束，孟藜突然来找我了。看着她红肿的眼睛，我问：“眼睛怎么那么红？发生了什么事？”

孟藜什么都没说，只是扑到我的床上哭了起来，我吓坏了，看这样子肯定是出大事了。我马上给她倒了杯水，并拿了块毛巾坐到她身边：“孟藜，告诉我怎么回事，我也好帮你出点主意。”

孟藜哭着说：“袁哥不要我了……”

刚说一句她就说不下去了，索性继续趴着哭起来。虽然只听了这一句，但我也大致知道是怎么回事了，也就不那么担心了，先让她哭一阵子吧。在我看，袁哥比孟藜大二十三岁，今年已经有四十一岁了，他们早晚会面对这个问题，只不过袁哥太宠着孟藜，身边的其他朋友谁也不愿意去说破这个问题。

孟藜在我这儿一哭就是一个下午，哭累了睡，睡醒了继续哭。看得出她真的很伤心，也很委屈。最后我给她煮了一碗面，吃完面，孟藜才开始和我倾诉她的遭遇。

“你自己分析一下你们分手的原因是什么？”

“原因其实很简单，他需要结婚生子，可是我太小，他说我还没有定心。”

“我明白了，他一直把你当成小妹妹看待，没有当你是他未来的妻子人选。”

说到这儿，我忍不住替孟藜说了句公道话：“但是有这么和妹妹同居的吗？这简直就是在鬼扯。”

孟藜带着哭腔说：“说我小，可那是我的错吗？况且如果我做错了什么,说出来我可以改啊。我生气的是他老躲着我,连跟我吵都不愿意,我不依不饶地缠着他,他居然推脱说有工作就闪了。”

“你想一下,会不会是有什么别的原因?他最近有没有什么新的变化,比如回家的时间,看手机的习惯,等等。”

孟藜想了又想:“都没有。”

孟藜接着说:“这是我们唯一一次翻脸。”

我说:“男人基本上是用下半身思考的动物,更加本性和不自控。”

很多年以后,当我从其他朋友的口中了解到袁哥当时在对待孟藜问题上的考虑时,又突然对袁哥有了改观,觉得他们分手对孟藜来说是正确的,至少从现在的结果来看,没有袁哥就没有孟藜的今天。

但是不管什么原因,孟藜和袁哥分手是她人生中非常重要的一件事。袁哥对孟藜基本上是要星星绝不给月亮,凡事都宠着惯着,这也造就了现在的孟藜凡事以自我为中心,只会从自己的角度考虑问题。所以,袁哥的离开更多意义上是让孟藜去习惯没有这个依赖,这种对袁哥的依赖让孟藜极度脆弱,脆弱到一碰就断。

袁哥的离开也非常彻底，一旦离开就没有任何联系，听不到他半点消息，似乎这个人一下子人间蒸发了一样。直到后来袁哥听说孟藜和孙总做生意，要先垫资六百多万的时候，托人找到孟藜要她别冒险，而且他愿意借给她垫资的钱。但是孟藜拒绝了袁哥的善意。孟藜的想法是：既然这一切没有绝对的把握，为什么还要拉别人进来呢？

而且孟藜当时也憋着一股劲，似乎只要自己事业成功，袁哥就还有可能再一次回到自己身边。但是孟藜想错了，很快，袁哥不但结了婚还生了孩子……

在袁哥和孟藜还没分开的那一段日子里，孟藜经常跟我说她和袁哥的事，甚至他们之间的一些细节都和我分享。我们讨论过袁哥的鼻子有多挺、多好看，讨论过他的眼神不经意间总给人一种勾人的感觉。不知道为什么，在讨论袁哥的同时，我也在不知不觉间拿怀军和他做比较。我甚至曾经设想，我和怀军哪天借着酒劲把该干事的都干了。可是，一见面，这些想法就都消失得无影无踪。

有一次，袁哥跟他的好友在喝酒的时候说起过孟藜，他当时的原话是："我不想把她绑在我身边成为一个生儿育女的工具，她还小，还要继续上学，等她成熟了她才能知道自己想要什么。"

听到袁哥这样的话,不知道孟藜内心是怎样的复杂情感。冷热参半，冷暖自知。

随着孟藜在事业上的成功，她的自身价值带给她的自信使得她更加独立，再后来，就几乎听不到孟藜说起袁哥了，孟藜少女时期的那段岁月就这样渐渐远去。

当然，似乎每个女孩子都要经过这个阶段，都要告别自己的少女时代，而我的告别也迫在眉睫，因为怀军就要当兵去了。

.19.

12月10日，怀军就要乘军列出发了，目的地是远在西北银川的工程兵某部。就在出发前的三天，怀军来找我，告诉了我他的行程，我忽然有一种古代人生死离别的感觉，想到王维送朋友去西北边疆的诗："劝君更尽一杯酒，西出阳关无故人。"这一走不知道什么时候才能相见，尽管是在交通便捷的和平年代，但是面对离别还是有一种莫名感伤。我和怀军约好去吃一顿大餐，纪念和告别我们的青春时代，也算是离别前我请他吃的践行宴。经朋友隆重推荐，我们去了一家湘菜馆，据说那里的菜味道很好，很过瘾，而且我知道怀军喜欢辣的。

我们要了一大桌子菜，怀军还要了白酒，我说："我也要喝。"

"你不是不喜欢白酒吗？"

"今天不一样，我陪你喝一点。"

随后，我们开始大吃起来，由于基本上每个菜都是辣的，每吃一口就小酌一口白酒，白酒一进口，又马上吃一口菜，怀军的鼻头上很快就布满了细细的汗珠，太刺激了。不一会儿一瓶白酒就被我俩全都消灭了，这顿饭我们吃了两个多小时。虽然最后头脑还是清醒的，但我说话已经不太顺溜了。怀军有些意外，惊讶地说“没想到你居然可以喝这么多白酒。”

晚上九点多，我和怀军在饭店门口叫了出租车，怀军问：“先送你回家？”

“不，去你家。”

怀军也没多说什么，和我一起上了车。

一会儿工夫，我和怀军就到了久别的小院。一进门，一切都是那么熟悉，石榴树和海棠树依然安静地站立在院中。虽然喝完酒还有些燥热，但是进到屋内还是能感到一阵凉爽。屋里没有热水，也没有可以吃的水果，我们就一人一把椅子，面对门口并排坐着享受着难得的安静。透过门上的玻璃，看着院子里的树影。我和怀军谁都不愿意去打破这种宁静，对我们而言，好像这种宁静太珍贵了。就这样不知道坐了多久，我突然向怀军伸出了手，怀军看了我一眼问：“干吗？”

我没有回答，黑暗中我的胳膊悬停在空中，手腕在半空自然下垂，夜色下的线条还是挺美的。

我希望怀军能够握住我的手，所以我就这样毫不掩饰地直视着他，既不说话也没有任何表情。怀军慢慢明白了，他也伸出了手，我们两个人的手紧紧地握在一起。这让我突然有一种过电的灼热，这种感觉是以前从来没有过的。平时我们别说是握手，就是他抱着我，我也不会有丝毫感觉。但是今晚，可能是酒精的作用吧，握着他手的时候，我真的是内心百感交集。我开始用力把怀军的手拉向我这边。怀军笑了，他肯定觉得我自不量力，凭我的臂力哪里能拉得动他，但是我依然执着地去拉。过了一会儿，怀军终于妥协了。我经常被怀军的这一点打动，那就是不管他是不是领会到你所要的，或是他根本不懂你要干什么，但是他首先愿意去探索你的需要，他愿意先去尝试你要的东西。

他被我拉起身，被我拉向我这边，直到他挨着我站到我的眼前。我情不自禁地站起身，贴近他的脸，近到彼此都能感觉到对方的呼吸。这时候，我把我的黑色羊绒围巾拿出来，蒙在了他的眼睛上，最后我把围巾在他脑袋后面打了个结，并且在他耳朵边轻声地说：“不许看，等我说好了才允许看。”

此刻，屋里没有开灯，怀军老实地按照我说的一动不动站在原地。我爬到床上，轻手轻脚地把自己脱了个干净。我没有想到这个时候我还有一点紧张，甚至闪现了一下后悔的念头，但是很快我就很坦然了，就这么赤条条地站在床上对他说：“可以看了。”

当怀军摘下围巾的一瞬间，那表情简直可笑极了，就好像是他被一个女流氓调戏了一样。只见怀军不由自主地向后退了一大步，惊讶地仰头看着我，我站在床上使劲在想用什么语言叫他上来才不显得尴尬，但脑子里却是一片空白。怀军反应了一下，尴尬地笑了出来，我也笑了，我对他说：“别紧张，我是自愿的。”

但是怀军很快就严肃起来:“那个什么,你先把衣服穿上。”

怀军让我穿上衣服的那一刻，我体会到了什么是尴尬。我呆呆地站在床上不知是该穿还是不该穿。这件事让我特别懊恼，我这样以身相许，居然被拒绝了，我甚至在怀疑怀军的脑子是不是进水了?

我不记得最后我是怎么穿上衣服的，也不记得怀军跟我都说了些什么。我只记得，当我穿好衣服的时候，他凑上前犹豫着说：“我不想这个样子，但是这不是因为你的原因，是我觉得，那个，什么……”

我知道他是想向我表示歉意，可能是被我的举动给吓着了，才变得语无伦次不知道该说啥了。但是当时的我并不这么看，我一肚子尴尬转变成的怒火不知道该往哪里撒，所以没等怀军说完，我就一把推开他冲出了房间。在院子里，怀军赶上来拉住我，说一定要送我回去，但是被我狠狠地甩开了，怀军说："抱歉，刚才我不是那个意思，我……"

我用失望透顶的眼神看着他，并制止他说话，让他不许跟着我。

怀军出发的那天，我还是去车站送他了。站台上有很多送行的人，新兵列好队，在老兵的指引下有序地按事先规定的车厢上车。他们乘坐的是一列老式的绿皮车，站台上所有的军人不管是老兵还是新兵，都一身军绿，再配上红色的欢送条幅，红色的旗子，佩戴在新兵胸前的红花，这色彩搭配，太鲜亮了。

这个气氛甚至让我觉得很喜庆，但当列车的鸣笛声响起，车轮开始缓缓地向前转动的时候，气氛就一下子变得不一样了。我立刻被带入到了送别的气氛中，一下子就泪奔了。当时我站在车窗下对着怀军的座位，我很讨厌在怀军面前显得这么没有出息，想把眼泪抹掉，但是根本抹不完，眼泪像是断了线的珠子，一个劲儿地往下掉。列车缓缓驶出站台，我也跟着列车慢慢跑起来，怀军在车上透过窗户冲我说："回去吧，别送了。"

可是我就是停不住，一直跑到站台的尽头，呆呆地站在原地，看着列车逐渐远去，最后消失在视线中。

那天我都不知道自己是怎么回到学校的，一连几天我的情绪都非常不好，谁也不愿意搭理，其实也没有谁愿意搭理我。

起初我以为自己和怀军的感情就是兄弟之情，所以并没有往其他方面想，但随着我们之间的距离变化和相见时间的不确定，我发现实际情况与我想象的恰好相反。

当时我们的关系之所以没有发生本质的变化，就是因为时机还没有成熟，一旦时机成熟，你的感情就不是意志所能控制的了。再说，我们这个年纪，谁能控制住自己的感情呢?

.20.

我如愿地上了北京航空航天大学，这一点也是非常值得庆幸的，因为如果我落榜的话，我和我妈的关系估计会走到难以修复的地步。我当时在专业的选择上不愿意向我妈让步，现在想来那简直就是一场赌博。

上大学以后，回家的机会就少了，见可乐的时间也就更有限了，这让我觉得有些亏欠可乐，不得不请我妈代为照看。我妈对可乐倒是挺照顾的，基本上不用我操心，估计是上一次把可乐送给狗贩子导致的后果至今还是我妈心里的一个阴影……

但时间一长我就发现了一个问题，就是可乐每天需要去户外活动，而我妈根本没有这个时间带可乐出去，即便是有时间，我妈也很难用牵引绳控制住可乐。所以，可乐大部分时间是被关在家里度过的，这不能不说是一个小小的遗憾。

从那个时候开始，我就有了一个计划，就是找个机会带着可乐到海边或是草原去玩一次，疯一次。

刚过完年，孟藜很兴奋地来找我说：“告诉你个好消息，我有一个朋友，邀请我去西昌看卫星发射，让我报个人数好提前做安排。”孟藜说完就拿眼睛瞪着我，等着我的回答。

“你去不去？”

“我当然去啦，现在就问你呢。”

“那我也去。”

“太好了，我马上告诉我朋友，咱们两个都去。”

好像明天就要出发了似的，接下来孟藜和我开始商量旅行细节，她建议我们先在成都逗留两天，体验一下那边的美食。然后再租个车开到西昌，这样就可以沿途欣赏一下美景。据朋友说，从成都到西昌有一段盘山路，因为山体狭窄陡峭，没有足够的空间修建传统的盘山公路，所以采用了隧道与悬空的钢结构大桥相结合的办法。就是汽车从隧道中的公路直接开上悬空在外面钢架上的公路，然后继续向上，再转到上一层隧道，这样依次逐层攀登，最终越过山顶，据说这项技术在国际上都是非常领先的。

我们就这样越聊越兴奋，直到天黑都没有感觉。

一切都在计划中如期进行，到达西昌的那一天，我们一行人住在邛海湾的一家酒店，这是一家才开张的酒店，所有人都没有想到在西昌居然有这么舒适的酒店，酒店坐落在邛海边上，环境十分优美。

这次我们的队伍里还有一个需要特别介绍的人物，那就是正处在上升期的歌手张帅。就是这个张帅，成为继袁哥之后又一个走入孟藜生活的人。

第二天一大早，当地的朋友安排了一辆豪华中巴车带着我们出去玩。这是一个初春的早晨，沿途的植被在露水下面透着翠绿，满山坡的山茶花已经盛开。邛海边的螺髻山脉是垂直性海洋气候，它的山顶终年积雪，山下却四季如春。早上的大地被阳光照射会形成冷暖交替的效果，一夜的寒气被灼热的太阳从土壤里赶了出来，浓浓的云雾贴着地面缓慢地飘动，远看如同白色的绸缎。随着太阳越来越强，温度越来越高，云雾离地面也越来越高，最终高到一定程度后，随风飘散，那景象犹如仙境。

到了山顶之后，大家下车活动了一下腰身。孟藜的那个朋友是带着全家人来的，他们特别兴奋，老公开始给妻子和孩子拍各种照片。这时候，我和孟藜来到公路的边上，看着垂直向下的峡谷。峡谷底部流淌着的河流，看上去竟然细得像一根筷子，恐高的人恐怕都不能站在这里。

此时，只见山腰一大片云雾翻腾着向上而来，不一会儿，我们全都被云雾层层包围，周身立刻感到一阵阵寒意，四周什么也看不到。我不知为什么突然大声喊道："孟藜，你还能看见我吗？"

孟藜也喊起来："李妍，你在哪儿？"

"你们站在原地别动，小心掉下山，等云雾散开再说。"这是那个歌手张帅的声音，因为从一见面我就听着他的声音特别有磁性，很好听。

我和孟藜按照张帅说的站在原地一动不动，不到一分钟，云雾就飘向了更高的地方。阳光再次照射在我们身上，我们互相看着对方，发现张帅就在我们边上，让大家都觉得很好笑。忽然张帅像是发现了什么，走向山坡的另一边，我们顺着他走的方向看去，只见一个牧羊人赶着一群羊从山下走来。我们都好奇地凑上前去观看，到了近处才发现，牧羊人居然是一个女孩。她一头浓密的头发随意地缠在头上，瘦小的身躯被一面黑色的查尔瓦裹在里面，在黑色的查尔瓦包裹下，一小团墨绿色从领口露出来，那团墨绿色在黑色的衬托下显得非常耀眼。虽然我们互相都听不懂对方的语言，但我们还是用手里的小食品让这个牧羊女停留了片刻，大家争相与她合影留念，记录下眼前这难得的一幕。

回到北京若干年以后，大家偶尔聚在一起，还经常说起这个牧羊女，原来大家对她的印象几乎是一致的：如果当时有人把她带回北京，好好地打理包装一番，一定会秒杀所有北电的表演系学生。她的脸部轮廓太欧式了，就像是电影《杀死比尔》里的乌玛·瑟曼，真的一点都不夸张。孟藜看着张帅不停地给牧羊女拍照，故意打趣道："哎，适可而止啊，见到美女走不动路啦。"

张帅看着孟藜，再看看我，然后对孟藜说："你不觉得她很美吗？"

我和孟藜相视一笑表示同意。但是，自从孟藜的这句话之后，张帅就开始找各种借口给孟藜拍照。我从张帅的照片中就能看出，他对孟藜是有想法的，这种想法从他拍的照片中自然地流露了出来。

晚上，我们被安排跳锅庄舞，吃坨坨肉，据说这种古老的习俗有两千多年的历史了。古人狩猎之后围着火堆载歌载舞，酒足饭饱之后围着火堆讲故事，现在想想那些古人的生活还是很惬意的。不过，男人们很快就被烈性酒给放翻了。最后，除了还在噼啪作响的余火，就剩下我和孟藜借着醉意看周围人的各种醉态。孟藜说：“妍儿，我观察你很久了，你说实话，你是不是也喜欢张帅？”

我说：“藜儿，你真不了解我吗？我和你就是哥儿们，哥儿们的情人不能惦记。”

孟藜：“真的吗？”

我说：“绝对真的，这你尽管放心。”

孟藜忽然坐直身子，看着我的眼睛郑重地说：“那我可要下手了，别到时候吃后悔药。”

我看着眼前的火苗在噼啪声中不断蹿上夜空，耳边回响着孟藜刚才的话，脑子里不知为什么忽然全是怀军的样子，好像只有让怀军的样子占满脑海，我才不会有失落感，才会用平常心对待孟藜和张帅的关系。

.21.

2009年国庆，正值金秋，我和孟藜决定带着可乐去看怀军。说到这次的计划，与上一次的西昌之行是分不开的。孟藜自从西昌回来之后，就和张帅打得火热，她倒是不避讳我，有什么都跟我分享。也许是这么近距离感受着闺蜜的爱情，促使我产生了去看怀军的冲动。而且有了这个念头后，我马上就不可抑制地每天都在想怀军，想他们部队的环境，想他的居住条件以及他现在的模样。当我把想法告诉孟藜时，她表现得比我还激动，她说我们就来一次说走就走的旅行，咱俩开车去。我马上就同意了她的提议，因为我想到了可乐，这样我就可以实现我很久以来的愿望——带着可乐一起去旅行。让可乐感受一下大自然，这对于可乐而言无疑是它最大的幸福。

人类自从驯化狗作为自己的宠物、帮手乃至伴侣之后，最大的问题就是对狗的束缚，对它们自由的约束。从它们的天性来看，它们原本是需要更大的空间来奔跑和嬉戏的，所以我要在可乐的有生之年给予它尽可能大的自由，尽可能广阔的空间。

据怀军讲，他们的部队在一个非常偏僻的地方，我们需要先到银川，再从沙坡头换乘快艇逆流而上，最后需要穿过一个无名村。因为连他们本地人都叫不上来这个村子的名字，所以大家都叫它“无名村”。

我们这次出来没有给可乐准备它专用的箱子，那太压抑了。我们让可乐坐在车上第二排的座位上，这样它可以欣赏沿途的风景。对于这样的安排，至少从可乐的眼神里能够看出，它十分享受。车上放着我最喜欢的音乐，莎拉布莱曼的《永相随》专辑里的《Bilitis-Generique》。此时正值夕阳西下，一条公路把一望无际的戈壁劈成两半，从中间一直伸向日落的方向，消失在金色的光晕里。公路上没有一辆车，举目四望，唯一可见的只有在风的裹挟下的漫漫黄沙。

我们前进的方向正好对着日落的方向。公路上席卷而过的黄沙，在阳光的照射下呈现出金黄色的轮廓，它们扭动着蛇形般的身姿漫卷过公路，跟电影中的升格动作一样，如梦如幻，就像一匹巨大的绸缎在风的作用下轻轻起舞。而我们的汽车就在这如画的绸缎上安静地碾压向前，很长一段时间我和孟藜都不说话，因为眼前的美景已经足以让我们窒息。

我回头看着可乐，它直视前方，似乎也被这样的景色迷住了。在美景和音乐的衬托下，我们三个连同这辆车，就像是正穿行在童话世界里一样。此刻，似乎全世界都在等待阳光消失在地平线的那一刻。

即便是在可乐死后的若干年，我也不止一次地梦到戈壁上那令人难忘的美景，这让我在失去可乐之后多少有一些安慰。是的，我曾经带可乐经历了大部分狗狗经历不到的生命体验，至少可乐在它的有生之年是幸福的。

我们于当天晚上抵达银川，全程一千两百公里，我们用时十四个半小时才走完了这段路程。晚上我们在事先预订的酒店休息，怀军在电话里告诉我要赶紧休息，因为第二天我们要赶到沙坡头。那是位于黄河边的一个旅游景点，黄河在那里几乎拐了一个九十度的弯。在那里可以滑沙，飞索道，还可以坐羊皮筏漂黄河。但是，这一切都与我们无关，我们的目的地是更远的地方，怀军服役的部队就驻扎在那里。

听怀军说，那个无名村因为地处偏僻，不通水电，公路也不通，所以基本上只剩一些老人和未成年的孩子留在村子里，所有的年轻人都外出打工了。据说每周的周日才会有一个邮递员把一周的报纸和信件等送到村子里，听上去就是一个很少有人能够去的地方，但我却对这样的地方充满着好奇。

第二天，我们吃过早饭，驱车赶到沙坡头。按照怀军事先的安排，我们把车停在当地村主任家的院子里，由村主任带路直接来到黄河边的码头上，在那里早就为我们准备好了一艘快艇。我们带着可乐上了快艇并且每人还穿了件橘色的救生衣，当快艇发动的时候，村主任又提上来一桶汽油，看来这段旅程还真不近。很快我们就沿着黄河逆流而上，船上除了我和孟藜只有一名开船的人。村主任说因为现在正是旅游的黄金时段，所以他必须守在码头迎来送往。尤其是老客户，不能失礼。

大约开了一个小时四十分钟，我们到达了那个无名村的岸边。首先映入眼帘的是一个伫立在岸边的巨大的水车，它缓慢地旋转着，一副懒散的样子。陡峭的河岸高出水面差不多有十五米以上，下船后需要沿着挖好的一条小路拾级而上，才能走到通往村子的那条小路。当我们爬上岸边回头向下看的时候，河面上的快艇居然显得小了许多，可见从河面到岸上的落差是非常大的。

可乐倒是心情欢快地跑在我们前面。沿着那条小路向村子里走，我和孟藜好奇地四处打量，果然很难见到村子里的人，似乎这个村子根本没有人居住。全村没有一根电线，甚至没有一块砖头，所有的房子全是用石头和土坯垒起的，没有任何人工合成的建筑材料，显得特别古朴，看上去就像是一个世外桃源。

大概走了几分钟之后，终于看到了活物，在不远处站着一排肩并肩的毛驴。它们整齐地排在一起，睁着好奇的大眼睛看着我们，并且慢慢目送着我们从它们身边走过。这是我第一次看到毛驴，它们会目不转睛地盯着你把头转到不能再转的程度，太可爱了。在村子的中央还保留着一个古老的戏台，可以想象当时这里曾是人们进行文化活动的地方，是村子里的文化中心，只是现在已经物是人非了。村子里特别安静，我们原以为至少还有一些老人和孩子，但是现在看来，眼前这个村子就像是个无人村，这让我们不免有点恐惧。

直到经过一段弧形的矮墙，墙高最多到我胸口的高度，我们终于在矮墙弧度的尽头看到了接近百人的老人和孩子，他们聚在一片场院中，像是在开会，又像是在聊天。此刻，他们无不好奇地看着我们这些突然出现的陌生人。我们和他们点头示意后便继续赶路了。

怀军他们的营房距离这个无名村也就不到三公里，所以穿过无名村不久，我们就到达了怀军所在的连队。

连队的院子很小，一进大门，是一个面积并不大的操场，操场的中央竖着一个旗杆，上面飘扬着一面国旗。在操场的另一头是一个没有挂网的篮球架和两排营房，营房的后面是一排塑料大棚。

可乐见到怀军非常兴奋，就像是见到了多年不见的老朋友一样，不断地在怀军脚边来回跳着，用它的尾巴拍打着怀军的小腿。看得出来，我们的到来也让怀军特别开心。

连队里知道我们来看怀军，特意给我们准备了非常丰富的饭菜，就像过年一样。饭桌上连长热情地给我们碗里夹菜，倒饮料，他说他为怀军有我们这样热爱部队的朋友而高兴。饭后，还热情地带着我们把这个不大的连队转了个遍，给我们介绍连队的情况，就像是汇报工作一样，连如何与当地群众搞好关系都详细地做了说明……最后怀军带我们来到他的宿舍，吃完午饭后我们还没有机会安静地在一起说说话呢。怀军一边请我们坐，一边倒水。我仔细端详着怀军，发现他变成熟了，有了男子汉的气概。这时，孟藜忽然不怀好意地碰了一下我的肩膀："你们俩好好聊一下，我带可乐出去转转。"

说着递给我一个"你懂得"的眼神。有意思的是，不知为什么，可乐这会儿就是不愿意跟孟藜出去，无论孟藜如何拉拽牵引绳，可乐的两只前爪就是死死地推着门槛，屁股翘得老高向后使着劲，我和怀军都被逗笑了。最后孟藜放弃了："你说你，人家俩人的事，你跟着掺和什么！"

当孟藜把门轻轻关上的一瞬间，我一下子变得不自然起来，也许是受到我的影响，怀军也变得有些不自在，他甚至不敢和我的眼神相交。屋里现在就剩下我和怀军，还有望着我们的可乐。此刻可乐似乎也感受到了我们两个之间这种怪异的气氛，一改兴奋的状态，好奇地晃着脑袋一会儿看看我，一会儿看看怀军，似乎在问："你们这是要干什么？"

我知道，孟藜在外面一定没有走远，她就是想为我们创造一个机会，她是为我们做哨兵去了。不一会儿我和怀军就适应了眼前的气氛，当我伸手拉住他的时候，他不再像那天被我吓到的样子，我们互相微笑着看着对方。此刻，我已经感觉到自己的身体在微微颤抖，好像空气都在燃烧，终于我放开了自我，上前抱住怀军。此刻我心里还是有一点阴影的，我怕再一次被怀军推开。但是这次没有，当我抱住怀军的一瞬间，我立刻就感受到他炙热的体温。在我抱住怀军的同时，他也将我紧紧地抱在怀里，在他激烈的热吻中我很快就浑身发软了……

要不是考虑到回程的路途遥远，我和怀军还不知道要腻到多久。

连队的人热情地把我们送出了院子，大家在大门口挥手告别，而怀军一直把我们送到了无名村。分手之前，可乐竟然还站立起来，将前肢搭在怀军的胸前，就像是老朋友在拥抱告别。

穿过无名村后，我们在一个缓坡的坡顶稍作休息。每当这个时候，可乐都不会紧挨着人席地而卧，而是与我们保持一段安全距离，找一个相对的制高点，然后原地卧在那儿。因为这样它就能够最先发现来自四周的动静。

孟藜一路上就像是恩赐了我什么大礼似的，有一种等着我感恩的期待心情。但我就是不给她这个机会。说实在的，以前我看到孟藜和张帅表现得亲密时，就会产生一种莫名的失落和焦虑。但此刻，我的心情特别平和，对他们俩的关系似乎有了一种极大的包容心，甚至开始思考一些哲学问题。

我对孟藜说："你觉不觉得我们在城里的生活就像是机器一样，太快了？"

孟藜笑笑说："没有城市的节奏，哪有我们的生活？"

我觉得孟藜说的也有道理，可我还是觉得我们不应该把自己变成机器，无论是学习的机器还是工作的机器。尤其当你身处这个安静的村庄时，这种感觉尤其强烈。

我说："我发现我们只要在城市里，就会不自觉地被城市的节奏带着走，你不快都不行，不快就会影响到你身边的人，他们都会觉得你碍事。"

孟藜："所以，我们定期出来走走就可以缓解一下这样的焦虑。”

我说：“也许这就是城市里的人喜欢出来旅行的原因。尤其是现在，越来越多的人喜欢寻找一些安静的地方，因为很多人都感觉到了城市带给他们的压力。你信不信，如果把这个地方开发成旅游景点，一定有很多人愿意来。”

我们沿原路返回，在到达黄河边的时候，开船的人还一直在那里等着。

我和孟藜艰难地从岸上向下移动。从岸上下到船上是一件非常艰难的事情，比上来的时候难得多，下去时竟然觉得小路是那样陡，好像一不留神就会一头栽下去似的。我和孟藜花了十几分钟才下到快艇上，可乐倒是很轻松地早早就在快艇上等着我们了。

快艇发动后，我在想这个村子里的老人是怎么活过这一辈子的？他们中有的人可能一辈子都没有出来过，他们对外面的世界到底了解多少？人和人这一辈子真是有很大的不同，但是我们的一辈子真的会比他们的质量高很多吗？能比他们的生活更有意义吗？我沉浸在思考当中，我甚至觉得我们和他们没有本质的不同。此时忽然听到开船人说：“没油了。”

幸好村主任给我们带了一桶备用油，这时候正好派上用场，不然在这么湍急的河面上，对一条没有动力的快艇而言，可不是一件好事情。开船人很快就开始给快艇加油，在加油的时候，快艇完全呈自由状随着湍急的河水向下游漂浮。但是加完油之后，发动机不知道为什么，怎么拉也拉不着。在开船人不断尝试的时候，快艇一刻不停地顺着水流向下游快速地漂去，而且越漂越快。这时候，快艇上的空气开始有点紧张了，因为快艇已经有很长时间处于失控状态，我看见开船人一边用力拉发动机的牵引绳，一边不时地向下游看。我也顺着他的视线方向看去，就在远处，有一个巨大的漩涡正在向我们靠近。不，是我们这只失控的快艇正在冲向那个漩涡，漩涡直径很大，几乎占据了大半个河面。这时候我和孟藜都非常不安，孟藜先叫出声：“师傅，前面有漩涡。”

那个开船人没有搭理孟藜的警告，或者说他已经感到危险正在来临，正在不断地努力，试图重启发动机。我不由自主地一只手抓住孟藜的手臂，另一只手拉住可乐，似乎一旦翻船，我抓住他们两个就可以免于一死。

可乐倒是很淡定，一副没事的样子。

就在我们即将冲进漩涡的中心时，发动机终于响了起来，此时此刻，我从来没觉得发动机的声音是那样悦耳、动听。之后快艇顺着漩涡的方向，借着它旋转的离心力和发动机的推力，像是一片叶子一样在两股力量的作用下瞬间冲出了漩涡，并且很快就把那个可怕的漩涡甩在了身后。事后每当我想起这个瞬间都不由得感到后怕，如果那天发动机启动得再晚那么一点，我们就会被吸进那个恐怖的漩涡，恐怕我们连人带可乐全要和这个世界说再见了。但再见也好，那样我就可以见到爸爸了。爸爸，我想你了。

.22.

时间过得真快，一转眼我大学毕业了。孟藜盼我毕业比我妈还着急，拿到毕业证的当天，她就带我去了以前常去北平咖啡馆。因为已经很久没有来过这里了，都不知道咖啡馆在什么时候重新装修了一遍。装修后的咖啡馆布满了鲜花和干花，就连每一张咖啡桌的玻璃板下面都装饰了各色花卉。孟藜直奔主题："我已经想很久了，咱们办一个广告公司，你负责业务，我负责运营，工商注册之类的你就不用操心了。咱们的公司就叫企鹅广告公司，你觉得怎么样？"

我说："好啊，没问题。"

就一杯咖啡的时间，我们的公司就"成立"了。

三个月以后，我们的广告公司正式开张。我们主要承接一些客户商品 Logo 的设计，正如孟藜所说，这方面的市场需求量非常大。我们的理想就是设计出一款大道至简的有个性有温度的自主产品，正如我们公司的座右铭一样：理想、正念、自律。

公司刚刚起步，大家都非常忙，所以有段日子没有怀军的消息了。在我大学期间怀军被部队送去培训专业技能。怀军正好对所培训的电信技术专业有兴趣，这样一来，双方一拍即合，怀军也因此顺利地转为士官军衔。怀军还告诉我，他每天早晨五点起床，晚上十点前准时上床睡觉，作息非常健康，人也比以前壮了。

怀军转为士官之后，至少还要在部队服役满三年，他们管这叫二加三。在他服役期间，我们聚少离多，我觉得时间和距离是感情最大的决定因素，在一起的时候，你就觉得对方很亲近，像是亲人，但是距离远了，而且长时间不在一起，慢慢你就会觉得两个人的关系变淡了，甚至有时候你会忘记这个人。很快，我和怀军的感觉又回到了亲人的关系上，准确地说是哥们的关系上，越是无关性别，这种关系越是舒服。

2013年的冬天，北京的雾霾非常严重，孟藜出门前对我说：“妍儿，今天雾霾特别严重，你就不要出门了，待在办公室里哪也别去，等我忙完税务的事再过来接你。”我点点头。

孟藜走后，我看着窗外灰暗的天空，真没有勇气走出这座写字楼。

在我正低头看材料的时候，电梯的铃声响了起来。不一会儿，我只觉得有个人影站在我的办公桌前，起初我没有在意，还以为是隔壁公司的人过来借东西。在这层楼里，还有至少两家公司，大家上下班都是低头不见抬头见的，偶尔来个人借几张 A4 纸也是家常便饭。我懒洋洋地问："缺什么啊？"

我问的时候头都没有抬，过了一会儿没有得到对方回应，才在大脑中迅速闪过一个问号，是什么人？突然在意识里觉得此人似乎与我有关，在我抬头的一瞬间，眼前像是闪过一道光一样，对方正冲着我微笑。

我惊讶地叫了出来："你怎么在这儿？"

怀军："没想到吧。"

我都不知道自己是怎么越过那张办公桌的，我扑上去和他拥抱在一起。这种拥抱不是那种男女之间的拥抱，更像是久违的哥们儿、老朋友之间的拥抱，我们紧紧地拥抱着对方，无关乎性别，只是抱得那么紧，那么踏实。不知过了多久，我们松开对方并开始仔细端详对方。怀军比我们上一次分别时更有男人味儿了，肤色像是刚在海滩晒完日光浴的那种健康小麦色。个子好像比以前高了一些，腰身还是那么挺拔，显得有一股向上的力量。整个人开朗阳光，就像是注满了荷尔蒙，魅力四射。

我从惊喜中冷静下来说：“你怎么知道我在这儿上班啊？”

“我不会问吗？”

我这才恍然大悟，难怪刚才孟藜一再强调让我别出办公室，要等她回来，原来孟藜早就做了他的“间谍”。

怀军告诉我，因为他爸爸突发疾病，卧床不起，他妈妈一人应付不过来，所以部队特批怀军可以提前复员回家。别的都不说了，我第一时间就去看望了他的爸爸。几年不见，怀军的妈妈苍老了很多。怀军没有兄弟姐妹，就他一个独生子，往后的家庭重担就全压在他一人身上了。

有时候我常常想，人的一生就是这样度过的。当你什么都没有的时候，你唯一拥有的是年轻，在那个时候，物质和金钱是那么可望而不可即。可是当你拥有了物质和金钱之后，你会突然发现，你已经失去了青春，不再年轻，唯一剩下的是被严重透支的身体。这就是我们大多数人的人生，回头看看，身边多少人都是这样的宿命。

每当我这样胡思乱想的时候，孟藜总是批评我：“没那么悲观好吧，人要有意志力，要有抗打击能力。”

相比我的伤春悲秋，怀军或许是因为在部队里接受过锻炼的缘故，虽然要帮助妈妈照顾爸爸，而且几乎每天都要去医院为他爸做理疗，但是他没有受到丝毫影响，每天都精神百倍，有使不完的力气。回来不到两个月，他就和朋友创办了他自己的公司——北京祥和电信技术有限责任公司。

慢慢地，我也受到怀军的影响，年轻人该有的热情和活力在我身上不断增加。

有一天从怀军家里出来，天已经黑了，我没有回家，而是到了孟藜那儿。我们喝着红酒，听着音乐。我对孟藜说："你觉得我和怀军应该走到婚姻的关系吗？"

"难道你有什么新的变化？"

"不是，我只是觉得我和怀军更像是亲人，既遥远又亲近，我有点不确定我对他的感觉属于什么。"我找不到恰当的词来形容。

"怀军向你求婚了？"

"没有，但是我在想我们是否适合结婚？"

"哦！你想的真多。"

"你和张帅怎么样了，有没有考虑结婚？"

“我觉得顺其自然呗。”

但是，从孟藜的口气中就能听出她的心情非常好，相信两个人关系发展得也非常顺利。

.23.

张帅是西安人，幸好家里有个姐姐可以照顾父母，所以张帅才可以放心地跑到北京独自闯荡。张帅给人的印象特别好，特别细心，善于照顾人，乐于帮助人，是个典型的暖男。而且当他弹着吉他、唱着忧伤且挣扎的歌时，总是充满着对所有女孩子来说都无法抵挡的魅力，孟藜恐怕就是被他的这份魅力所吸引的。

孟藜在对待张帅的问题上，采取的是高举高打的手法，出入的场所全都是一般老百姓望而却步的五星级酒店，奢侈品商店。为此，我经常告诫孟藜："你这么惯着张帅，当心哪天他的欲望膨胀到你无法满足。"

每当这时，孟藜都会给我统一回复："放心，我其实也在观察他，看他是否特别容易被物质所引诱。"

我问她："你观察的结果呢？"

孟藜："还真不是。"

既然这样了，那我也只有在心里默默地祝福孟藜这次能够马到成功，旗开得胜。

但是天有不测风云。一天，孟藜约我去北平咖啡聊天，结果孟藜迟到了。我先要了一杯咖啡喝着，一边翻看着随手带的一本闲书，叫《你只是看起来很努力》，之所以拿来看就是因为作者和我同岁，而且只比我小一天。我很好奇那么多人他们怎么都会写书呢？而且还是畅销书。不一会儿，孟藜来了，她一坐下我就觉得有点不对劲儿，孟藜眼睛像是刚哭过似的，我担心是不是她和张帅出问题了。没等我问，孟藜就直接说了："张帅另有新欢了。"

我说："你怎么知道的？"

孟藜说："我的一个朋友在街上碰到了。"

"那能证明什么？不就是和一个异性在一起吗？"

"如果是接吻呢？"

我顿时无语，心里也同时在想，当街接吻是否有其他合理的原因，结果没有答案。孟藜接着说："我就想让你帮我分析分析。"

“你们打算结婚了吗？”

“当然了，就是打算要结婚的。我上个月刚去见了他的父母，他父母对我也非常满意。我妈也见了张帅，也很喜欢他。”

说着孟藜的眼睛又红了，眼泪堆积在眼眶里随时都会涌出。

我说：“你能说说你最怕什么吗？你的底线是什么？”

孟藜想了想：“我接受不了他这个暖男的行为。”

我说：“可是你也清楚这就是他的本性，当初你不就是被他这一点给打动的吗？”

“可是因为我们都打算结婚了，我希望他能改变这一点，我受不了他对所有女孩都殷勤体贴。”

我说：“哈哈，你吃醋了。”

孟藜说：“现在我不能确定他是不是爱我，我不想我的婚姻在一开始就有瑕疵。”

这时候，我开始揣摩孟藜的话，也许正是因为她打算结婚了，所以内心开始有了变化。婚姻是一道分水岭，很多即将步入婚姻的女孩子都会在心态上开始有所变化。

我说："你原来喜欢张帅不就是因为他是个暖男，懂得照顾人吗？然而你现在打算独占他的这个本性，所以说是你对他的要求变了，你越是在意一个人就越是容易陷入纠结、焦虑，你觉得是不是这样？"

孟藜想了想点点头，我继续说："当一个男人和你没关系的时候，你的角度是开放的。所以当很多女孩子都喜欢他时，你也以同样的理由喜欢他。可是现在你改变了角度，打算和他结婚，所以你看他的角度就变得不开放了，而且还有一种独占的欲望。这样一来，他原来的优点就变成了缺点，我这样说你同意吗？"

孟藜："我觉得你说的有道理，但是谁愿意与很多女孩子分享自己老公的关怀呢？妍儿，你再帮我分析一下他到底爱不爱我？"

"我觉得张帅还是爱你的。"

"可是他爱我是不是因为我有钱，你觉得他会不会更在意我的钱而不是我？"

此刻，我觉得孟藜很焦虑，而且她的焦虑是别人无法为她分担的。孟藜给自己的婚姻加载了太多的东西和目的。一方面，她的婚姻是要做给她爸爸看的，这是一种证明，她要用自己成功的婚姻来批判她爸爸那种三心二意的感情观。另一方面，她的婚姻也是做给她妈看的，妈妈自从被爸爸抛弃后，就再也不能相信男人了，彻底成为一个对婚姻失望的受害者。所以孟藜希望用自己成功的婚姻告诉妈妈，世界上还是有真挚可信的感情存在的。另外，孟藜还希望拿自己成功的婚姻给那个不知道在哪里的袁哥看，他眼里的小妹妹已经长大成人了，她不仅事业成功，感情生活也是成功的。因此，她怕婚姻有瑕疵。想到这里，我忽然觉得，即便张帅没有问题，在这场婚姻中，张帅和孟藜俩人最后也会被累死，心累而亡。

当然，我没有和孟藜说这些。那天我们聊了很久，最后孟藜对我说："来之前我都快崩溃了，可能是钻到牛角尖里头去了。经过你的分析，我现在轻松了很多。我想先不做什么决定，让自己冷静下来，也给张帅一个机会，看看他有什么想法，怎么解释接吻这件事。"

以我对孟藜的了解，即便是这次她原谅了张帅，日后也会在别的地方找回来。所以，永远都不要低估女人的报复心。

我和孟藜创办公司的第三个年头，我们就创造了税后五百万元的好成绩，我们都非常高兴。可能是受到了孟藜和张帅的影响，我忽然觉得最近有点忽略怀军了。我们之间虽然没有孟藜与张帅之间那样的问题，但是我会不会因为对怀军太熟悉，反而看不到他的价值呢？我忽然有了一种危机感，虽然不知道我们最终能否走向婚姻，但是，怀军的可爱之处我要学会珍惜。

尽管我和怀军还没有明确关系，但是我已经不能接受他被别人抢走的感觉了。有的时候，我甚至有一种冲动，想先结婚算了。但是我又在提醒自己，不要冲动，先控制一下自己的情绪，就连孟藜都在提醒我："不要冲动，想好了再结。"

.24.

2014 年 5 月的一天，孟藜和我说："跟我走，我带你去看一个地方。"

"去哪儿？干什么？"

"你不是一直都想为可乐找一个带院子的住房吗？现在带你去看，看你能不能看上？"

我们一起乘车到了后沙峪古城村，原来在古城村的东侧有一个不大不小的四合院，加上房间差不多有三百平方米。每年的租金是五万元。这样一来，我们计算了一下，连续租七十年，一共需要缴纳三百八十五万元。虽然对我们来说不是一笔小数目，但是能拥有一套不错的准四合院，也是很满足了。而且这里没有物业费、停车费，院子周围还栽种了很多果树，等到果实成熟的季节，还能分一些新鲜的水果。这样算起来要比在城里买房子合算多了，我当时就决定租下这个小院。

接下来就是改造装修，中式四合院的改造主要是加强房间的舒适度，而舒适度的突出体现则是卫生间和室内采光。我的每间卧室都有独立的卫生间，每一个卫生间都在上方开了天窗，还把西厢房扩大改造成客厅，并且和北房打通成为一个整体，并排三个宽大的天窗开在客厅的正上方，使得客厅的采光非常充分。我保留了大部分院子的面积，除了种一棵造型漂亮的古石榴树外，其他地面全部硬化，显得干净和优雅。在门口的一侧为可乐建造一个舒适的窝，这样一来，我和可乐就都有自己的家了。

因为忙着装修房子的事情，已经有一阵子没看到孟藜了。有一天，我在孟藜的微信朋友圈里看到张帅向她求婚了，便立刻打电话和孟藜求证这件事，才知道她正在南非旅行，而且求婚是真的。原来，张帅和孟藜在德班游览狮子公园时，张帅突然向孟藜求婚。当时的情形是，当观光的汽车行至狮群当中突然停下，然后张帅掏出准备好的钻石戒指，单膝跪地，其他游人不仅拿出写了“请嫁给我吧”的中文横幅，还拿出了事先不知道藏在哪儿的玫瑰花，围着张帅和孟藜营造气氛。最关键的是，还有十几头狮子围在观光车四周，扶着窗户站立起来，仿佛见证着这对来自中国的青年男女的如此新鲜的求婚仪式。张帅居然买通了整车的人，不！应该说他精心策划了这么一场求婚，不得不说张帅还是挺用心的。我好奇地问孟藜：“你同意了？”

“你猜！”

孟藜从南非回来的当天晚上我就迫不及待地约她出来吃饭，见到她的第一句话就是：“快说说，你答应张帅求婚了？”

孟藜已经比旅行前淡定了很多，她淡淡地说：“我拒绝了。”

“啊！”我一时不知该如何往下接话。

“你真的拒绝他了？”

“是的，我觉得那件事我还是过不去。”

“那张帅什么反应？”

“他很失望，但是他比我想象的要冷静，也很理智。”

“可这不是件挺好的事吗？”

“不，这么做让我心情好了很多。”孟藜咂着鲜啤认真地说。

我突然有点同情张帅，毕竟他还是花了很多心思，做了很多准备的。忽然我问孟藜："对了，这样意外的求婚，你还是有点被感动的吧？"

孟藜笑了："其实，我早就猜到了他的计划。在出国前他就开始找当地朋友做安排了，他告诉我说是安排旅行计划，但是直觉告诉我，他安排的不止这些。"

"既然你从开始就不打算答应他的求婚，为什么还要任由他去准备呢？那不是浪费吗？"我有些不太理解。

"那他背着我和其他女孩接吻，这算不算是出轨？算不算是欺骗？"

我这才理解孟藜在张帅求婚的问题上为什么那么纠结，那么犹豫不定。正如后来孟藜说的那样："当然，我即便是答应他的求婚也不代表着我们就一定能走到底，我这次旅行也想了很多，主要是给自己多一些时间去思考和消化。拒绝他的求婚是让我出了一口恶气，但是后来我又想，即便是我换了张帅，也许下一个还不如张帅呢。至少现在，我不能保证我找到的人一定是完美无缺的。所以我不能要求别人都是没有瑕疵的，我同样也不能保证自己的感情生活是完美无瑕的，每个人都有缺点，包括我自己，通过南非之旅，我觉得总体来说张帅还是一个很优秀的男人。"

我吃惊地看着眼前的孟藜，没想到一趟南非之行竟然让她改变了这么多，至少在目前看是件好事，值得庆祝。

那天我们两个都喝多了，我们先是流眼泪，为自己的纠结和艰难干杯，然后又觉得开心，为自己的美好生活干杯，我俩每人都干掉了两大扎鲜酿啤酒。

直到餐馆打烊了，我们两个都还没醒酒。

那天晚上，我做了一个梦，梦到怀军因为我长时间冷落他，就在失落中把别的女人娶回了家。在梦里我后悔地哇哇大哭，直接哭醒了，之后就再也睡不着了。经过这一夜，我突然觉得怀军是个理想的结婚对象，是一块璞玉，如果再不下手恐怕真的就来不及了。

.25.

2015 年 5 月，小院的装修基本竣工了，接下来我把和怀军的婚事逐渐提上了日程。

说到结婚，包括孟藜在内，大家都觉得我太着急了，考虑不周。在我妈和孟藜他们看来，婚姻大事不能操之过急，要经过慎重考虑才能最后决定是否结婚，但是这对我来说太啰唆了。我认为与犹豫不决，错过最佳时机，错过有可能美满的婚姻相比，我宁愿冒些风险，万一不理想，我就纠正错误重新来过，这就是我的做事风格。

对怀军而言，我觉得他对我还是满意的。对于婚礼，我和怀军不打算大操大办。我们想搞一个小型的婚庆活动，租一个别致的场地，请一些亲朋好友，也不要多，就算是正式对外广而告之了。

在和司仪商量婚礼流程的时候，我坚持要让可乐也参与进来。因为所有的婚礼都是爸爸牵着女儿的手来到新郎面前，再把女儿交到未来丈夫的手里，即便这样的仪式我见过很多次，但每一次都被感动到哭得稀里哗啦。我没有爸爸了，但可乐就象征着我的爸爸，我希望可乐能够见证我的婚礼。而我们讨论最多的技术难题，就是让可乐用什么样的方式加入到流程中。最后司仪说："放心，我会设计一个精彩的桥段，到时候一定会让你和可乐成为最感动人的亮点。"

因为可乐的加入，我们都相信这一定是一个别致的婚礼。所有人都非常期待婚礼的到来。

2015 年 10 月 5 日是我们的大日子，怀军为了选个吉日还专门跑到雍和宫求了一签。

但是，就在婚礼的前一天，还是发生了一个意外。那时我们已经在小院生活几个月了，可乐也非常喜欢这个环境，它每天都会在院子里来回巡视，以便确定它所在的领地是安全的。可是就在 4 号一大早，我们找不到可乐了，院子里，它的新家里都找遍了。就在我胡思乱想可乐会不会被偷走的时候，我们发现，可乐就躲在它的房间和墙之间的缝隙里，就像是捉迷藏一样，把头顶在缝隙的尽头，既不出声也不挣扎。我和怀军还是第一次见到可乐这个样子，虽然不知道是怎么了，但是直觉告诉我可乐此刻非常痛苦。我们赶快把可乐拉出来，并将它带到了附近的宠物医院，检查后医生告诉我们：“幸好你们来得及时，可乐是得了肾结石。你看它已经无法排出尿了，现在它的睾丸有一半多都呈现出淤紫色，如果再晚一点，恐怕就要肾坏死了。”我和怀军听后大吃一惊，真的庆幸发现得及时。我们这才回想起来前些日子看见可乐抬腿想撒尿，但好像又临时改了主意，我当时和怀军还嘲笑可乐撒个尿都这么纠结，也许那时候可乐就已经排尿很困难了。我们和医生商量决定马上手术，在手术过程中可乐出奇地听话，似乎它明白我们正在帮助它解除病痛。医生说：“你们最好让它喝一些水。”我赶快打了一小盆水拿到可乐面前，我告诉它：“可乐，你必须把这盆水喝了，这样有助于你的手术。”

平时可乐这样侧躺着是无论如何也不会喝水的，但是今天可乐躺在手术台上，听完我说的话后，很快就喝光了我给它打的水。我看着可乐一点点喝水，不知道为什么，眼泪涌出了眼眶，可乐似乎太懂事了，它除了不会说话，在沟通方面和我们基本没有障碍，它能懂得我们每个家人的心思。

手术结束后，医生对我们说：“没事了，恢复一两天就可以正常活动了。”说着还把从可乐身上取出的结石给我们看。我没有想到竟然有那么多结石，用我的手捧应该是满满一捧。

第二天婚礼，因为要让可乐好好休息，我们不得已取消了它的环节，临出门的时候，我还专门检查了水和食物是否准备妥当。

婚礼是在一个酒庄里面举行的，在鲜花环绕的中心搭建了一个台子，场地四面环水，绿草茵茵。多亏有朋友帮忙，婚礼现场被布置得十分优雅、清新。双方到场的亲朋好友控制在九十人的范围，没有乐队，没有一般婚礼的铺排，大家似乎都在一种雅致的气氛中感受着我和怀军这番精心的设计，分享着我们的幸福。终于到了新娘走向新郎的环节，因为临时没有可乐的参与，我被安排独自一人走向怀军，我妈和李叔叔在亲友团的位置上远远地观望。我按照司仪的指示站到了红毯的一端，而怀军已经站到红毯的另一端。

按照一般的流程，双方同时走到红毯的中间，岳父把新娘交给新郎后再回到亲友席就座，由新郎牵引着新娘走向礼台进入到互相表白的下一个流程……

在所有人的注目下，在伴郎和伴娘的带领下，我独自一人迈开了脚步，向着怀军走去。怀军此刻也向我走来，虽然我们之间相隔有十米之遥，但是我们却能够看清对方的眼神。我们彼此注视着，缓慢地和着音乐的节拍一步一步走近。突然，我发现有个熟悉的影子在我的视线右侧注视着我，这与其说是一种发现，不如说是一种感觉，我就是觉得我的右侧有一股莫名的电流向我射过来。我顺着这股电流看过去，天啊！只见在远处人群的后面，可乐不知道什么时候出现在那里，它端坐在地上，正意味深长地看着我完成我人生中最重要的一段旅程。我此刻有些恍惚，不自觉地停下了脚步，定睛细看，当确认可乐确实就在不远处注视着我的时候，我的眼泪止不住地流了下来。我顾不上擦眼泪，也顾不上婚礼的仪式还在进行，我双手提着婚纱疯狂地跳下红毯，朝着可乐跑过去。

以前，当我跑向可乐时，可乐会迎着我摇着尾巴向我跑来，但今天可乐没有。此刻，可乐一反常态，它像一个长者稳重地坐在原地等着我跑向它。在我抱住它脖子的时候，它仍然淡定地坐在那里一动不动，任由我不停晃动着它，我的眼泪全都蹭在了可乐的皮毛上。这一幕，在场的人无不动容。

婚礼后我和怀军为这事讨论了很久，我们一直不理解可乐是怎么跑到婚礼现场的。难道有什么人把可乐专程送到了这里？我们假设过各种各样的可能性，但最后都被我们一一否定了。我们觉得可乐是不可能找到婚礼现场的，但是可乐却出现在了我们的婚礼现场，只有一种解释可以说得通，那就是可乐一定认为不能错过我的婚礼，它必须是我婚礼的见证人。

.26.

婚后我和怀军都住在小院，我妈会经常来串门，她说不为别的，只为可乐而来，尤其是当我和怀军有事外出或者短期旅行的时候，我妈就自觉担负起了照看可乐的任务，这样我们也就轻松一些。但我心里清楚，我妈嘴上说是来帮我们照顾可乐，实际上是为了修复我们母女之间的关系。俗话说打断骨头还连着筋呢，我和我妈之间除了上一次她把可乐卖给狗贩子这件事以外，也没有什么大不了的事。

现在，趁着我新婚，又借着可乐的名义，我妈来小院的次数非常频繁，以至于我和怀军都在讨论要不要让他们搬过来一起住，毕竟我们以后也准备要个孩子。想到这里，我忽然又有了新的灵感，也许我妈的用意在催生吧，谁知道呢。

在 2018 年夏天的一天，记得我当时正在给可乐冲澡。我先给可乐淋了个透，再将它全身抹上肥皂泡，搞得它整个身体被白色的泡沫包裹着，可乐已经习惯了我给它订制的这种“全身SPA”，站在原地一动不动，享受着我的全身按摩。突然，我在可乐的左前肢下摸到了一个乒乓球大小的包块，我来回按压了几次，可乐并没有不适的感觉，似乎并没有感到疼痛。我暂时松了一口气，安慰自己这也许是一个脂肪瘤，凭着动物强大的自愈系统，过一阵子也许会被它的身体自动地吸收掉。

但可乐的这个包块始终像一个挥之不去的阴影，一有空就会在我的脑海里浮现出来。一天晚上，我和怀军讲了我的顾虑，怀军也认为我的担心是有道理的，为了能够安心，我决定带可乐去做一次彻底的检查。

这一天应该说是我最伤心的一天。经过一系列检查，医生确诊可乐患的是一种先天性软组织瘤，是一种罕见的动物疾病……

我拿着检查结果，带着可乐回到小院。当时怀军出去办事不在家，除了树上的蝉鸣和门头上那两窝麻雀叽叽喳喳的叫声外，在这个安静的小院里，就只能听到我自己的心跳声了。

和可乐并排坐在它的房子旁边，我突然难过地哭了起来，可乐并不知道自己的情况，但是它看到我难过的样子，还是不安地用头蹭着我的肩膀，似乎在说，别难过，有我在你身边呢。我看着可乐一脸懵懂的表情，想到它不久就会病入膏肓，眼泪就止不住地涌出，直到怀军回来，我都一直和可乐坐在那里。

怀军扶我进屋坐在椅子上，给我倒了杯水，他肯定看得出来可乐是出问题了。平静下来后，我把检验报告推到他的面前，怀军看过后深深吸了一口气，对他来说这也是一件让人透不过气来的消息。

第二天，我们把我妈和李叔叔叫到一起，开了个家庭会议。通过这次家庭会议，大家知道可乐剩下的日子不多了，这使得大家对可乐更加呵护，更加照顾。可乐觉得自己的待遇明显比平时好，所以心情大好，也变得比平时活泼了许多，看上去似乎没有什么病症，甚至比它好的时候还要健康。

是啊，我希望，它和我一样，健康。

.27.

我和孟藜商量，我想趁可乐还能够奔跑的时候，带着它再来一次说走就走的旅行。

孟藜非常支持我的想法，她建议我们开车沿着京昆线、川藏线，一路西行直奔康定，那里风景优美，海拔适中。

很快,我们做好了自驾游的所有准备,包括可乐的必需品,在一个阳光明媚的早晨,向西出发了。这次旅行还要感谢孟藜,现在的孟藜已经是靠自己打天下的女强人了，我给她做过比较准确的总结：

她是北京生意圈子里年龄最小的能靠自己挣钱养活自己的；在“90”后的年龄段里，她又是挣钱最多的。

我们开着她的橘红色玛莎拉蒂SUV,后备厢专门为可乐准备了一个比较大的休息的箱子，中间第二排用来放行李和我们临时用的水和食品。第一天傍晚我们顺利抵达西安，安置好酒店和可乐后，我们趁着夜色里的微风直奔鼓楼回民街，感受夜市的味道。第二天一大早，吃过早饭我们又出发了。翻越秦岭，在临近四川的时候出现了一个超大水库。我们沿着水库的岸边行驶，这段公路一边植被茂密，另一边水域开阔，风景美得令人心醉。这时候，我发现可乐有一点蔫儿，似乎是有点晕车。所以我们在路边一个可以休息的地方停下来，既可以安静地欣赏美景，又可以让可乐在周围溜达一会儿。可乐溜达了一会儿就变得活泼了很多，我摸着它的头说："你知道吗？这是专门为你准备的旅行，我们要抓紧时间哦。"

可乐非常懂事，它很快就钻到它的卧铺箱子里，表示我们可以继续上路了。到成都的时候天已经黑了，一切收拾停当，我和孟藜走出酒店。夜幕中，成都的街道弥漫着浓郁的火锅香味，刺激着我们的味蕾，还没到火锅店，我和孟藜就情不自禁地咽了好几次口水。我们找到一家人还挺多的无名小店品尝了地道的四川火锅。我一边吃一边跟孟藜说："我觉得在成都，只要是个有人气的店，无论大小，味道都比北京好。"

孟藜边吃边点头："是呀，以后我们每年都开车来一趟，这儿的火锅味道太好了，在北京根本吃不到。"

我们是在第三天下午到达康定以北的塔公草原，这里的大草原一望无际。我带着可乐来到草原上，举目望去，到处都是盛开的野花。一条小路，很自然地把草地和野花划分成左右两边，你转向右侧，草地上成片的白色不知名野花散发出醉人的香味，你再转向小路的左侧，成片的粉色野花完全又是另一种香味，这太神奇了，两种香味以路为界，香型分明。

我和孟藜看着眼前的美景都看呆了，这么美的草原，居然不见一个人影。我解开可乐脖子上的牵引绳，可乐瞬间闪电般地冲了出去，可能是从来没有过这样的自由，它在草原上疯了一样地狂奔，一会儿把头压低，在花草中如推土机一样向前跑，弄的花粉四处扬起，一会儿跳着向前跑，就像被追赶的羚羊。我看着可乐从来没有过的兴奋，突然有一种感动，也才意识到，我们将可乐压抑得太久了，我们总以为给它安排了最好的，但是我们忽略了动物的天性。在我眼前撒欢儿的可乐，是我从没有看过的可乐，也是最幸福的可乐，我真该早一些带它出来的。

我和孟藜在草地上铺了一块毯子，拿出准备好的水果、坚果和面包，也趁机享受一下这天然的美景。我们整个白天都是在这里度过的，可乐一会儿卧着休息，一会儿奔跑，就这样反反复复了无数次，我甚至觉得，可乐也许是意识到这样的地方它可能不会再有机会来了。眼看着天就要黑了，我们才依依不舍地收拾东西。

从草原开车来到新都桥镇，借着车灯看到路边有一排小饭馆，我们便停下车，在各色小吃中选择了一个北方水饺的馆子。进去坐下，老板娘热情地端上热茶，这里的人都非常热情。

“两位美女，是来旅游的吗？”

“是旅游的，老板，饺子都有什么馅的，快吗？”

“饺子是现包的，你们想吃什么馅的？”

我和孟藜商量了一下，孟藜说：“就来荠菜猪肉的吧。”

老板娘说：“没问题。”

可能是这一带人少吧，老板娘给后厨安排完单子，就过来跟我们坐在一起聊天。知道我们是从北京来的，老板娘似乎见到了老乡：“我们是老乡呢，我是天津人。”

“真的？这么巧！您到这儿多久了？”我很惊讶在这里能碰到天津人。

“来这儿有十几年了，因为我丈夫就在旁边的监狱工作。”

“啊，旁边是监狱吗？”

“对啊，可能是天黑了你们没有注意，你们停车的后面五十米就是监狱的大门。在以前，这是四川省专门关押重刑犯的地方，很有名气，你们不知道吗？”

“新都桥监狱？”孟藜有点意外。

“不会有什么危险吧？”我有些担心。

老板娘笑了：“没事，现在早就不像以前了，原来这里戒备森严，门口也不准开饭馆呢。”

“噢。”我和孟藜相视而笑，一会儿，饺子端上来了，还没吃口水就被它的香味勾出来了。孟藜问老板娘要了一瓶白酒，又让老板娘拿了个大碗，把酒放到大碗里，然后用开水泡上。我们就这样，一口饺子加一小口热酒，在这个监狱门口的饺子馆里，两个北京来的姑娘像两个大老爷们，吃着，喝着，开心地聊着。那是我这辈子吃过的最好吃的饺子，也是让我很多年以后还惦记着再去一趟的地方，新都桥，塔公草原，鲜花，白云，还有热酒和饺子，这几样铭刻在我的记忆中，时间越长，记忆的颜色越鲜艳。

最后，我给可乐打包了一些饺子，我相信这是可乐生命中最开心的一次旅行。当时还有一个念头闪过我的脑海，是否给可乐在塔公草原上找个人家，让它在这里生活，让它天天都这么开心，天天能够闻到鲜花的味道。再或者我可以把可乐送给塔公寺做寺院的护院犬。在这里我要补充说明，这个塔公寺，据说已经有一千多年的历史了，塔公寺是一个藏传佛教的寺院，在漫长的岁月中被毁过多次也被修复过多次。现在的寺院看上去还是古色古香，有一种历史的沧桑和积淀。在寺院的周围是相对平坦的草原，除了紧挨着寺院红墙有一些古老的柳树点缀以外，整个寺院的背景都是草原。夏季全都是鲜花，春季全都是青稞，五颜六色和青绿色调交相呼应，争奇斗艳。甚至让你产生一种错觉，以为这里就是仙境。

对于医院的诊断，我还是抱有一丝侥幸的心理，觉得万一出现奇迹了呢？万一可乐能够被治愈呢？我要是把可乐放在这里，岂不是耽误了可乐的最佳治愈机会。所以，我还是带着可乐回到了北京。在后来的若干年里，我每次回想起这个时候的纠结，仍然说不清哪种方式对可乐才是最好的。也许冥冥之中，命运早就为它做了最好的安排。

.28.

从康定回来，可乐的病情似乎更加严重了一些。这些天已经不太愿意动了，以前它非常喜欢在院子里转来转去，现在的情况却是，能坐着就不站着，能趴着就不卧着。我们再一次去宠物医院询问了大夫，大夫说这是病情在发展，半个月后的一天早上，我准备牵着可乐到门外走走，但是可乐已经站不起来了。它的后腿几乎丧失了支撑力，已经不能支撑起自己的身体了，但可乐的眼神告诉我，它很想到外面走走。

我看着可乐的眼神，心里感到非常难过，替可乐难过，我想要帮助它，让它能像往常一样到外面去散步。我在屋里找到一条大浴巾，把浴巾的两头剪窄，便于手抓，然后我将浴巾从可乐的肚子下面穿过，就像是提袋子一样把可乐的后半身整个提起来。这样一来，可乐的后腿不用支撑着地，只要它跟着我的节奏行进，就可以用前肢去散步了。我当时还为自己的这个发明激动了一小会儿，但是当我们走在路上，当我看着可乐的样子时，我忽然难受起来，如果可乐能回到从前该多好啊！不幸的是，生活中从来就没有如果……

晚上，怀军和我躺在床上，我们两个人心情都有些沉重，我问怀军："你说可乐还能活多久？"

怀军："不好说，有的狗狗情况比咱家可乐还要糟糕，就那样人家还活了七八年呢。"

怀军看了我一眼安慰道："也许可乐的运气还不错呢。"

我说："据我观察，可乐的病很像是人类得的渐冻症，你看可乐最先是后腿的机能开始退化，这种现象会缓慢地向前肢发展，一旦病情到达前肢，恐怕所有的机能都会衰竭。那个时候，可乐的生命应该就到了尽头了。"

说到这里，我的眼泪又控制不住地掉下来。不管是先天性软组织瘤还是渐冻症，总之这是一个痛苦的过程，可乐自己以及关心它的每一个人，都能够清楚地感觉到病情在逐渐加重，这就是这个过程最残酷的地方。可乐虽然不会说话，但是它一定能意识到病情在自己身上慢慢地发展，更能体会到被病魔逐渐夺去生命的过程。

我妈很快也知道了可乐的病情发展，她找到我，希望我能够在可乐的治疗问题上听听她的意见。在一个风和日丽的下午，我们坐在小院里的椅子上讨论可乐的医治措施。一开始我们还是从一些无关痛痒的话题开场，“妈，你们最近的数学提高班办得怎么样了？”

“很好啊，一般人还报不上名呢。知道吗？现在考试分数线就是硬指标，它就是衡量各种提高班的试金石，有没有含金量一考便知。”

终于，我妈先把话题引到正题上：“我问你，可乐的病你打算怎么治？”

“医生说了，这病已经没有救治的必要了，还说……”

我妈一下子打断我的话，有些生气地说：“这叫什么话，什么叫没有救治的必要，他们救治了吗？他们尝试救治吗？”

我意识到这样下去可能又要吵架了，所以就没有搭茬。我妈也克制了一下，换了一种语气继续说：“李妍，你知道我最在意的是什么吗？”

我说：“是什么？”

我妈：“是可乐。”

我抬头看着我妈想起了她送狗的事，心说，我可没看出来，我妈继续说：“那次你当着外人的面大喊着我不再是你妈的时候，你知道那时候我的内心有多痛吗？就好像被插了一把刀，并且还用力转了一下，就因为我拔了你爸的管子。知道吗？你妈这辈子被捅得最狠的一刀就是来自你，但是妈不怨你，因为你还小。从尼泊尔回来后，我最大的痛苦就是自己不能原谅自己。我以为我做了正确的选择，但是人生哪有什么正确的选择呢？只有权宜之计。到头来，都是要自己慢慢消化的。你爸的死我消化了十二年，你理解当妈的感受吗？”

我没想到我当年的任性居然在我妈心里压抑了这么多年，我说：“咱不是在讨论可乐吗？”

“对，就讨论可乐的事怎么办。我问你，你打算就这么顺其自然地让病情发展下去吗？”

“我们不止一次找过医生，医生每次都说可乐已经没有治疗的必要了，我觉得要相信医生的诊断。其次，做无谓的抢救，过度医疗，只能增加可乐的痛苦。”

“妈不这么认为，从你爸爸的事情上我已经有了经验教训。当时你爸不仅仅是雪崩导致的呼吸问题，还有其他的并发症，以前他就有过脑梗的问题，当时我不能想象带着一个植物人，还要养你，供你上学，把你抚养成人……”

我妈平静了一下接着说：“我之前的放弃，并没有减轻我内心的痛苦。现在我不愿意放弃是因为我觉得我们还没有尝试努力，可乐虽然是只狗，但是它已经是我们家庭的一员了，我们不应该轻易放弃。再说可乐的痛感神经也没有人发达，为什么不尝试努力呢？”

我虽然不同意我妈的观点，但是此刻我不想把矛盾激化，尤其是当我突然觉得我妈这些年过得并不容易的时候。既然这样，那不如和我妈一起带可乐再去一次医院，让她亲自和大夫讨论一下可乐的治疗方案以及可能性。

第二天，我们两个带着可乐再一次来到了医院，见到了原先给可乐看病的大夫。因为可乐已经不能使用后腿了，所以整个过程都是在我的协助下完成的。可乐已经成了名副其实的“残障人士”，那种快乐轻松的时光对可乐而言，已经一去不复返了，我可以清楚地感觉到死亡正在一步一步逼近可乐，只是我不知道死亡留给可乐多长时间。

从检查结果看，可乐的情况不是很乐观，我们能够清楚地看到肿瘤细胞已经扩散到了周边的脏器，医生说：“很快它就会彻底失去活动能力。”

回到小院，我们的心情都很沉重，从那一天起，我倒是开始理解我妈的内心世界了。最近，我发现可乐看我的眼神变了，变得更加小心翼翼，似乎怕我会放弃对它的治疗。看得出可乐的求生欲望非常强，但越是看到这种眼神我就越是心痛，以至于我都不敢多看可乐一眼，生怕自己又忍不住泪奔。从医院回来已经过去一周了，一天中午，我妈又来到小院，一见我就兴奋地说："我打听好了，有一个宠物克隆机构，专门为主人克隆得了不治之症的宠物，一般从提取细胞之后的四个月，就可以克隆出一个一模一样的宠物了，我们的可乐有救了。"

我冷静地想了一下说："妈，你醒醒好吗！那不是可乐有救了，可乐最终还是要面临死亡的，你只是用它的细胞克隆复制了它。这不能从根本上解决我们遇到的问题。"

我妈不管这些，逼着我了解她拿来的资料。

这确实是一家专业的宠物克隆机构，克隆一只狗仅仅需要四个月的时间，他们的口号是：三十八万元让狗狗回家，三十八万元让爱犬再生。而且他们还开展了一系列关于宠物服务的项目，比如：生日派对，殡葬服务，接生服务，等等。我看完资料直接问我妈："他们能够起死回生吗？"

我妈一下被问住了，半天不知道该怎么回答我，我继续说："他们解决不了我的痛苦。"

我妈以为我们是因为怕花钱，她表示："你们如果有困难我愿意支援你们，反正我也没什么病痛，养老的钱还是可以拿出来分担你们的困难的。”

我当时就说：“妈，你还没看出来吗？我不同意这样对待可乐，我们先不去说这是一笔不小的开支，只是谈一下克隆技术。我承认，从生物学的角度来说，克隆出来的狗狗一定酷似可乐。但即便酷似可乐，它也不是原来的可乐。而且可乐的痛苦并没有解除，它还是会按照我们都知道的方式痛苦地死去。克隆技术满足的仅仅是我们的自私心理，我们用一个克隆出来的新生命来寄托我们的感情，或者说转移了我们的情感，这样我们就会大大减轻因为失去可乐而产生的痛苦。而这只是因为我们恐惧痛苦，恐惧承担痛苦，可是这本该就是我们在享受可乐带给我们快乐的同时，所必须要面对的责任。你不觉得这对可乐更加残酷和不公平吗？这样做就是对可乐的不尊重，如果我爸还在，他也会同意我的观点。”

.29.

冬天到了，可乐终于不能再用前肢行走了，正如医生预言的那样。它每天只能卧在它的房间门口，呼吸着新鲜空气，看着我和怀军进进出出，似乎每天见到我们对它就是一种安慰，让它有一种安全感，让它感觉到它还是我们中间的一分子。

今天孟藜约我，因为我们很久没有见面了，这阵子我几乎把所有的时间都给了可乐，希望能多陪陪它。

那家北平咖啡还是老样子，虽然很长时间没有来了，但是一切都和之前一样，环境幽静让人放松。孟藜一见我就说："可乐的病怎么样了？我觉得你变瘦了。"

我说："是吗？我没觉得有什么变化。你最近和张帅怎么样了？"

自从孟藜拒绝张帅的求婚后，张帅倒是把更多的精力放在孟藜身上，看得出来，张帅是想挽回他们之间的感情，也在非常用心地努力弥补对孟藜造成的伤害，同时他也在极力改变自己的形象，希望能让孟藜有安全感。所以，孟藜的大部分时间都被张帅占据了。

孟藜：“张帅一直和我商量婚礼的事，什么场地啊，嘉宾啊，司仪啊，预算啊，张帅说他全包了。”

“多好啊，说明张帅还是爱你的。”

“可是我就是有点担心。”

“不用担心，他一定会对你好的。”

“那不一定，我还得再考验他一段时间。”说到这儿，我们以咖啡当酒，互相碰了一下。对我而言，这一碰算是对孟藜的祝福，而对孟藜而言，我觉得算是她对我的安慰，安慰我能在可乐的问题上放松一些。

我和孟藜说起了这些日子发生的事情，说到我妈对克隆可乐的建议，也说到我反对克隆的理由，最后孟藜说：“我觉得你是对的，你对可乐的感情是没有人能够替代的。”

我说：“自从可乐生病以后，我的生活节奏慢了下来，我在短短两个月内看了大约五十二本书，书的内容五花八门，有巴菲特的财务管理，有成功人士的创业经验，有名人的人生感悟，有历史人物传记，还有如何教育孩子，如何处理家庭成员关系，等等。本来我看这些书是用来打发时间和分散注意力的，但是后来发现这些看似完全没有关系的书竟然都在说着一件事，那就是如何思考人生。我常常在夜里梳理我的读书轨迹，好像所有的选择都是为了一个目的，让我拥有更多的视角理解今天的世界，懂得如何生活，学会如何取舍。以前那些令我特别纠结的事，现在不再纠结了，以前看不透的事现在看透了，甚至看淡了。我们大部分人在面对死亡的时候，都会本能地抗拒，心里蹦出的第一个念头就是为什么是我？我为什么碰上这种倒霉的事情？所以，大部分人在这个时候的选择都是激烈的，他们挣扎，采取一切可能的手段与病魔做战斗，甚至不管代价是什么。

你到北京肿瘤医院门诊部去看看，到所有大医院的门诊部去看看，大都是这种情况。面对病魔，大部分人的治疗手段逐步升级，越猛越好，即便是采用化疗，将健康细胞一同杀死，也在所不惜。这哪里是在治病，这是一种对病魔歇斯底里的恐惧！这些书让我开始思考如何面对人生，面对死亡。我从书中学到的还有很多，我慢慢接受一些观点，人生就是不断学会放弃的过程，到了人生的最后阶段，你甚至要学会放弃生命。可是又有多少人能够领悟到这一点呢，很多人在身患癌症的最后阶段，简直就是‘战’死的，他们和病魔战斗，和化疗的副作用战斗，这一切的根源就是‘我不想死’。

少部分人，在身患绝症的时候，他们心平气和，他们接受死亡的到来，他们接受和死亡一同前行，这样反而让他们赢得了更长的和家人相处的时间。他们可以在舒缓的氛围中给亲人完整地叙述自己的遗嘱。他们在自己生命的最后时刻，可以选择去完成自己一生中最想做但是还没有做的事情。最后，他们安静平和地和这个世界说再见，和自己的亲朋好友道别。”

对我的这一番论述，孟藜很惊讶，她没想到可乐的患病对我的改变如此巨大。

我接着说：“可乐来到我们家，就是有一种说不清的缘分。对我而言，它既是我的孩子，也是我的父辈，既是朋友，也是伴侣。我和可乐虽然语言不通，但是我很早就能读懂它的想法，就像它能理解我的感受一样，我们彼此依赖和支持。我觉得可乐的到来就是为了引导我理解这个复杂世界的，同时认识我自己。所以我不能同意克隆可乐，因为那只是克隆了可乐的躯壳，永远也不能克隆出我和可乐之间的情感回忆，这种情感之所以珍贵，就是因为它无可替代。

自从可乐生病以来，我开始着会接受死亡这件事，这在以前是我想都不愿意想的事情。现在，我不但再一次真切地感受到死亡，还能感受到它是个活体。我能清楚地感觉到它在可乐的身体里缓慢地移动，并且最终会吞噬整个可乐。所以，我有个想法，我希望能带可乐回到它的出生地——尼泊尔，我想到那儿给可乐实施安乐死，不让可乐这样痛苦地活着，苟延残喘。”

孟藜担心地看着我：“这你都和怀军商量了吗？”

我说：“商量过。”

孟藜：“他同意吗？”

我点点头，孟藜又问：“你跟你妈商量过吗？”

我说：“还没有。”

孟藜：“那你可要谨慎一点，我估计你妈不会同意。”

我说：“我知道。但是你知道吗，我每天晚上都能听见可乐痛苦的呻吟。虽然它会尽量不出声，或者用一种我们人类很难听到的高频发出痛苦的呻吟。这些对我来说如同听到可乐的内心独白，内容清晰，绝望和悲凉。这些我从来没有和别人说过，对怀军我都没说，你是第一个知道的人。我已经很久没有睡个好觉了。”

孟藜关心地问：“失眠？”

我说：“是，严重失眠已经很长时间了。”

孟藜紧张地说："那你可要重视，长期失眠会导致其他疾病的并发，这可马虎不得。"

"为什么想到去尼泊尔呢？"孟藜忽然问了她一直想问的问题。

"可乐出生在尼泊尔，我爸的骨灰撒在尼泊尔，你说我是不是应该带着可乐回到它出生的地方？我不想可乐在临死的时候还流落异乡，对可乐而言，回到尼泊尔就算是叶落归根了，而且它已经尽到了陪伴我的义务，现在是该让它回家了。"

我们聊了很久，最后我说："不聊了，该回去把可乐挪回它的房间了，也到了它喝水吃饭的时间了。"

其实，可乐现在已经吃得很少了，也许它只是为了让我安心才勉强吃一点。

我越来越能感觉到可乐的大限将至，也许可乐自己也很清楚，它在这个世界上的时间，不多了。

.30.

2019年2月，过完春节，我和怀军带着可乐踏上了它的回归之旅。在去机场的车上，怀军问我："真的不用和你妈说一声吗？"

我说："不用。"

怀军沉默了一会儿又说："我觉得一会儿到机场，咱们还是打个电话，你看……"

我打断他的话："我说不用就不用。"

我们两个都沉默了，车上安静极了，只能听见车轮和路面摩擦发出的声音。

实际上，因为要带可乐回尼泊尔进行安乐死，我和我妈最终还是爆发了一场不大不小的战争。

那是在我给可乐办理出境检疫手续的时候，我妈来我家，当时我不在，怀军招呼我妈在家吃了晚饭。一直等到我回家，我妈严肃地把我叫到里屋，用不容反驳的口气跟我说：“李妍，听说你要把可乐带到尼泊尔进行安乐死？我告诉你，我不同意你把可乐带到尼泊尔，它已经不能行动了，这样折腾它是很痛苦的，你不知道吗？”

我说：“妈，我们既然不能帮助可乐解除痛苦，为什么不能帮助它结束痛苦呢？”

“你怎么知道可乐希望结束生命？难道它不愿意在这个世界上活得久一些吗？现在医学这么发达，我们完全可以通过治疗延长可乐的寿命啊！”

我说：“那是因为你没有在夜里听到可乐的哀求。每当我听着可乐在夜里痛苦地呻吟，我就能够感受到它是多么需要我能理解它并且帮助它结束痛苦。我从它的眼神中就能看出来，它在哀求我。以前，每当我提着它出去散步的时候，我都能感受到它的快乐，只要是能够到外面活动，它就能觉得自己还活着。可是自从可乐不能行走以后，我明显能感到可乐眼神的变化。那是一种从生到死的变化，是一种绝望，一种放弃。我甚至觉得当我和怀军说要带它回去的时候，它是能听懂我们对话的内容的。因为它的眼睛在我们谈话的瞬间是有神的，是充满期待的。这些是你看不到的，所以你不要再劝我了，我已经决定这样做了。”

我妈半天没有说话，她沉默很久，最后自言自语道："你虽然长大了，也成了家，但是我还是不能接受你这么做，你知道吗，你这等于是亲手杀死了可乐。"

我听到这句话终于控制不住我的情绪，我脱口而出："当年你不也是亲手杀死了我爸吗？"

话一出口我就后悔了，但是已经来不及了，房间里的气氛瞬间凝固，接下来是很长一段难以忍受的沉默。我甚至有些同情怀军，因为在这个时候，最左右为难的就是怀军。我妈慢慢站起身对我说："我就知道你不仅仅是为了可乐，你这是在报复我，你爸的死对你来说一直没有过去。"

说着她看了我一眼，那是一种诀别的眼神，眼角明显有泪光闪烁。我很想再解释一下，但是我妈挥挥手制止了我，开门走了出去。她的背影显得非常悲伤，我知道我又一次在无意中伤害了她。

我妈走后，我有一瞬间犹豫过，还和怀军商量关于送可乐去尼泊尔的事要不要就算了。但是，当我看到窗外卧在自己房间门口的可乐，当我看到可乐看我的眼神时，我从心里告诉自己，不能犹豫，去尼泊尔的行程不能变，我要完成可乐的心愿，我要帮助可乐结束它痛苦不堪的日子。

其实，我想要表达的是，对我妈当年决定放弃对爸爸的治疗，拔掉管子这件事，我已经理解了。我理解一个母亲在那个时候做出的选择，而且我也知道做这样的决定是需要很大勇气的。可是不知道为什么，我竟然把这句话的意思表达成了对我妈的谴责……

时隔十三年，我再一次回到了这个让我魂牵梦绕但是又害怕面对的地方。在这十三年里，我告别了我喜爱的滑雪板，甚至不能有人和我提起关于尼泊尔的任何事情，因为那是我的痛点，是我不愿意面对的往事。

现在，我又一次站在了尼泊尔的机场大厅，一瞬间，我就像是回到了十三年前。那时候我和爸妈是第一次来到尼泊尔，我还记得我下飞机进入海关时的那种掩饰不住的激动和兴奋的心情，那时候的心情和现在相比简直恍若隔世。尽管时光相隔才短短十三年，但是对我来说，就好像过了一生。

没有变的是这个机场的模样，似乎还是当年的老样子，每个转角的细节都能让你回想起上一次的经历。拉姆还是站在老地方迎接我们，唯一变化的是，拉姆的脸上不再有少女的气息，而是多了几分成熟的韵味。

拉姆见到我如同见到了亲人，她热情地呼喊我的名字，手里没有举着接机的牌子，仅靠人脸识别就足够了。

我给拉姆介绍了我的丈夫怀军，当怀军客气地跟拉姆握手的时候，拉姆看着怀军有些害羞，只有在这个时候，才能从拉姆的脸上看到一些以前的样子。我们很快就坐上汽车，回到了拉姆的民宿院子，经过这么多年，拉姆的民宿有了不小的发展，现在是一家正式的宾馆，叫“泰米拉大酒店”。酒店内一共有四十五间客房，有餐厅和娱乐大厅，还添置了几辆新车。

还有一个变化就是，拉姆已经是三个孩子的妈妈了，看着拉姆三个可爱的孩子，我们忍不住当即把从北京带来的小零食分给了他们。拉姆的丈夫外出打工了，不在家里，要到夏天才能回来。

入住手续很快就办好了，但我们还有一件最重要的事情——安置可乐。在来的时候，可乐被装在一个比较宽松的箱子里面。当我们把箱子从车上抬到酒店大厅后，可乐就像是喝了还魂酒一样，忽然兴奋起来，要知道，可乐的病情已经严重到连头都抬不起来的地步了，平时几乎都是贴在地上的。但是此时此刻，可乐抬着头四处张望，它一定是感到这个地方和自己有着不同寻常的关系吧。当拉姆带着我们把可乐的箱子放在它出生的那个地方时，可乐一下子就兴奋地扭动着身体，把头探出外面。这时候，拉姆在可乐面前蹲下，看着它说：“这就是可乐啊，都这么大了，你还记不记得我呀？”

我想到了当时拉姆把幼小的可乐从一个纸盒子里拿出来递到我手上的情景。

可乐看看拉姆，它使劲地嗅着拉姆身上的气味，然后微闭眼睛接受着拉姆的抚摸。

这一切简直太神奇了，我对怀军说：“你看，可乐一定是嗅出了拉姆身上的气味，它可以通过气味来辨别每一个人和自己的关系，再长的时间它都不会忘记，不然它不会这么兴奋。”

晚上，我和怀军躺在一张舒适的双人床上，怀军对我说：“今天白天，看到可乐忽然兴奋的样子，还以为可乐能有挽回的可能呢。”

“但是你看它很快就没有精神了，这种突然的兴奋更耗可乐的体能。”

“拉姆真是太周到了，就连可乐休息的位置都事先安排好了。”

“你不知道，现在放置可乐的地方就是当年可乐出生的地方，在当年是个柴房。”

来之前拉姆就知道了可乐的情况，她告诉我，让我放心，她一定会安排好可乐的一切。拉姆说：“我这儿就是可乐的家。”

.31.

我们到达尼泊尔已经有两天了，之所以没有马上安排给可乐实施安乐死，主要是在我们到达之前，拉姆请了当地的僧侣专门为这件事看了一个日子，就选在2019年2月28日，2月的最后一天，也就是明天一早日出前。所以，我们所有人都在等待这个日子。

在与医生的助手接洽办理安乐死相关事宜的时候，我们向他提供了可乐所有在北京做过的检查报告，所有拍过的片子，以确定可乐是患了非常难以治愈的绝症，最后还让我在相关文件上签了字。

2月最后一天的前夜，我和怀军都没有睡，我们就坐在可乐的箱子旁边守着它。可乐非常地平静，看不出它有什么痛苦，自从来到它出生的地方，可乐晚上就不再呻吟了，就好像所有的痛苦都消失了一样。或者说还有一种可能，那就是可乐已经虚弱到没有力气呻吟的地步了。

在可乐所在位置的正后方有一间房间，是拉姆专门为可乐准备的，房间里最醒目的位置是一个佛龛，上面点着一盏长明灯，在深夜里，这个长明灯显得格外明亮。

我伸手不断地抚摸着可乐垂在地上的头，其实它的毛发还是非常光滑的。也许是感受到了我的不舍，可乐显得非常安静，它也许非常清楚这就是我们三个人在这个世界上共同相处的最后时刻。等到明天太阳越过屋脊照射进房间的时候，可乐就会离开了。

第二天天还没亮，大概是早上五点之前，大师和医生来到了酒店大厅。他们把可乐移到有佛龛的房间，在事先准备好的佛龛两侧诵经，替可乐超度。我和怀军也静静地守候在一旁，心中默默地为可乐祈祷，而可乐则安静地卧在它的箱子里，头伸在箱子门外，看着我们在为它诵经，祈祷。可乐的表情平静而安详，它在等待着最后时刻的到来……

整个诵经大约持续了半个小时，太阳在这个时候也翻上了屋脊，阳光从正东面的窗户照射进来，照在可乐的箱子上，就像是舞台上的一束追光，刹那间让这个屋子变得很梦幻。可乐身上的毛色也变得格外艳丽，呈现出金色。

诵经完毕，我们帮着医生把可乐从箱子里抬出来，放到一张为实施安乐死而事先准备好的小床上，白色的床单铺在上面，很像是医院的病床。医生在小床的一边挂好输液瓶后，拉起可乐的右前肢，用手术刀轻轻剃掉了一块毛发，以便于静脉注射。整个过程可乐都非常配合，甚至在剃完毛发的地方，可乐还好奇地嗅了嗅，舔了舔。

当医生把针头插进可乐的静脉时，我发现怀军已经泪流满面了，他哭得像个孩子。我安慰地抚摸着他的肩膀，同时递给他一张纸巾，怀军马上克制地擦去眼泪。我知道他实在不能忍受这个场面，示意他可以先出去缓一下……

说起来你可能不相信，男人在关键时刻可能比女人还要脆弱。但是我，我是一定要陪伴可乐走完它生命的最后一段旅程的，我要看着它抵达天国。

输液时，医生十分周到，他先给可乐输入了麻醉药，这样可乐就会没有痛苦，然后才输安乐死用的药物。按道理，输液开始两三分钟后，狗狗就会没有呼吸了。但是，可乐从输液开始就把目光聚焦在我的身上，直到全部输液结束，可乐也一直用平和的眼神注视着我。医生甚至开始怀疑是不是药物出现了问题。可我知道，可乐之所以这么久还能睁着眼睛，还能有呼吸，那是因为它舍不得和我分开，它在以它强大的生命力和药物抗争，用它最后的生命和我道别。我此刻已经泪流满面，泣不成声，我迎着可乐的目光跪在可乐的床前，用我的头贴在它的脸上，用双手捧着它的身体。我不敢看它的眼睛，既希望它赶快闭上，又盼望着它一直活着。我想起了爸爸在病床上的最后时刻……

终于，我感到可乐闭上了眼睛，我的手已经感觉不到它的心跳了。我抬起头看着可乐，它的确闭上了眼睛，表情特别安详，我呆呆地看着它，突然我破涕为笑，连我自己都吓了一跳。我知道，我是为可乐感到高兴，可乐终于不用再痛苦地熬日子了，它解脱了，它已经踏上了去往天国的道路，它是在我的陪伴下走完了生命中的最后一段旅程，它是幸福的，我坚信这一点。

我就这么跪在可乐的床前，不知过了多长时间，医生不知道在什么时候已经走了，而拉姆和其他人也都离开了，他们把这个房间留给了我和可乐。

我就这么静静地和可乐待在一起，刚才还照在可乐身上的太阳已经挪动到了其他地方，我和可乐此时全都处在阴影里，只有那盏长明灯还在燃烧着。我突然觉得我完成了人生中一个重要的内容，我终于学会了告别。我刚刚在肉体上和可乐完成了告别，同时，我也在精神上和我的爸爸完成了告别。我忽然感到一阵轻松，浑身像是被剔了骨头一样，整个人都瘫软在地上。我知道爸爸在十三年前就已经离开了我，但是十三年后的今天，我才和爸爸完成了真正的告别。

我要感谢拉姆，她身上的善良和淳朴一直在滋养着我的心灵，让我始终努力去做一个善良的人。我更要感谢可乐，在陪伴我的十三年里，它让我学会了平和，学会了通融，学会了放弃，它甚至改变了我和妈妈的紧张关系，让我变得越来越成熟。我还要感谢我的怀军，他是那样包容我，我知道我是在结婚以后才发现怀军的好，才开始深深地爱上了怀军。忽然间，我觉得我的这趟尼泊尔之行收获太多了，我理解了以前很多不能理解的问题，我理解了我的妈妈，我发现我能更容易地站在她的立场。她现在要是在我身边，我一定会抱住她，告诉她我此时的感受，我会向她说："我爱你！"

我想她一定会大吃一惊的。

.32.

我们对可乐进行了火葬，然后把它的骨灰撒在了爸爸出事的那座山上。撒完骨灰，拉姆走到我面前，她拉着我的手说：“可乐终于完成了你爸爸的心愿，现在他们可以去相见了。”

我情不自禁地拥抱了拉姆，拉姆告诉我：“今天给你们做了好吃的。”

尼泊尔之行，怀军陪着我完成了我最大的心愿——带可乐回家，并且帮助它结束痛苦的余生。现在，一切都圆满地结束了，我和怀军的心情都已经非常放松，可以收拾行李返回北京了。在我们回到房间，准备收拾东西的时候，我对怀军说：“怀军，和你商量个事。”

怀军：“你说，什么事？”

我说：“我想明天一早，去一趟滑雪公园。”

怀军这时候刚刚靠在床头，只见他听完我的话后突然从床上坐起来愣愣地看着我：“你不再有阴影了？从你爸爸出事以后你都不能提这件事，不是吗？”

我笑了一下：“以前是这样，现在都是过去的事了，我想我现在可以去那里看一下了。在此之前，别说去那里，我连想都不敢想，可是，我现在想去那里看一看，那里是我和爸爸最后在一起的地方。”

说这些话的时候，我觉得非常平静，没有悲伤和难过。怀军起身走到我跟前，轻轻地抱住我说：“太好了，一切都听你的。”

就这样，我们回程的计划向后推迟了一天。

第二天，也就是3月1日，一大早我就和怀军来到了滑雪公园。当我们到达滑雪大厅的时候，这里的缆车还没有开启。我在柜台办好了租借雪具的手续，怀军帮我拿着雪板、头盔以及护具，我们找了个靠窗户的桌子，要了杯咖啡，一边喝着咖啡一边等缆车。那天阳光非常好，整个大厅被阳光笼罩，暖洋洋的，我和怀军说：“知道吗？十三年前我妈就坐在窗子旁，就像是你的这个座位，喝着咖啡看着我和我爸坐缆车上去，再从上面滑下来，这里看上去一切都没有改变，还是当年的样子。”

怀军说：“触景生情了吧？”

我点点头对怀军说：“还好。现在已经八点半了，你就在这里一边喝着咖啡一边等我吧，我要坐缆车上山去了。”

说完我便起身，在走过怀军身边时，我俯下身在他的脸颊上轻轻地碰了一下，然后转身就去缆车的入口了。我一边走一边忍不住得意地回味刚才怀军被我撩得有点脸红的窘态。

因为来得比较早，雪场还没有什么人，我几乎是一个人乘坐缆车向山上缓慢地移动。看着脚下的雪道和起伏的山坡，我在寻找我当时被倾泻而下的积雪覆盖的地方，也在寻找爸爸当时被掩埋的地方。自从他出事以后我从来没有到现场来过，更没有勇气到现场看一看。现在，这一切就在我的脚下缓缓地向后滑过，被白雪覆盖的山坡，平静得似乎不曾发生过生死离别这种惨烈的事故，甚至还能给人一种美好的画一样的感觉……

不一会儿就到达了山顶，我从缆车下来，向出发点走去，在我的右边是那家山顶咖啡屋。

“要不要先来一杯咖啡？”

我猛地回头顺着声音看去，原来是一个父亲正对着一个大约九岁的女孩子说话，那一定是他的女儿。这一幕和当年爸爸带我上山的一幕惊人地一致，我看着这一对父女，傻傻地站在那里，直到目送他们父女俩走进咖啡屋。

当年的情景一幕一幕瞬间都出现在了我的眼前，我甚至感觉到我的身后就是爸爸，他踩着雪板很滑稽地跟在我身后。

我来到山顶的出发点，此刻我内心多少是有一些激动的，怀着这种激动的心情，检查头盔的带子是否扣紧，雪板的卡扣是否锁好，检查完后站起身看着山下。此刻我能感觉到爸爸就站在我的身后，我知道这是我的幻觉，但是我不愿意回头，因为我希望延续这样的感觉。沿着雪道向下看，雪场很安静，我应该是今天第一个站在出发点的人。我深深地吸了一口气，平静了一下自己，身体向前倾斜，整个人就像是一片叶子一样滑了出去。我在空旷的雪道上以“之”字形线路向下滑，天气很好，能见度也很好，估计过一会儿怀军就能透过大玻璃窗看到我了。

此时，我的耳朵里只有滑板和雪道的摩擦声，十分好听，非常有韵律。我享受着凉爽的风从我的脸颊划过。突然，我感到身后有人在快速接近，我稍稍集中了一下注意力，并控制了线路，以免影响到超越我的人。后面的人很快就滑到了我的身旁，但是我发现他并不打算超越我，而是跟随着我落后我半个身位，我的眼泪立刻夺眶而出。因为我的潜意识告诉我，这个人就是我爸爸。是的，就是因为我感受到这个人和我保持着落后我半个身位的距离，我知道只有爸爸是这样，每一次滑雪他都会在我的身后保护着我。

我不敢回头，但是我非常确定那就是他。接着，他第一次向前与我平行，我这时侧过脸看了一眼，没错，就是他。他虽然戴着头盔，但是我能清晰地看到他的眼神，他微笑着向我示意滑得不错，他甚至向我竖起了大拇指，好像是在赞赏我时隔这么长时间还能滑得这么好。我们此刻就这样并行着，无论我滑出怎样的线路，怎样的姿势，他都能和我保持同步，如同漂移汽车赛那样，高手总是能瞬间同步前面那个车手的驾驶动态，不论你想出什么样的动作，高手都能够模仿得分毫不差。

我已经忘了此刻雪场的环境，我感觉我就是在一个虚拟的雪道上，不，确切地说更像是在云上和爸爸一同滑行。我们没有终点，只有过程，我知道这一刻是短暂的，但是我宁愿永远沉浸在里面，此刻的我，就像是鸵鸟把头埋在沙子里一样，永远也不想出来……

突然，我听到了周围的呼喊声，瞬间惊醒。可能是我的速度向下冲得太快了，已经接近终点，这样的速度一定令周围的人都感到不安。我事后听怀军形容，当时我像箭一样从山上射下来，惊得他一身冷汗。他猛地站起身，连咖啡杯都被撞到了地上。而此刻我已经从梦中惊醒，用尽浑身的力量急转身，身体已经倾斜到最大角度，用雪板的刃使劲蹬着雪面。瞬间，我被铲起来的巨大的雪雾包裹着，一刹那的时间在我脑海中好像过了很久，终于在人工安全围栏处停了下来。我顾不上周围惊恐着围上来的人，而是转身向我的身后看去，雪雾慢慢地散去，露出一条清晰的雪道。此刻，雪道上仅仅能看到远处有三三两两的滑雪者，但是唯独没有我的爸爸，我知道他真正地离开了我，这就是我们之间真正的道别。我站在那里恍惚着，甚至脱掉了头盔，解开了雪板，我依然还是站在那里，一直等到怀军跑过来，直到他拍了我的肩膀，在我的脸颊上轻轻地一吻，我这才如梦初醒。最后，我被怀军拉着迈开脚步，像个孩子一样跟着他离开了雪道。

从那天起，我觉得我和爸爸两个人彼此都释然了，我是通过我们之间的眼神确认这一点的。后来我跟怀军说起过我的这种感受，怀军对我说：“以后最好在平地上闪回你爸爸，这样我的心脏会好受一点。”

.33.

飞机终于降落在了首都机场的T3航站楼。回北京的第一件事就是去参加孟藜的婚礼。婚礼是在希尔顿酒店举行的，对我们来说，婚礼的场面非常奢侈。看得出，孟藜希望自己的婚礼能够给人留下深刻印象，更能够感受到孟藜对自己的婚姻还是充满了期待的。孟藜见到我的第一句话就是："不等到你和怀军回来，我和张帅的婚礼是不会举行的。"

那一天，张帅的哥们也来了不少，很多都是玩乐队的，所以气氛非常热烈。说实话，对于他们这么快结婚我还是有一点意外的，因为我在去尼泊尔之前最后一次见到孟藜的时候，觉得她和张帅之间还存在很大问题。因为孟藜对张帅没有信心，她想搞清楚张帅到底是爱她还是爱她的钱。孟藜想要的不是听张帅怎么表白，而是用她自己的逻辑能够推理得出结论，而且，这个结论要能够证明张帅是爱她而不是爱她的钱，我那时觉得也许这个世界上根本不存在这样的答案。

我相信张帅肯定是经过艰苦的努力，才过了孟藜这一关的，这也说明张帅还是非常在乎孟藜的。

婚礼后，我和孟藜又约在了北平咖啡，当时我们两个几乎是在同一时间给对方打电话，同时向对方发出邀请。孟藜在电话里把她的邀请说完后对我说："好了，现在轮到你说你想要去哪儿？"

我说："你已经替我说了。"

孟藜听后笑着说："咱们真是神同步，说不定上辈子咱俩就是亲姐妹呢。"

我们在北平咖啡二层的一个安静的角落坐下，今天咖啡馆里人很少，我看着孟藜说："你都想清楚了？看上去好像不错嘛。"

我端起咖啡杯："来，真心地祝贺你和张帅。"

孟藜笑了，她喝了一口咖啡放下杯子对我说："我确实纠结过很长时间，也和自己说过很多次，既然还没结婚就有瑕疵，那不如索性就算了。因为我相信只要出轨一次就可以出轨一百次，一次和一百次没有区别，我不想我的婚姻还没开始就存在瑕疵。"

我说："那怎么又改主意了呢？"

孟藜说："后来我又想，如果换一个人是不是就会更好呢？如果换成李帅是不是就不会焦虑了呢？"

孟藜不等我说话就自嘲地说："也许还不如张帅，而且这种可能性似乎更大，最后我索性不想了，放松之后，也就没那么纠结了。再说为这个事张帅也非常认真地向我道歉了。你说的还是对的，可能我的纠结就是从我想结婚那一刻开始的，在这之前我都非常自信，这种自信是因为我根本没有想结婚，所以也就不怕失去。可是，一旦我决定要结婚了，要白头到老了，我就开始害怕失去。换句话说，我不喜欢失败，我要证明给我爸和所有人看，什么是正确的婚姻，说实在的，那样做太累了。"

孟藜很认真地看着我，我对她说："请继续。"

孟藜问我："你说我这样分析对吗？"

我此刻发现孟藜已变得成熟，也许她自己都没有意识到她的变化有多大，我不知道该说什么，只是向她竖起了大拇指。孟藜接着说："所以，我觉得我通过这件事学会了放弃，以前这是不可能的，放弃对完美主义的追求，也是释放了我自己。"

我举杯对着孟藜说："真的为你高兴，你是你自己的救星，你帮助自己度过了人生的一个较艰难的阶段，我还以为你过不了你自己这一关呢！你是我的偶像，为你的变化干一杯。"

要不是怀军打电话叫我回去，还不知道我俩会聊到什么时候。怀军和我说有事，但是他并没有告诉我具体是什么事，说见面再说。我估计是我妈的事，从尼泊尔回来一直就没去看她，主要是因为太忙就给忘了。

回到家我见到怀军就问他："找我什么事啊？搞得这么神秘！"

怀军说："你妈病了。"

我一惊："什么时候？严重吗？"

怀军说："听李叔叔说应该没有太大问题，就是拖的时间有点长了。"

我问怀军："是李叔叔告诉你的？他怎么没有直接告诉我呢？"

怀军就把李叔叔约他见面的事告诉我了，说我妈主要是心病。怀军说："对于我们决定带可乐回尼泊尔，并且要给它实施安乐死，你妈是从心里很不愿意的，但是看到你那么坚定，她也不好坚持。更重要的是，在你们争论的时候，你说的那句话直接刺痛了你妈，在她的内心深处，她对你爸爸的死的那根敏感神经被你触碰到了，所以按照李叔叔的话来说，是心病。”

我突然很自责怎么不尽早去看我妈。其实就在吵架的时候，我就意识到自己说走嘴了，只不过没想到会带给我妈这么大的打击。我想起了我当时脱口而出的那句话：“当年你不也是亲手杀死了我爸吗？”这太伤人了，我想起来了，当时我妈在我说完这句话后愣了片刻，然后无力地站起身，弱弱地说：“我就知道你不仅仅是为了可乐，你这是在报复我……”

想到这里，我的心不由得一阵收紧，我立刻拿起手机拨通了我妈的电话，过了很久都没人接，就在我准备放弃的时候，电话被接通了：“喂！”

一听到这个熟悉的声音，我马上对着电话大声地说：“妈，我是李妍，我和怀军一会儿就来看你。”

说完，我收起电话，推着怀军起身出门，我觉得我要弥补以前给我妈造成的伤害，一想到她这么长时间都在自责，我就有一种说不出的痛。

四十五分钟以后，车子终于开到了我妈他们居住的小区门口，这是一个比较老的小区，空间比较狭窄，停车位很紧张。我们缓缓开进小区唯一的停车场，一眼就看见远处我妈站在一个停车位上向我们招手。车子逐渐接近她，才看见她的手腕上有一个不干胶，走近才看清楚，那是停车计时的标签，我们都不知道我妈在这个停车位上站了多久。一直到李叔叔买菜回来，才从李叔叔那儿知道，当时我妈看到手机上显示的人名后，就僵在那里不知道是该接还是不该接，李叔叔就和我妈说:“接啊,李妍给你打电话这是好事,你还想什么呢？”

可是我妈很犹豫，我理解在很长一段时间里，我妈怕见到我，怕和我说话，我甚至有一段时间没有叫过她一声“妈”。所以，当我妈接通电话，猛地听到电话那头我便急切地叫了一声“妈”，李叔叔说我妈的眼泪当时就流出来了，在我都挂断电话后，我妈还站在原地不知所措。

李叔叔上前抱住我妈双肩想安慰一下她，但她像是突然从梦里醒来一样，让李叔叔赶快去超市买菜，自己也出门直奔停车场，因为小区停车难，要先给孩子们占个停车位。

李叔叔陪我妈来到停车场，看到还有一个空车位，我妈马上站到车位上。正好这个时候来了一辆车要停进来，我妈就是不让，看车场的人过来说：“大姐，你让一下，人家要停车啊。”

我妈说：“我女儿的车马上就到，我先来这儿给她占个位置。”

看车场的人急了：“大姐没你这么占位置的，我这可是计时收费的，你人站在这儿叫怎么回事啊！”

我妈也急了：“你现在就开始计时，你就把我当作汽车……”

最后看车场的人没办法，他把计时胶条贴在我妈的手腕上，然后指引那辆车到其他地方去找车位了。我妈吩咐李叔叔：“你快去买菜吧，一会儿咱家里见。”

我和怀军停好车，看见我妈站在车头。也许是有些日子不见了，感觉她显得苍老了许多。看着她像小姑娘见到生人一样窘迫和不安时，我心中一酸，张开双臂迎上前紧紧地把她抱在怀里。我忽然觉得自己的双臂很有力量，抱住我妈的同时，我感觉她有些犹豫地举起双手，最后慢慢试探着抱紧了我。这时，我趴在她的耳边给了她我这辈子能够给她的最好的礼物：“妈，我怀孕了。”

一周以后，怀军把我叫到电脑旁，看他在尼泊尔为我拍的照片，每一张照片怀军都进行了精心的修图。

“有一些我觉得可以拿去放大，装在镜框里。”怀军得意地说着。

撒可乐骨灰时，怀军用的是连拍，我一个扬骨灰的动作，一下子就拍了二十几张。如果把这些画面连在一起播放，肯定就是一个电影镜头。

我忽然惊讶地发现，在那一组连拍的照片中，大约在中间部分，也就是第十一张到十五张之间，可乐的骨灰正好在空中开始向下坠落，在阳光下，竟然神奇地构成了一个爸爸生前的图像。爸爸正面向着我高高地跃起，脚下穿着雪板像是刚刚飞腾起来停在空中，他一只手扬起保持平衡，另一只手习惯性地垂下摸着雪板，他脸上的笑容都十分清晰……

我们两个惊呆了，怀军也是第一次发现照片里居然还有这番景象，我们仔细端详着这几张照片，我和怀军都觉得爸爸是在用自己的方式告诉我们他现在非常满意，非常开心。我知道，这是爸爸留给我最后的信息了，爸爸在这个信息里巧妙地传递出他对我的爱，原来爸爸已经可以很艺术地表达他对我的爱了。

图书在版编目（CIP）数据

爸爸是只“狗” / 王小列著 . -- 北京 : 北京时代华文书局 , 2019.12
ISBN 978-7-5699-3324-6

Ⅰ . ①爸… Ⅱ . ①王… Ⅲ . ①长篇小说 – 中国 – 当代
Ⅳ . ① I247.5

中国版本图书馆 CIP 数据核字 (2019) 第 275249 号

爸爸是只“狗”

BABA SHI ZHI “GOU”

著　　者 | 王小列
出 版 人 | 陈　涛
选题策划 | 韩成建
产品经理 | 韩成建
责任编辑 | 徐敏峰　韩明慧
装帧设计 | 仙　境
责任印制 | 刘　银
出版发行 | 北京时代华文书局 http://www.bjsdsj.com.cn
北京市东城区安定门外大街 136 号皇城国际大厦 A 座 8 楼
邮编：100011　电话：010 - 83670692　64267677
印　　刷 | 北京市松源印刷有限公司
（如发现印装质量问题，请与印刷厂联系调换）
开　　本 | 880mm×1230mm　1/32
印　　张 | 7.5
字　　数 | 150 千字
版　　次 | 2020 年 1 月第 1 版
印　　次 | 2020 年 1 月第 1 次印刷
书　　号 | ISBN 978-7-5699-3324-6
定　　价 | 45.00 元

从修剪工到群众演员

陈朴 著

天津出版传媒集团
百花文艺出版社

图书在版编目（CIP）数据

从修剪工到群众演员 / 陈朴著. -- 天津 : 百花文艺出版社, 2025. 6. -- ISBN 978-7-5306-9109-0

Ⅰ. I25

中国国家版本馆 CIP 数据核字第 2025HZ0048 号

从修剪工到群众演员

CONG XIUJIANGONG DAO QUNZHONG YANYUAN

陈朴　著

出 版 人:薛印胜

责任编辑:李　爽

装帧设计:吴梦涵

出版发行:百花文艺出版社

地址:天津市和平区西康路 35 号　**邮编**:300051

电话传真:+86-22-23332651（发行部）

+86-22-23332656（总编室）

+86-22-23332478（邮购部）

网址:http://www.baihuawenyi.com

印刷:三河市嵩川印刷有限公司

开本:880 毫米×1230 毫米　1/32

字数:120 千字

印张:5.5

版次:2025 年 6 月第 1 版

印次:2025 年 6 月第 1 次印刷

定价:58.00 元

如有印装质量问题，请与三河市嵩川印刷有限公司联系调换

地址：三河市杨庄镇肖庄子

电话：（0316）3654999　邮编：065201

目录 CONTENTS

1/长安果园行

9/东莞打工记

25/秦都梦

35/在书城的日子

49/我在大学当保安

71/大转盘的劳务市场

77/搬家师傅与饮料仓库送货员

81/令人悲伤的小商品批发部

93/第三次进厂

109/汽车装潢店的失落

115/跑车手记

137/交通公司的零活儿

141/当群众演员的两天

145/题外篇：家庭记忆

165/**后记：每一段经历都是一笔人生财富**

长安果园行

我上的中专在杨凌，中国唯一的农科城，也是隋文帝杨坚的陵墓所在地。现在回想起来，四个春夏秋冬，那么多无所事事的周末自己不知都干了什么，近在咫尺的一代帝王的坟冢竟然都未曾去参观一下。后来我在一本书里看到晚清时曾担任过陕西巡抚的毕沅所题写的隶书墓碑，又徒增些许遗憾。其实那年月这里尚算不上一座城市，就是一个示范区而已。很多人在一座城市上学或当兵多年后，因为熟悉了那里的环境，也积攒了一定的人脉，会选择留在那座城市发展，而当时我们全班只有一人留在了母校所在的城市，原因是她未来的老公是那里人。

有人说“80 后”是中国迷惘的一代。我想迷惘的主要原因是从这一代人开始，毕业后学校不包分配工作了，也不能去父母单位接班，所从事的职业和专业大多不对口，劳动力和市场需求差异大。这是社会发展的必经阶段，所有人必须适应和接受这个现实。

临近毕业的最后一个学期，开学已经快两个月了，我的生活费所剩无几，父母打电话来询问了几次找工作的情况，我都以等通知为由搪塞了过去。两块钱一碗的棍棍面已经成了奢侈，我开始买整箱三十包的熊毅武方便面。当时零卖1.5元一包，整箱35元，这样下来能省出10元。有时一包面不够吃，我就去食堂买两个馒头。那四年我基本是没吃过早饭的，所以现在不敢挨饿，一饿就胃痛。节余下来的钱一半买了书和卡带，一半贡献给了网吧。后来看李敖的回忆录，看到他写自己把上学时代的早餐费也一样全部拿去买了书，不禁有一种同病相怜的滋味。

没有经历过苦痛的人生，也许是不够完美的。

2004年春节刚过，学校安排我们毕业实习。说是实习，实际上就是自己找工作、谋出路。听说关系硬点的同学已经开始在老家的林业局上班，其余的同学急得像热锅上的蚂蚁，焦灼不安。

父母已经含辛茹苦地养育我们十多年，为我们提供衣食住行，是该自食其力的时候了。这一点，大多数从农村出来的“80后”都心知肚明。我和班里的大多数人一样开始赶招聘会。那年月，招聘会基本上全是招聘计算机专业的平面设计师，我们所学的现代林业技术专业无异于考古专业面临择业时的尴尬处境。现在回想，真是选择大于努力。

坐着8.5元一张票的绿皮火车去西安市省体育场往返跑了三次后，我带着在网吧编辑好打印出来的简历和硬盘又回到了宿舍。第二天早晨，在去吃早餐的路上，我忽然在公告栏看到上午有一家西安的农业发展公司要来学校招聘，而且限定只招聘我们专业，待遇还不错，一个月管吃管住500元，四天假。我几乎是跑到宿舍通知了全班剩下的男生，然后又用201IC卡给班里的女生打了电话。10点整，我们全班十五个人拿着精心制作的简历来到学工办门口排好队，在班主任老师的安排下依次进去面试。

这个公司小，老板直接来招聘。老板按照简历表依次叫名字，我是第三个进去的。进去后我打量了一下老板，30岁左右，西装革履，旁边坐着一位如花似玉的姑娘，不知道是他的秘书还是女朋友。不到一个小时，面试就全部结束了。出结果也快得出乎意料，更出人意料之外的是，全班共录用了三个人，有一个竟然是我。面对这样的结果，班里好多同学都投来鄙夷的目光，因为我在中专学校四年的时光里，专业课考试基本全挂，大部分的时间都泡在图书馆看小说。

接下来是要自己抉择的时候了，我们的主要工作是管理五十亩果园。去还是不去，由自己决定。上这所学校，很多人毕业后都是奔着进林业局、林场、林业所之类的公家单位的，所以大家有些犹豫。但在残酷的现实面前，我们三人商量后最终选择了妥协，打算先去看看。毕竟能被录用已实属不易，且行且珍惜吧。

第二天早上，我们背着大包小包乘火车到了西安。为了省钱，我把被子、褥子、枕头都带上了，背上背一个双肩包，两只手里还各提一个彩条布的大袋子。为了减轻负重，我只带了两本书，一本枕边书《宋词三百首》，一本《白鹿原》。出站后，我在一家商店门口的公用电话亭里给老板打了手机。老板让我们站在原地，说司机马上过来接我们。当时电话旁边的牌子上写的是一分钟 2 毛钱，我就简单说了两句话，心想应该不会超过一分钟，结果付钱时，老板却说要 1 元。我问，不是说一分钟 2 毛钱吗？老板横眉怒目地把计时器转了一下说，你自己看。计时器竟然显示是五分钟。我无话可说，明知被坑却又无可奈何。这样的小事即使叫来警察也不会有什么结果。我忍住气掏了一块钱给他，不知这样畜生的老板坑了多少来西安打工的人。同行的世杰还想理论，我拉了他一下。

这时，我看见上次开去学校的那辆黑色普桑开了过来。我一眼就认出了司机，就是面试时坐在老板旁边的那位美女姐姐。她下车来打开了后备厢，让我们把大点的包放进去，然后锁好后备厢，等我们坐好就带我们直奔公司而去。路上，美女姐姐简单和我们聊了几句。记得她当时问的第一句话就是，你们三人都是西城的对不？我们异口同声地回答“是”。然后她说她也是西城的，是她录用我们的。她说话的时候流露出一种得意或照顾的眼神。真相大白的时刻，我忽然有一种滥竽充数的感觉。心里的谜底也就此解开，可惜没被录用的那些同学永远也不会知道这个原因。

说是农业发展公司，实际上就是几十亩果园。一个多小时后，我们到达了长安县（现长安镇）境内。过了引镇，就看不到宽阔的公路和商店了。接下来我是越走心越冰凉，只希望早点儿到达目的地。

汽车东拐西拐，大约行驶了十公里后，到了王莽乡的一个村庄。看到如此荒凉和偏僻的地方，我马上有了想离开的念头。从小在农村长大，花几万元异乡求学，就是为了能有朝一日鲤鱼跳“农”门。谁承想，一毕业又回到了农村，心有不甘啊。

车直接开进了一个小院子，门口两条黄毛大狼狗正在太阳照射下的铁笼子里嗷嗷直叫，看了就让人不寒而栗。老板说，来来来，先吃饭，吃完再收拾行李。进去后，厨师就递过来三碗刚煮好的扯面，用西安方言说，调料和肉在那边，你们自已调。这是一个十几个人的小灶，做出来的饭基本上都有家的味道，让人吃得倒还开心。吃完饭，老板给我们递烟，我们都拒绝了。老板说，你们先去宿舍整理好东西，一会儿带你们去果园转转。随后老板喊过来了一位姓刘的师傅给我们介绍说，刘师也是你们学校毕业的，已经来咱这儿三年了，工作非常踏实，现在一个月拿800元。你们刚毕业，只要好好干，工资后边也会涨的，刘师，你带他们去外边看看，先了解一下，今天就先不安排活儿了，完了每人发一把剪刀，明天带着去苹果园剪枝、拉枝。

晚饭是白米粥、咸菜和馒头。吃完饭后，我问世杰和利军感觉怎么样。世杰说，来了就先干着，等毕业证拿到手了再说。利军说，就是。我却陷入了沉默。经过再三考虑，我最后表态我要离开。世杰说，先睡觉吧，明儿再说。

第二天早晨洗漱完，我就去找老板，结果看见院子里的车都不在了。刘师告诉我说，老板昨晚去西安了。我就表达了想走的意思。刘师平静地说，那行，不愿意干了就走，这儿就是有点儿偏，你把剪刀交了，老板回来我给说一声就行。我背着行李去食堂与世杰和利军道完别就走出了大门。我想刘师和厨师大概已经见多了这种情况，不觉得有啥奇怪的了。由于背的行李太重，我大约走了两个多小时才到通班车的公路。班车上时而有穿黄色衣服的僧人上上下下，这时我才想起王维诗中所言的香积寺就在此处，当然还有曾在报纸上看到的皇甫村柳青墓也在这个县城。可惜那时的我又累又饿，已经无心瞻仰圣贤大师的故地了。

东莞打工记

从西安的果园落魄而归后，转眼就到了“五一”，学弟学妹们很多已经开始回家或访友。我依旧窝在宿舍浑浑噩噩，度日如年。去饭堂时路过一家文具店门口，看到一张招工启事，我就去问了问。老板说是她弟弟在负责给东莞的工厂招工，愿意去的话交 1300 元介绍费就什么都不用管了，他会买车票带我过去安排好工作。

万般无奈下，我咬了咬牙决定去。当时想着只要不让我待在大山里，干啥都行。兜里只揣了三十多块钱的我不想厚着脸皮再跟家里要钱，我试着给亲戚家的一位富裕的姐姐打了电话，给班里唯一一位关系要好的富二代同学也打了电话，结果都一样。那位富二代同学说他只有 1000 元，在那年代，一个学生卡里能有四位数已经很富有了，毕竟我们的生活费每个月只有 300 元。那时我们一家人都还没有手机，同学中只有个别几人开始用小灵通。给家里打电话没人接听，我知道父母肯定都去地里干活儿了。

晚上，我给家里打通了电话。第二天，父亲骑着自行车去市里给我的银行卡汇了 1500 元。取到钱后，我就去文具店交了钱。老板给了我她弟弟的手机号和名字，说让我 4 日下午5点去武功火车站给他打电话。她嘱咐我找个小塑料袋去学校后边的山坡上取一点土，以防到了广东后水土不服——只需取一点儿土加点水搅拌后喝一点儿，就可以治愈水土不服引起的疱疹等疾病。我按她说的做了。

杨凌和武功毗邻。因为晕车严重，再短的路程只要通火车，我都会选择坐火车。现在的火车在几次提速后，都已经不在武功那样的小站停靠了。为了不耽误事，我早上4点就到了武功火车站。电话接通后，领头的人说让我耐心等待，火车是6点半发的，他们5点就到，让我注意他举的牌子。小站旅客很少，我不吸烟，也不玩游戏机，就只能看书打发这漫长的时光。等我看完韩寒《零下一度》中收录的《穿着棉袄洗澡》那篇名作后，领头的人领着十几位和我年龄差不多的男女青年来了。这一来我就傻眼了，人家都只背了一个小包，而我被子、褥子、枕头齐上阵。我主动上去打了招呼，你好，请问你是赵师吗？对方说是，你是陈朴吧？我说是。赵师说，我领的这十几个人都是咱们一起的，你们互相认识一下，等会儿到了西安人多，别走散了，杨凌只有你一个人，就没有去接。我微笑了一下，表示理解。到西安后，我们就都下了车，目的是和西安三个领头的人会合。后来我数了一下，他们四人总共领了五十多人。这样算下来，我估计他们每个人这一趟下来最少赚个三五千元。

赚多少是人家的本事，我不眼红，我只想有一份收入不错的工作。就这样，我们几十号人一起坐上了开往广州的列车。座位分了三个聚集区，几十号人，关系错综复杂：其中有的相互认识，发小、同学、表亲还有处对象的；也有个别和我一样的，只身一人，谁也不认识。我们坐的这一片，大家都开始用陕西关中方言海谝了，有吃东西的、用单放机听卡带的、打扑克牌的；旁边也有几个穿得比较时髦的掏出手机发短信，看样子是出过远门的，是第二次或第三次第四次南下了。他们掏手机的样子显得并不自然，带有一种轻浮的得意或是扎势（陕西方言，表示摆架子、装腔作势的贬义词）的神采。

透过车窗，我看到了途经的河南、安徽等省份的农家民居房屋——与陕西的不同——以及淮河流域随处可见的池塘和稻田。在一阵迷迷糊糊中打盹儿的间隙，夹杂着明显粤语口音的列车员开始喊着，广州站到了。领头的几位也开始催促我们，大家收拾好自己的东西，准备下车。下车后，我们又分别坐上了两辆开往东莞的大巴车。

五月的广州已经非常炎热，等坐上大巴车时，我穿的衬衫已经被汗水湿透。上车前，四位领头的竟然都只背一个挎包在前面跑，我在后边想，几十号人乱哄哄一窝蜂似的，如果走丢一两人怎么办？大约一个小时的路程后，我看到了路边一个标识牌上写着“深圳”两个字，这时晕车严重的我已经吐完了吃进去的所有食物，开始吐酸水。晕车严重时的难受程度无异于住院手术后的疼痛。黑色塑料袋里的秽物让坐在我旁边的人感觉非常恶心，没有人给我一瓶水，气若游丝的我断断续续地说出了“不——好——意——思”几个字。

陌生的城市，我分不清方向。大巴车直接开到了一个简陋、破旧的小旅馆门前。八个人一间，房间内除了床和床头柜，其余啥也没有。暗黄色墙壁上满目疮痍，歪歪扭扭地写满了诸如“某某某到此一游”“湖南的某某是个骗子”“同志们打工小心被骗进黑厂”等让人看了心寒的话语。我想这些大概都是一拨又一拨打工者真实的心声，不含虚假成分。那时，我还保持着坚持了四年的好习惯：记日记。这些警告性的信号都被我认真地记了下来。我放下行李的第一件事就是赶紧去给家里报平安。还好旅馆门口就有“话吧”，透明色的玻璃门把空间分成两排十个不足一平方米的小格子，我记得长途电话好像是三毛钱一分钟。

第二天一早，我们就被带到了一个叫大岭山的地方。领头的说，这次你们运气好，是个大厂。我们进的厂叫嘉富，只知道是生产电子元件的。人事部直接安排我们考试，试卷是一套综合题，简单的英语、数学和语文相关题目，四十分钟考试时间，二十分钟后成绩就出来了。笔试淘汰掉了七个人，被一个领头的直接带了出去。

留下来的人都很庆幸自己还上过初中。接下来是简单的面试，不是一对一，而是几十号人排成了四行。一个西装革履的男主管逐一看，要求每个人伸出双手展平，目的是检查十根指头有无残缺。站在第四排的我发现前面忽然有了四个空位，被叫出去的四个人站在边上不知所措，不知是喜是忧，一脸茫然无助。眼看就要检查结束，站在第四排倒数第三个的我竟然也被叫了出去。其他人已经被安排带走。主管把领头的叫过来和他说，这四个人不行。领头的还想为我们争取一下，主管直截了当地说，我们这是高标准的工作，这两个人眼睛不行，那两个人手腕有文身，你不用说了。这时我才发现有一位也和我一样，眼睛是斜视。

我的眼睛天生就有点儿斜视，但我的视力很好，就没太在意这事。跟着领头的走出厂门，没有人知道我有多么沮丧。赵师和另外一位领头的简单交代了几句后坐出租车走了，把我转让给了冯师。冯师掏出手机打了两通电话，一会儿一辆面包车就停在了眼前。冯师说带我们去另一个厂，没有这个厂大，也还不错的，让我们放心。

我们进的第二个厂位于黄江镇立新工业园区。我记得车好像路过了东莞有名的观音山森林公园，我看到一座矗立在山顶的白色大理石观音像。这个厂进得很顺利，我们去了就直接在人事处办理了入厂手续，领到了工服和工牌。刘师说，来了就好好干，如果你们干几天不想干了，我们就不管了。我看了一下三层厂房楼顶写着的几个红色大字：明星电子厂。

我是一个相信命运的人，运气好的是我们四人被分在了同一宿舍。在学校的时候，我因为报到晚被迫睡了四年上铺，这次又是上铺，心里不禁泛起一丝不满。不过八人间的宿舍我们四个人都是上铺，也算公平吧。

第二天早上 7 点钟我就起床，叫醒了和我头对头睡的那个眼睛也有点儿斜视的超峰小兄弟，我们一起拿着一块五买的黄色搪瓷盆和餐卡去吃早饭。餐卡是一个硬纸板，上面标着当月每天的早中晚三顿饭，分成早中晚三个小格子，用餐的时候用一根针扎一个孔打卡。早饭是已经泡烂了的米粉，三大桶米粉放在饭堂门口，自己盛，想吃多少盛多少；还有咸菜和馒头。我在厂的半个月，伙食竟然天天如此。超峰是周至人，那里有天下第一福地楼观台，时任中国道教协会主席的任法融先生就在那里修道。一起来的另外两个有文身的老乡是一个村的，都留着染成黄色的长发。我和超峰是属于老实巴交型的，所以一开始我们四个就是两路人。

到了车间门口，班长已经在那里等着我们。班长是广东本地人，隆起的胸部、长长的马尾，朴素的工装并没有掩盖住她的美貌。她发给我们每人一张卡，告诉我们，每天上下班时必须记着打卡，上班时如果忘了打卡，来得再早也算迟到，下班时一定要等铃声响完后再打，否则哪怕早打一秒也算早退。这时我们才知道，这是一家生产小型单卡双卡收录机的工厂。随后班长给我们分配岗位，一个黄毛被分配到了套装塑料袋的地方，超峰和另外一个黄毛被分配到了仓库负责给大车装箱子，可能是由于我比较瘦弱，留在了生产线上打砂纸。

一条长三十米左右的流水线，我处在中间部位，每个班十二个小时只发十张砂纸，负责打掉注塑部生产出来的三四百台机壳外观所有的凹凸不平处及划痕。对于这种没有技术含量的活儿，我刚上班就直接和老工人一样干。手稍微一慢或上个厕所，眼前的桌台就会堆成山。机动员就是班长，除非你这一环节影响到整体环节她才会过来帮你一阵；平时如果你慢就会挨训，反正迟早是你的活儿，别想着偷懒。

我前面的工位上是一个英俊的男生，班长闲暇的时候常常过来和他打情骂俏，吃饭的时候也和他坐在一起。我想象着他们每天十二个小时耳鬓厮磨在一起的爱情，除了羡慕，也有嫉妒和恨。上厕所短短十几米我都是跑着去，再跑回来。第一天上班我没有带水杯，渴得扛不住了就在厕所外涮拖把的水龙头上喝一气。中午 12 点，班长调慢传送带的转速，安排轮换吃饭，每个人只有二十分钟时间。饭是两素一荤三菜一汤，没有看见超峰的身影，我就看着自己戴了五年的冒牌飞亚达手表狼吞虎咽一扫而光。等到下午 1 点钟所有人员分三批都吃完午饭后，机器就又恢复到了正常的速度。晚上吃饭是 6 点到 7 点之间，中午第一批吃的下午第二批吃，中午第三批吃的下午第一批吃，依次轮回。直到晚上 8 点铃声响起，这扎实的一天才结束。回到宿舍，大家都是抢着先去冲凉，一盆水或一桶水直接劈头盖脸地冲下去，身上的汗味就会少很多。超峰叫我去前面的市场转转，我说太累了不去了，就写了几行日记先睡了。

后来从和工友的谈话中我才了解到，之前我们去的嘉富是一个大集团公司，那个厂一般两三年才招一批人，而且里边是女人的天下，全厂六千多人，男的总共才不到五百人，进了那厂别说你眼睛斜视，就是腿脚有点儿小问题也是不愁没女朋友的。在那种狼少肉多的地方，男人就像宝。后来每次回忆起这段经历，我都感叹，如果当时留在了那里，我肯定不会从 19 岁开始打工，直到 30 岁才结婚。工友说我们厂现在订单很多，老板已经在樟木头建了新厂，再过两个月就会搬过去，搬过去环境就会好点。厂里的人不是很杂，基本上全来自陕西、广西和河南。

上了几天白班后，我们休息一天开始倒夜班。休息那天，我和超峰步行去附近的一个市场转悠。过马路时，我慢了一拍，后面一辆疾驰而过的越野车一个急刹车停在了我的身后。等我转过头的时候，司机骂骂咧咧地说，你这狗东西怎么走路的！涉世不深的我被吓得不敢多嘴，竟认为自己错了，等回过神来的时候才发现，鞋右脚跟都蹭掉了。宿舍是没有柜子的，我兜里揣着仅有的100多元舍不得花。我是5日进的厂，这个月20日发的是4月份的工资，也就是说距离发工资的时间还有一个多月。小摊贩三轮车上的大塑料瓶里装满了一个个削好的插上了一次性筷子的蜜菠萝，一个五毛钱地争相叫卖着。嘴馋的我买了两个，把其中一个分给了超峰。吃完后回味无穷的我忍不住又买了一个过瘾，因为相比在陕西，这里的价钱要便宜一半。

在一家大型超市门口，我第一次看到了卖珍珠奶茶的，普通的一杯1元，加冰块的1.5元。超峰看我问奶茶的价钱，他二话没说要了两杯加冰块的。进超市我们也不打算买啥，就去了网吧。登上QQ时，有几个同学发来了慰问的消息，虽然只是一句简单的寒暄，看着心里也是暖暖的。而当我登录“榕树下全球中文原创文学网站”的时候，我在学校时投稿的一首诗《2004，我被遗忘在爱与痛的边缘》的阅读量已经达到了1362，评论数达到了30多人。我在卡里只充了五块钱，网费是一个小时3元，不到两个小时的时候，电脑就自动锁屏了。超峰玩CS游戏正处于巅峰状态，我就先出了网吧。我找到了一家卖面食的小馆，在招牌上上上下下看了几遍也没有找到与陕西扯面、臊子面类似的种类。我要了一碗四块钱的青菜鸡蛋面，就是挂面煮熟后漂了几片菜叶放了一个荷包蛋。虽然不尽如人意，但对于一个已经一周没有吃面的老陕来说，这也已经很满足了。

我沿着一条小路径直走去，转弯后路面渐渐宽阔了起来。两边高楼林立，人潮涌动。路边有好几个坐在小方凳上在一张纸上用一支笔设计个性签名的人，就像火车站前擦皮鞋的一样。不管几个字，统一价 10 元。练习了庞中华硬笔书法六年的我，看到那潇洒流畅又个性无穷的签名设计，兴奋异常，可是一想兜里所剩下的 100 多元还要坚持到一个多月后发工资，我就默默地离开了。也许签名这样高档的艺术，只是高级领导和大明星的专利。

接下来的夜班使我的忍耐到了极限，生物钟完全被打乱。记得每天到了黎明的时候，东方就会出现大片大片红彤彤的云朵，这在北方是很少见的。以前有过在网吧玩通宵的经历的我，也完全无法适应这连续十二个小时的战斗。现在唯一温暖的回忆，就是当时为了降暑，食堂每晚 9 点会送两桶刚熬好的绿豆汤来。

我想，这是我小时候吃的苦还不够多的原因。一个从大山里走出来的 19 岁的农村青年，按理来说这点苦是应该无所畏惧的，相比起下煤矿、下砖窑、打隧道、装卸水泥那些活计，这其实算不了什么，可是坚持了半个月的我最终选择了放弃。在宿舍区保安叔叔那里取到父亲家书的时候，泪花已经在我眼眶里打转。因为决定离开，所以我没有给父亲回信。我焦灼、犹豫、彷徨，迷茫而又无助。班长说随时可以走，但是不满两个月或没有提前一个月写书面辞职申请的话，工资一分没有。最后，超峰坚决要走，也使我下定了决心离开。半个月辛辛苦苦的汗水就当为国家经济建设助力了，就当千里而来只为看个新鲜，体验生活，买个经验。直到走，我都没有见过厂长的面。

倒班后的第一个白班，我们收拾好东西直接下楼，宿舍门口的保安叔叔挡住了我们。简单盘问后，他让我们返回先交了工服和工牌。而到了厂门口，年轻一点儿的保安大哥又挡住了我们，说离厂必须有离职证明。到了人事部，我看见那位穿着白衬衫和短裙、坐在电脑前像天使一样长发飘飘的美女，正是那天拉着行李箱和我们一起走进厂门的那位。她给宿舍保安打电话询问后，就给我们开好了证明，盖了章。

因为离厂的决定有点儿突然，出厂后虽然举目无亲但我们踌躇满志。超峰说去职介所看看。职介所操着一嘴粤语口音、浓妆艳抹的女人说先交 50 元，一周内保证给我们安排进厂。我们详细咨询后感觉对方说得很好听，但很不可靠。超峰说回家吧，再也不来广东了。这正合我意。

我们分头给家里打电话要回家的路费。父亲在单位，身上钱不够，跟同事凑齐 400 元后骑自行车去市里给我转账。谁知陕西的卡当时竟然不能在广东使用。我去农行和工行办卡，大堂经理告诉我新卡最少要起存 2000 元，而当时陕西的工行牡丹卡或农行的金穗卡开户只需存 10 元就可以了。无奈之下，父亲只能从邮局给我汇款。当晚，我和超峰掏出所有的钱放在一起，只有 8.6 元，每人吃了碗酸汤面后就剩余 6 毛钱了。上学的时候再穷也没有如此狼狈的时候。30 元一晚的招待所我们住不起，9 元一晚的网吧我们玩不起，5 元一晚的录像厅我们也只能从门前走过。夜里 9 点过后，路上的行人渐渐少了起来，超峰说原来在宿舍住的时候看见对面有一座烂尾楼空荡荡的，去那过一夜吧。过马路时，一辆闪着警灯的摩托车呼啸而过，超峰说赶紧走，如果被城防抓住没有暂住证就麻烦了。

我们摸黑壮着胆上到了烂尾楼三楼。说不清这是一座什么样的楼，被拆除了一半就停下了，不知道这样闲置多久了。楼里没有十几平方米一间的小房子，全是空旷的大厅。看到一根柱子前堆了几块三合板，我们就席地而卧，准备这样将就一宿。睡下不久，超峰起来撒尿的时候忽然喊我，快过来，快过来。我问咋了。他说，过来看女人洗澡。原来准备入睡的女工们正在冲凉。隔着十几米的距离，透过一个个小小的窗户，我们能看到女工宿舍二楼、三楼大多数卫生间亮着昏黄的白炽灯光，有的里边只有一个人，有的里边有两三个人，但只能看到胸部以上的“风景”。这样的经历猥琐不堪，但这是一个 19 岁单身男人的真实写照，我写在这里，请各位原谅我曾经的龌龊和罪过。

一夜的辗转反侧，第二天我们老早就起来了，因为天一亮，对面楼的女工起床后，是可以看见我们这两个狼狈男人的模样的。虽然不曾相识，也只是隔空相望，但毕竟四目相接的尊严扫地和尴尬也是让人难以接受的。我们早早地就背着行李去了附近的那个邮局。由于东西太重加之心情烦躁，我一气之下扔掉了从陕西带过来的荞麦皮枕头，后来被母亲唠叨了好久。进了邮局后一查询，工作人员说钱到了，但不在这个网点，要去市中心南广场那个网点取。无奈的我们饿着肚子走到了昨晚吃酸汤面的小饭馆，因为我们知道老板是陕西铜川人，算是老乡关系。我们押了身份证和唯一值钱的东西——手表，跟老板借了 4 元。我们本想借 10 元但老板不肯，并要求回来后还给他 6 元，因为他要收取 2 元的行李寄存费。老板说4元就够了，你们在门口坐42路巴士直接到南广场站下车就可以取到钱，不是说我不借给你们，万一你们拿着钱跑了不回来了，我要你这身份证有啥用？老板可能见的各种情况多了，所以很谨慎。

东莞毕竟是沿海发达工业城市，公交车也叫巴士，带空调的，所以车费是 2 元，当时这在陕西是不多见的。取到钱的那一瞬间，我们开心得手舞足蹈，路费总共 300 元就足够了。我溜达到邮政书店买了本薄薄的《元诗 100 首》留作纪念。而当时东莞有名的杂志《南飞燕》我记得一本应该是 5 元，我竟然没有舍得买。听说东莞有五百多万人，本地人口只有一百多万，剩下的四百万人口都是外来人口。我想这就是《南飞燕》诞生的原因吧。出门后，一位当地摊贩推着一辆人力三轮车卖豆花，好奇的是我们没有看到里面有香菜、咸菜、蒜泥和辣椒，佐料竟是一罐白糖。这就是南北饮食的差异，我忍不住尝了一碗，十多年过去了，至今回味无穷。

取了行李，我们就直奔汽车站。半个小时后，我们就坐上了前往广州的高速班车。离开这个充满痛苦和耻辱之地的时候，我曾在心底暗暗发誓，十年后我一定要风光满面地回到这里看看。只可惜梦想是美好的，现实却残酷无比，十年后我也只在家乡干着一份保安的工作。印象中，大巴车好像路过了一代英雄袁崇焕的纪念馆，只是归心似箭的我那时已经没有闲情逸致细看。

晌午时刻，我们到达广州汽车站。相对于花城和羊城的美名，我更关注的是一座沿海省会城市的治安状况。快到火车站的时候，一个路边小广场上摆着几张桌子，路边不停地有人瞄准打工模样的人下套："兄弟，你办健康证了没？火车站查'非典'了，没有健康证不让进站，里边做个检查80，还要排队，这里只要50。"是真是假难以分辨，真若如此，兜里的钱就有些吃紧。我和超峰决定先进站再说。

到了进站口，进进出出的人比我们家乡车站春运时的人还多，好多妇女背着竹背篓里的孩子在散发报纸和地图，有人接住她们就强行索要20元，不给的话就拉住你的胳膊或抱住你的腿哭哭啼啼，很多人迫于无奈就只能给钱脱身。

有座位的票要等到三天以后，无座的当晚 8 点就有，广州直达西安的 268 元，二十三个小时，而广州坐到河南信阳停留一个小时倒个车下来可以省出 30 多元。我和超峰选择了倒车，想碰碰运气看能否有座位。那是我坐过无数次火车中最难熬的一次。行李架上没地方，几个包只能搁在座位下面和过道上，售货员或上厕所的人一过就要给人让路。车厢里有人卖塑料小方凳，一个 10 元，两个戴着很粗的金项链的老板一人买了一个，我和超峰就坐在行李上。夜里一会儿睡着了一会儿又醒了，到达信阳的时候是上午 10 点多。我们买好票，虽然依旧没座位，但还好一个多小时后就发车了。我们在车站外面吃了碗阳春面，喝了瓶啤酒。到达西安的时候天已经黑了，我和超峰在火车站匆匆而别，互相留下了 QQ 号。等回到学校才发现，我装在超峰包里的褥子被他带回了周至老家。

这半个月的打工经历无疑是我人生历程中刻骨铭心的一段印记。十多年来，我常常在无数个落魄失意的深夜以此做对比。而如今我有着一份轻松的工作，我常常想，这份惬意也许就是由曾经的苦难所造就的。

秦都梦

刚毕业回到家，我正为生计而惆怅。父亲打电话告诉了我一个好消息，说一位叔叔在市里办了一所民办培训学校，缴3000元培训费学习一个月后，能直接进咸阳的大型国企彩虹显像管厂。不知所措的我没有经过太多思考，只有默默点头。刚出校门又进校门，不是硕士升博士那样的深造，而是学习完现代林业技术又学习机械制造，这多少是有点儿滑稽不堪的。

转乘了两趟公交车，我就又去了这所到现在连名字都想不起来的学校。学校设在一个废弃多年的小厂区内，占地面积超不过三亩，我们住在一个二十多人的大宿舍里，男生在二楼，女生在三楼，一楼是教官宿舍和食堂。

当时我们这一批总共招了四十多人，男女比例基本平衡，生源全部是校长和老师们的亲戚朋友或熟人介绍来的农家子弟，除了本地的，还有咸阳和甘肃天水的。说是培训，实际上就是军训，再说深点就是磨炼坚忍不拔的意志，以适应以后高强度的体力劳动，然后安排几节政治课和基本的机械操作理论常识课打发时间。

出于安全考虑，学校采取封闭式管理，周一到周六无特殊情况不能出校门。多年后，我想起那时候晚上熄灯后翻墙去网吧上通宵，对着手写的小说稿一个字一个字用智能ABC输入法打字，然后只为了在榕树下文学网发表的情形，不禁有一阵莫名的伤感。教官是从学校附近的一个部队请来的两名现役军人。年龄稍大的皮肤黝黑，严肃又严厉；年龄小点的油光满面、“耀武扬威”，训练起来倒还是有规有矩。四十多人每天早晨6点起床跑操，在酷热的大太阳底下军姿一站就是一个小时，齐步、跑步、正步一样不落，完全的军事化训练。那些顺着脸颊流下的不能用手去擦的汗水和手背上被竹棍打出的血印，至今让我刻骨铭心。

8月初，我们这一批四十多号人全部坐着一辆面包车被安排进了厂。校长把我们带到车间办理好手续就走了，员工宿舍满员，我们只能在附近的城中村租民房住。当时，我们几个关系好的住进了一家院子，关系更好点的我们四个人住一个屋，不过一个月后，因为种种鸡毛蒜皮的小事，我们很快就四分五裂了。

这是当年的一家中国500强大型国企，全集团公司上下约两万人。我被分在了入检组，岗位是上料口，上班三班倒，每个班八小时，生产的主要是21英寸彩色显像管。我和一位同事两个人，一个班要上八百多个21寸的电视机显像管。我们自由分配一个小时一换人，一个小时下来蓝色的工装早已湿透。每天发一双手套，一个月发一件围裙。我们穿的是劳保皮鞋，带的是防滑手套，因为如果手滑让显像管砸到脚上，脚指头就可能会被砸断。有时停电了或机器故障，我们就可以休息会儿。幸运的是我们这个车间比较干净，还装有音响，那一年多下来，当时风靡全国的《老鼠爱大米》《两只蝴蝶》等网络歌曲我至少听了五百遍。而正是那些欢快的音乐，让我在多少个精神不振的夜晚多了一分抖擞，少了一点儿睡意。

上料口加我共三个工人，负责人我称呼为师傅，西安蓝田人，到现在我们都有联系，算是因工作成了铁杆兄弟或朋友。负责人的工作是很轻松的，只需要处理一些小问题或在我们上厕所、吃饭时顶顶岗，工资岗位系数还比我们高，不过这都是熬了几年一步一步爬上去的结果，也算来之不易。而和我换着干活儿的那个同事，偷奸耍滑很是讨厌，要么出去串岗到了交接时间不回来，要么窝在墙角装睡，反正能少干一分钟是一分钟，脸皮比西安的城墙还厚。老实巴交的我，出于对老员工的尊重，为此吃了不少亏，不过我不喜欢和小人计较，也就常常一笑而过。

饭菜当时是很不错的，二楼是米饭炒菜，三楼是陕西风味小吃，包子、饺子、臊子面、炸酱面、西红柿鸡蛋面样样都有。每天下班可以免费洗澡，哪怕只是裸身用水冲一冲身上的汗味，回去睡觉也会感觉很舒服。

那年月日子过得真是浑浑噩噩，每天就是出租屋、工厂和网吧，三点一线。我当时是有债务缠身的，所以前半年攒下的钱都用来还债了，没有给家里一分钱，只是过年回家时买了一点儿年货。冬天洗工作服，好多同事都直接送去了洗衣房，而我为了节省那 4 元的洗衣费，每次都是自己戴着防水手套在水池边反复揉搓，来回地用刷子刷。洗完后，冻得通红的手变得麻木，瑟瑟发抖，连端起盆子倒水都有点儿力不从心。

2005 年春天，我终于经济独立后，买了人生第一部手机——诺基亚 790 翻盖机，并买了一把梦想多年的木吉他。手机给我带来的种种方便，让我对索然无味的打工生活有了更多的希冀。下班回到出租屋后，我对着一本吉他入门教材，看着五线谱，拿着拨片，自己摸索，自我陶醉。愚笨不堪的我自学了一年多，到离厂也没有学会一首曲子。后来那把木吉他被一趟绿皮火车带回家后，又被挂在墙上，永远成了摆设。

一个人住的日子，有几分无聊，也有几分安静。一日三餐，除了工作餐外，其余两顿我都是在城中村的小饭馆吃。不做饭省下了大把的时间，我跑遍了出租屋附近所有租书的书店。租书的书店，一般只租不卖，以武侠、言情、科幻为主，夹带一些电影光盘。而我的阅读范围主要是纯文学，所以常常很难满意而归。后来一个偶然的机会，我进到了厂里的图书馆，那座不大的图书馆在当时对我阅读量的提升也算是做出了很大的贡献。

每次去图书馆，我先是在阅览室看看杂志和报纸，临走的时候再还书、借书。在阅览室我看到了集团公司办的《彩虹报》，一周一期，每期四版，第四版是副刊。我清楚地记得我给副刊邮箱共投了三次稿，但直到我辞职离厂都没有回音。我当时在图书馆借的书都是放在角落里几年没有人翻过的纸张发黄的旧书，比如《堂吉诃德》《包法利夫人》《巴黎圣母院》《海涅诗选》《普希金诗选》等。时间长了，那位细心的管理员大姐就认识了我。后来，图书馆有一次组织"我与图书馆"征文活动，她还特意通知我手写了一篇，贴在阅览室进行了展览，当时我也是小小地激动了一回。

周末偶尔也会和几个关系铁点的兄弟小聚一次。进不起川菜馆，也不去火锅店，就买一大袋馒头、一份凉菜、一份酱肉，再去超市买几个鸡爪、几瓶啤酒，随便找一个出租屋围在一张小桌子前。凳子不够，就搬两块砖头，大家也是不亦乐乎。一帮青春萌动、荷尔蒙分泌过剩的光棍儿在一起，自然会时常谈谈女人，从大红大紫的明星玉女张柏芝到城中村里小面馆的女服务员，品头论足，说三道四，不一而足。

为了省下更多的钱去网吧写作，我拒绝了所有给我发烟的朋友。我知道抽烟会上瘾，且无益身体健康，我总觉得省下抽烟的钱去网吧写作或买一点儿水果吃补补营养，都是更有意义的事情。后来一个家庭稍微富有的哥们儿买了一台10英寸的小黑白电视机和DVD，他有时去盗版音像店租点武打动作片大家一起看。一次看完后，意犹未尽的兄弟们开始从三楼一一散去，而对面二楼一对正在亲热的小情侣忘了拉窗帘，被一哥们儿发现，大家就围在三楼的阳台上依次站成四十五度角望梅止渴。女主角忽然一声尖叫，那男的就骂着冲了出来。

在这个厂的一年多时间里，我像中考时背诵课文一样，认真记住了我们车间的几次安全事故时间和详细经过，以及造成的后果，因为这些警钟每周都会有人提问，如果被抽到而回答不上来，就会被扣奖金。另外两件事情也在我脑海里留下了深刻的印象。一次是车间举办“庆元旦书画展”，我的一幅书法作品得了三等奖，得到了奖金50元，这让好几个同事很是羡慕嫉妒恨了一回。还有一次是在全厂迎新年联欢晚会上，我代表车间上台演唱了一首当时很红的歌曲，陈奕迅的《十年》。台下一千多名观众的呐喊和掌声给了我莫大的鼓励，从那以后，我就再没有在人多的场合惧怕过任何讲话或唱歌。我那次演唱获得了三等奖，奖品是一个电饭锅。当我过年把那个电饭锅带回家的时候，母亲的笑容和得意让我很是触动。

那年是2005年，我刚好20岁，有的女同学已经结婚，而我还是孤单一人。在网吧写作、投稿的同时，除了听音乐，我唯一的爱好就是聊 QQ。聊 QQ 不是聊人生、梦想，除了聊文学，我更多的是想聊一个女朋友，或者说从网友发展成女朋友再发展成媳妇。而我无数次的努力都以失败告终。

和我们一起来的女孩子都被分配在了附近的另一家线圈厂，而我们这个厂百分之九十五都是男性。记得当时我们每次路过经理室旁边的文秘室和打印室时，都会透过玻璃窗口瞅一眼里边那两个长发飘飘的姑娘，甚至有时候在餐厅吃饭时碰到了，还会毫不害羞地故意坐在人家的对面或旁边，以寻求机会搭讪。但作为临时工的我们，同时也很清楚不会有什么结果，有时只是为了赢一次打赌而已。

2006 年 6 月，厂里的效益出现了大幅度的下滑，各种传言开始不绝于耳。有的人在借了其他同事或室友几百块钱后，就背起铺盖杳无音信了。车间里由于产品积压过多，开始间断放假。曾经满怀一腔抱负和激情的我，面对当时的情景，不禁唏嘘不已。面对这突如其来的变故，我只有悲叹自己的人生和命运，后来经过一番深思熟虑并和父母沟通后，我选择了辞职。是无心，而更多的是无奈。

我带着疲惫的身躯离开了这座城市，东去是繁华的省城西安，西去是我的家乡。我不想回家乡，于是去了西安，在龙首村租了一个房子，结果住了一个月也没找到一份合适的工作。临走时，西安一个女同学提着一袋自己家里的水蜜桃来看望我，那是我吃过的最甜的一次桃子。

一个月后，我又回到了家乡。我从卡里取出了一年多积攒下来的3500元，交给了父亲。那一刻，我忍住了眼泪。我在想，难道我一年多时间辛辛苦苦赚来的钱就只够进厂前缴的学费吗？

在书城的日子

我好不容易在西安找到了一份西餐店服务员的工作。面试时，人事部经理问我以前是否在餐饮行业干过，我撒谎说在居住地龙首村的某某饭店干过。经理问我为什么不在那家店干了，我未经思考就回答说，太累了。那个比我看起来稍长几岁的经理应该是没有识破我的谎言，他笑了笑说，我以前也在那家店干过，他们的情况我知道，比我们这儿轻松多了，那我们这里你可能适应不了，因为我们这儿比那家店更累。经理的一句话，顿时说得我哑口无言。

面试失败，在房租和生活费上没有来处，我无奈只能回乡。

回乡后，家里正是农忙时节。母亲每天起早贪黑在庄稼地里忙碌，我一边帮忙，一边在本地的人才网和经济广播电台的《七彩金桥》栏目上找工作。找工作和找对象一样，不是你看不上对方，就是对方看不上你，想要签一份劳动合同真难，找来找去也没有遇到合适的。

几天后，有一次父亲正在接电话，我无意间从电话中得知，父亲的一个朋友在市里的一家书城工作。因为爱读书，我觉得如果能去书城工作，那将是人生中一件很幸福的事情。以前上学时，除在学校图书馆借书外，我还常去一家书店租书。从那时起，我就有过开一个小书店的想法。只是随着网络的影响越来越大，读书的人越来越少，书店的生存空间也越来越小，很多实体书店举步维艰，所以我的这个想法一直未曾付诸实践。

既然开书店的美梦遥遥无期，那么能去书店工作也不失为一件美事。人们不是常说，世界上最美好的事情就是从事自己喜欢的工作吗？我越想越兴奋，于是让父亲联系他的朋友，看能不能帮忙介绍我去书城工作。那时候，网上书店还很少，实体书店的生意很火爆，正缺人，经过父亲的朋友介绍后，书城的总经理一口就答应了。

第二天，我去简单参加了一场面试。面试很顺利，没有交工作简历，也没有看毕业证书，经理让我明天直接就去上班。

那时候，我住在农村老家。

我的老家在八百里秦川关中西部、秦岭北麓、渭河南岸的一个小村庄。从家里到城里的距离看起来不是很远，但由于村子到城市不通公交车，出行有点儿不太方便。我没有摩托车，也没有摩托车驾驶证，当然也没钱买摩托车，不管是新的还是二手的。骑自行车去比较远，再者，上班去的路全是下坡，而下班回家的路却相反全是上坡，必须得使出耕牛犁地的力气才能骑回家。如果乘坐私自加装车棚改造成的机动三轮摩托车，发车时间没个准点，早上8点半上班，我有可能会迟到。坐这种车到城乡接合部的公交车站后，我还得倒一趟公交车。三轮摩托车单趟1.5元，公交车1元，每天来回车费就是5元。中午去市场吃一顿午饭，本地人最常吃的大碗扯面4元，盖浇饭或者水饺都在5元以上，还不算买瓶啤酒饮料或者冰激凌的。每周一天假除过后，每个月按二十六天工作日算，保底支出就得234元。那时候我一个月工资480元，这些刚性支出几乎等于半个月的工资。当然，这还不算电话费和去网吧的上网费。经济上的拮据，可想而知。

面试那天，我选择的交通方式是三轮摩托车加公交车。回家路上，我认真思考后，做出了一个自认为很有远见的决定，但这个决定，遭到了母亲坚决反对。

我决定在书城不远处的城中村租一间民房。

母亲说，一个月就挣不到500元，租个房的话，一个月房租80元，自己又不做饭，每天早餐按照2元计算，午餐和晚餐各按照4元计算，每天三餐就得10元左右。上一个月班，如果挣的钱都花完了，不等于没上班吗？

我说，就算把每个月的工资都花完，也不能天天待在家里，在地里挖来挖去修理地球吧？

其实，就像北岛说的一样："那时我们有梦，关于文学，关于爱情，关于穿越世界的旅行。"我那时候还没考虑过婚姻、城市住房、小汽车等问题，活得还比较潇洒，处于“一人吃饱，全家不饿”的状态，根本体会不到北岛后半句“如今我们深夜饮酒，杯子碰到一起，都是梦破碎的声音”的深刻含义。

我想租房的原因，其实有二。第一，是自己当时年轻不能体谅父母的辛苦，自私地想逃离繁重的家务活儿。当时快到收割油菜和小麦的季节了，这两样庄稼收割完后，又是两个月的蔬菜销售季，干农活儿披星戴月犹如家常便饭，家人早已习以为常，我却想躲得越远越好。第二，我也算是妥妥的文艺青年，除了爱看书、写作外，还想学吉他，喜欢每天练习书法。如果回老家住，每天路上就会耽搁几个小时的时间。

父亲没有吭声，只是自顾自抽烟。

母亲对父亲说，你把你儿管一下！父亲还是自顾自抽烟。

在母子之战中，父亲常常一言不发，会陷入长久的沉默之中。

母亲的态度很坚决，让我也陷入沉思之中。

上班的第一天，我领到了一件红色的工作服，开始走上了自己的工作岗位。作为新人，要从一点一滴学起。师父是一位干活儿干脆利索、为人和蔼的中年大姐，教得仔细、认真。我却学得心不在焉，一整天时间，我的大脑和内心都在进行着强烈的斗争——到底租不租房？这个问题让我十分纠结郁闷。

下班后，我的双腿还是像被女巫控制了一样，走进了一公里外的城中村寻找房子。说是城中村，其实这一片坐落在一面低矮的山坡上，只不过距离城市比较近而已，比起西安的城中村，简直天上地下。村子不远处的另一处山坡上，有一座元末明初的道士张三丰修道的道观。房子不是太难找，环境却是十分恶劣，尤其村子中央的公共厕所，苍蝇乱飞，臭气熏天，顶部几片瓦片也不知流落到了何处，下雨天蹲个坑，都有种让人想背诵杜甫《茅屋为秋风所破歌》的想法，和在庄稼地里没啥两样，还不如自己大山脚下的农村老家。

房子位于二楼的角落，租户干啥的都有，其中也可能不乏小偷和刚出狱的人，主要以摆地摊做小生意的居多。80元一个月的房租，房东怎么都不肯少，而且一次最少要交三个月的钱；水费和垃圾费，按人头算，每月5元；电费一度4毛钱，按电表算。当时身上的现金不够，我缴了80元定金，留好了电话号码，约定第二天下午去结清余款。

大厅区域的导购员和前台的收银员分早晚班，后台人员统一都是正常班。这里的正常班是早上8点半开晨会，也就是值班经理总结点评前一天工作，安排当日工作。值班经理讲完后，总经理会利用晨会时间指出一些工作中存在的问题。所谓的问题，以员工上班时间偷看手机、扎堆闲聊、中午从市场带饭到大厅吃为主，都是长期存在而又难以根治的问题。说多了，员工都很烦；不说，总经理又看不下去。整个商场是早上9点正式营业，正常班就是早上8点半到下午6点。午饭四十分钟，不休息。

第二天下班后，我从银行卡里取了当时仅剩的500元，交清了房租，拿到了钥匙。

坚持工作了六天后，周三休息那天，我将从西安带回来还未动过的彩条布袋又提着上了三轮摩托车，最后倒公交车，再步行到出租屋。如果从三轮摩托车终点站打出租车到出租屋，也就花费起步价6元，可我想了想，还是选择了公交车加步行的省钱方式。

曾有人对我讲过一句话：钱是挣下的，不是省下的。这个浅显易懂的人生道理我当然懂，但在挣不到太多钱的时候，我想就只有靠节省度日，别无他法。

书城周末顾客多，如果无特殊情况，员工的休息日一般只能选择周一到周五。记得那天我从家里走时，母亲很生气，说的话也很苛刻。平日里吃完饭，如果有时间，我还会帮母亲洗锅。而那天，由于和母亲吵嘴，正在气头上，我吃完午饭，放下碗，头也不回就走了。说是“放下”，其实可以用“扔下”来形容——瓷碗被扔在瓷砖锅台上时，发出清脆的声音。那天母亲说出了“你如果租房，就不要再回来”

这般话，我当时没有替母亲考虑太多，现在想想，真是惭愧又后悔。后来听一位邻居大婶说，母亲那天坐在家门口的那块石头上哭了，哭了很长时间。

这座书城在当时乃至现在都是这座城市最大的几家书店之一。总经理是文化人，爱读书，喜欢书法，整座书城设置的也很有文化特色，除书籍杂志展厅外，还设有本土作家专柜以及可用于举办新书签售会等文化活动的关中大书房等。总经理早年摆过书摊，也开过十几平方米的小书店，后来从西安将这座书城成功引进。由于他选书有眼光，经营有方，加之这里地理位置优越，书城生意一直比较好。做生意的同时，这位总经理还常常赞助支持一些本土文学活动，很受作家们的爱戴。

我被安排在了批发部，主要负责一些小书店的大批量图书批发业务，经手的书籍中，以学生的教辅书为主。每本书都要在电脑系统中操作，要打印纸质出货单，减库存量，并签字，单子给客户一联、财务一联，批发部留一联。

书少的话，用一个塑料袋或两个塑料袋即可装好；书多的话，就需要打包。在桌子上铺好一张防水的打包纸，分四沓摆好，然后前后左右分四个边角统一聚拢在中心点，一大卷白色塑料绳横缠两道，再竖缠两道，最后封口处打个活结，一个包就打好了。

书城坐落于市中心一座繁华商场的地下一层，批发部位于书城的边角处，我身后就是消防通道。批发商一般会从消防通道进来，订完货走的时候，一般也从消防通道的楼梯上去。那时候，有私家车的人还不多，来批发书的人有的坐公交，有的骑摩托车或电动车，少部分也有骑自行车来的；距离书城比较远的县上的客户，有的还是乘坐班车来。有时候，一个批发商会一次发很多包书，如果不是太忙的话，我就会帮助客户运送打好包的书。从消防通道上到一楼是卖坚果和服装的门面房，门面房对面有一点儿空地，可以停放自行车和摩托车、电动车，我帮客户运书到这里也很近；遇到坐公交车和班车的客户，就需要送很远，提不动了，我就会把书扛在肩膀上。有一次，我送一个客户去班车站，下雨了，我就只能和他在一家酒店的大堂避雨。雨下了很久，也没有停的意思。我担心师父忙不过来，就先回书城了。记得我走时，那位客户很不高兴，还恶狠狠瞪了我一眼。

批发部和财务部接连在一起，统一被称为后台，常常需要互相协作。每一本书到店后，拆包完的第一道工序是贴防盗磁条。这项任务主要是财务室负责，有时候批发部的人有空闲的话，就需要去帮忙。如果当天到的新书很多，大厅区域的人也需要过来帮忙。书被贴上磁条后，如果有人偷书离开，门口的感应门就会“嘀嘀嘀”响起来报警。常看书的人应该见过这种磁条，像常见的双面胶一样，不过比薄一点儿的双面胶“瘦”一点，长约十厘米，宽约两毫米，基本上会被贴于一本书的中间某一页夹缝中，撕完外衣呈黑色。有时候，有人不留心就会忘记撕正面的外衣，这样读者就很容易看见。据说，偶尔会有胆大的人，悄悄找到磁条撕掉，躲避防盗装置偷书。不过我在书城的几个月，没有遇见过这种情况。

财务部和我们批发部偶尔也会有空闲的时候。空闲的时候，我也可以看看书。那时候手机都不是智能的，也没有微信和各种娱乐应用软件，如果有空，还是会有一些人选择看书。记得有一位爱看书的同事说过一句颇为精辟的话：“有钱买书的人，不爱看书；爱看书的人，买不起书。咱们是坐在书堆里，没有时间看书。”

那段时间，易中天出的新书很火，如《品三国》《读城记》等，都供不应求。作为书城的员工，我们有一项福利，可以借书或租书。但我不喜欢借或租。我受读者影响，自己买了一本《读城记》，拿回出租屋读。当然，员工买书也有优惠，教辅书是六折，人文社科类统一都是八折。

我那时候还没在纸质报纸或刊物上发表过任何文章，也不是作协会员，只是在榕树下、红袖添香、烟雨红尘、白鹿书院、天涯社区等网站发表过一些诗歌。有一天，我竟然在批发部遇到了一位本土著名作家。这位作家当时刚出版了一部长篇小说，在本土的报纸副刊连载，书名是余秋雨题的字。我曾经和财务部的一位女同事聊到过这个作家，所以，他来买书时，这位女同事就主动向我介绍了他。我问了声老师好，女同事向那位作家介绍说我也爱写作，那位作家笑了笑，只说了“好好写”三个字就走了。当年见到这位本土作家真人时，我激动的程度，不亚于在北京鲁迅文学院学习时见到莫言。

我只在书城工作了五个月时间，其间认识了一批有文艺范儿的好友。说是好友，当时确实是，可时间真是一个过滤器，当时的好友中很多人如今已失去联系十多年，茫茫人海不相见。印象最深刻的一位哥们儿是搞音乐的，当时他有一支自己组建的乐队，叫“单声道”乐队，据说是我们这座城市第一支本土朋克乐队。这个哥们儿是吉他手兼主唱。有一个周末的晚上，他们在书城对面几百米处的一家酒吧演出，我跟着去近距离欣赏了他们的原创音乐。后来为了学习吉他，我还去过他家地下室。只不过世间没有免费的午餐，没有交学费的学习，加上自己的愚笨，到现在，那把木吉他还挂在老家的墙上。黑色外衣上经年累月的灰尘、蜘蛛网，犹如我这么多年的不甘心一般，内心满是横七竖八的伤痕。还有一位暑期工，甘肃人，个子挺高，瘦瘦的，戴副眼镜，是本土一所大学中文系汉语言文学专业刚毕业的学生，当时他找不到工作，就先来混口饭吃。有一次，他工作没做好，值班经理批评他说：“你四年大学读了800本世界文学名著，有啥用了？”这句话当时给了我很大的触动，让我到现在都记忆犹新。

书城总共有二十多名员工，男性很少，其中有一位是经理的亲戚，也属于管理层。员工以女性为主，女性中又以未婚的年轻女性居多。在几个月的朝夕相处中，我也有了一位自己喜欢的女同事，只不过我后来参军入伍，不能使用手机，慢慢也就与她相隔渐远，相忘于天涯了。这位曾经的女同事现在还在书城工作，如果去书城，还经常会碰到她。只不过如今碰到也只是彼此相视一笑，然后就擦肩而过，纵使有千言万语，也只能像散落的花瓣，都随风而去。让我意外的是，我如今的妻子，竟然在我当年离开书城几年后，也在这座书城工作过几天。仔细想想，人世间的一切事情，有时候真的难以说清。我不知道这算不算上天早已安排好的缘分，只知道有一首歌曾这样唱：“我吹过你吹过的风，这算不算相拥？我走过你走过的路，这算不算相逢？”

几个月后，爱子心切、望子成龙的母亲看到我“月月光”的现状，心急如焚，提议我去参军入伍。我想了想，就离开了书城。辞职时，我在心里暗暗发誓，有一天一定要出一本书，摆在这座书城的展厅里。经过十多年的阅读与写作，2019年，我终于正式出版了自己的第一本诗集《宽恕》。我带着二十本书去了书城，总经理热情地给我沏了一杯好茶，安排一位员工做了登记，并取出五本摆在了本土作家专柜的书架上，算是了却了我的一桩夙愿。

诗集中有一首同名诗《宽恕》，其核心主题，就是希望人们能够宽恕那些像我这样碌碌无为的人。诗不长，全文录于下：

黄昏时分的天空，乌云密布
一阵凉风从远方吹过来，筑巢的麻雀
停了下来，等待着浮动的树叶
重归平静。头顶的乌云
在天际慢慢散开，我深知这流动的云朵
其实就是我这一生的写照
这一天，我不会哀叹临近暮晚的时光
我深知这片大地上的每一个生命
都和我会一起苏醒、呼吸。正如暴风雨来临前
一只觅食而归的蚂蚁，在回家的路上
遇到了另一只空手而归的蚂蚁

我在大学当保安

2008年12月，我从贵州某部义务兵两年期满退役后，一个人坐着绿皮火车，经由重庆回到了日思夜想的家乡。回想起两年前戴着大红花离家时，亲戚朋友们都来相送的场景，我不禁热泪盈眶。在远方待了两年，要回家了总不能两手空空。别的不说，贵州的美酒可是享誉华夏的。看着行李箱还有空处，我就买了三瓶茅台王子酒和三条黄果树烟，以便回家后孝敬父亲和村子里的大爷大伯们。2028元退伍费，在买了三瓶酒和三条烟后只剩下了1400多元。父亲骑三轮车接我回到家里，囊中羞涩的我没有能给家里一分钱。第二天，我一个人去市里，从里到外买了一套鞋袜衣裤和一部三星牌手机后，就身无分文了。本来还说请几个老同学吃饭相聚，无奈下也只好作罢。

由于快过年了，工作不好找，我就一直在家耗着，准备年后再做计划。父亲看我整天无所事事，就慷慨地拿出了3000元，给我购置了一台电脑，以便于我写作。也是从那时起，我开通了新浪博客，也正式开始了写作生涯。过完春节后不久，在一位朋友的介绍下，我来到了本地一所大学当保安。我虽然个子不高，身体不壮，但也符合招聘标准，而且是退伍军人，可以被优先考虑。这所大学保卫处校卫队的队长姓黄，黄队长是军转干部过来的，我们还算投缘。简单的面试合格后，我被分在了二班。班长是一位憨厚实诚的中年人，姓刘，黄队长介绍过后就算正式录用我了。刘班长告诉我，早班的上班时间是早上 7 点半到下午 3 点整，近八个小时连轴转，中间不休息。他又介绍了一些基本情况后，就带我去治安科交了 300 元服装押金，给我领了一套有大檐帽、外腰带的制式保安服后带我到了宿舍，给了一把钥匙让我去市场配钥匙，然后让我回家拿被褥枕头，准备第二天上班。

这里的工资我是清楚的，管住不管吃一个月 850 元，没有假，天天上岗。只有在倒班的时候算是可以歇一天，那还是早上下了夜班后的一天。因为每班必须保证四个人同时在岗，有事情也不能请假，只能自己和另外两个班的同事私下联系换班或替班，又或者直接一个班给替班者 30 元作为酬劳。当时一大碗面是 4 元，粗略算下来一个月吃饭就要支出一半工资，所以这工资在当时也并不算高，只是能够勉强糊口而已。我刚离家两年，不想再远走他乡远离父母，加之也到了该谈对象的年纪，所以也就只能暂时先安顿下来再看。上班是三班倒，一周白班，早上 7 点半到下午 3 点整；一周中班，下午 3 点到晚上 12 点；再一周夜班，晚上 12 点到早上 8 点。如此周而复始，无限循环。

从这所大学到我的农村老家有十三公里路程。出了校门，门口花 1 元（刷卡 8 毛钱）坐一辆 10 路公交车，半个小时就可以到市区南边的人民公园站。从人民公园站下车后，我则需要再往南步行十分钟，穿过一个饭店和两个小区，来到我们村子和市区城乡接合部的十字路口，等待村子里一些村民自营的机动三轮摩托车带我回家。开这种改装三轮车跑客运的共有五位师傅，都是中年人，车子有新有旧，有大有小，但都相差不大，正常可以坐八个人，超载之下十个到十二个人都能坐。虽然回家都是上坡路，依靠汽油的动力倒也都能冲上去。这种车暂且不说安全性能，关键是没时间概念，人坐满才出发，否则司机可能赔本。回村的时候是保底的，只坐八个人单趟能挣 16 元，烧油最多 2 元；进城时就得碰运气了，可能空车，可能碰到一两个人，也可能坐满，但总之每趟都挣钱，只是挣多挣少而已。冬春时节天气冷，坐车的人多，属于旺季。到夏秋两季，很多人就骑电动车了，他们的生意会淡一点儿，但平均下来每天基本也能收入 100 元左右，且时间自由，收现钱，不用担心拖欠。后来有一阵我都想加入这个队伍，但苦于买不起车，再者怕人笑话，也就作罢了。

我到车前的时候是 10 点 20 分，那个点属于三轮车一天之中的闲暇时段。虽是初春时节，但倒春寒带来的那股凉意依旧袭人。那天天空阴沉沉的，车上一个人也没有，几位师傅把车头朝南依次排好队，正在中间一辆车上一边抽烟，一边喝茶玩着扑克牌。我东张西望看了看，一个回家的人都没有，无奈只能坐在车上掏出手机无心地浏览着。时间在手机电量从强减弱的过程中慢慢流逝。一个小时后，骑自行车、骑人力三轮车卖萝卜和菠菜的乡亲们回来了，也有在市里办完事赶过来的，车上一下子热闹了起来，很快人就坐满了。司机师傅过来后开始收钱，每人 2 元，有自行车或三轮车的每辆加收 1 元。司机会把自行车用麻绳绑在车身左右两侧用钢筋焊接的架子上，一次最多附带两辆自行车；而人力三轮车可以附带三辆，像火车车厢一样，第一辆的车头和前轮绑在机动车车厢后的台阶架上，第二辆绑在第一辆的车厢里，第三辆也如此。行程不论远近，终点都是村子最后一个组，六组，也就是位于秦岭北麓山下的一个小村庄——我家所在的陈家滩。

回到家中时，从地里刚除草回来的母亲正在院子里洗手准备做饭。我把面试的情况给母亲说了后，母亲谈不上高兴，也没有流露出一丝忧伤。对于我多年以来一直漂泊不定的生活，母亲内心痛苦，却又无能为力。我收拾好被褥、枕头，把它们装进家里给地里施肥用过又被洗干净的尿素袋子，母亲已将热气腾腾的手擀面和面汤端到了我的面前。母亲语重心长地说，赶紧吃，吃了赶紧去把床铺好，去了和人家同事都搞好关系；明早上班早点儿起，第一天上班，不要迟到……其实这些我都清楚，但母亲一说，我就会更加牢记在心里，遇事时要多出几分忍耐，少几分计较。吃完饭，我去炕头上取了一本《顾城诗选》和一本《百年孤独》塞到被褥里，准备出发。这时，母亲打开她和父亲结婚时陪嫁过来已经褪色掉皮的衣柜，从一个几乎泛白的洗衣粉塑料袋子里数了100元拿了过来——我的工资要到下个月的15日才发，刚去这一个半月的生活费需要自理，母亲知道我现在是两手空空。我清楚地记得这些钱上面是布满褶皱且潮湿的，至于到底是母亲攥在手里太紧以至于汗水渗透出来留下的，还是雨天草帽遮挡不住的雨水留下来的，我无从分辨清楚。这100元是由一张面值20元的、六张面值10元的和三张面值5元的、五张面值1元的纸币组成的。我知道这些钱都是母亲平时卖菜一点儿一点儿攒下来的，可以说每一分钱上面都留存着母亲的汗水，真的来之不易，所以花费时自然要节约。我没有多说话，把钱接了过来装进了裤兜。母子间二十多年的感情，一直就是这么默不作声。那时在乡下，母子间没有人会说谢谢，更没有人会去拥抱，一切都在无声中进行，但这并不影响我对伟大母爱的感知。

我扛起被褥走到了村子里的水泥路边，继续等去往城里的三轮车。因为我们这个组是村子最后一个组，所以那些师傅只是有人在这儿下车时才会到这儿，没人下车的话，车一般就半途而返了。等了二十分钟还没有等来一辆往市里走的三轮车，我就开始扛起被褥往外走，边走边等。走了几分钟后，我听见有人按喇叭，但这声音明显是汽车的喇叭，不是三轮车的喇叭，我没有搭理，那位出租车司机却把车停在了我面前。

小伙儿，坐车不？既然人家开口了，我也不能不搭话，我问，下去（一般都指从上车点到城乡接合部）多少钱？司机说，下去也没人，捎个顺路，给 5 元就行。我问，3 元行不？这时那位司机不高兴了，他说，起步价都 7 元哩，找你要 5 元还嫌贵。话没说完，他从车窗里吐出了一口烟，就绝尘而去了。后来大约走了两公里路我才碰到三轮车，这还算幸运的，有时候可能走到终点也碰不到一辆。

宿舍里当时算上我一共住了三个人，年龄相仿，也都是本地人，且都是单身。另外两个小伙儿是县上的，很久才回家一次，基本是天天在宿舍住。班长在城里有房子，早班和晚班后都回家，只有中班下班晚，没公交车了，他才来宿舍住。我离家说远不远，说近也不近，所以基本都是在宿舍住，因为早班如果回家的话，第二天早上 7 点半上班太早，容易迟到。

第二天早上，我 6 点半就被手机闹钟叫醒了，另外两名同事还睡着。我换上崭新的保安服先到了食堂，结果食堂只能刷饭卡，不收现金，无奈之下我就到食堂楼下的小超市，买了一个面包和一袋牛奶先应付。到保安室的时候，上夜班的四位同事还都横七竖八地在保安室的排椅上睡着，每个人身上盖了一件警用棉大衣。房子内一片漆黑，只有一台不停转动着的小太阳电暖器发出一丝微弱的光亮。

我开门的声音吵醒了正在酣睡的四位同事，他们揉了揉惺忪的睡眼坐了起来，准备交接下班。一会儿，刘班长和另外两名同事李、小冯也来了。刘班长叮嘱，白班外面门口必须时刻保证两个人在岗，一个人在遮阳伞下跨立站岗，另一个在旁边的桌子前就坐，负责登记来访的客人身份信息，以及开关电动门。电动门平时只留一米宽，过人、自行车、两轮摩托车，遇到汽车、三轮车时才打开一定距离，供车辆进出。李说他和我先在外面，我说好。距离7点半正式上岗还有几分钟，我倒掉了保安室桌子上罐头瓶里装满的烟蒂，用扫把扫了地面，用抹布擦了桌子。涮拖把要去距离保安室最近的教学楼厕所，时间来不及了，我只好作罢。我做这些事的时候，没有人阻拦，一切都理所当然，新人刚去就要有眼色，要不怎么招人喜欢，不受排挤？

我站岗的姿势还算标准，毕竟军人出身，总不至于东倒西歪，没个正形。7点45分的时候，一辆黑色的奥迪A6开了过来，李赶紧按下了手中的电动门遥控器，并从凳子上起来立正，对我小声说，这是院长的车，立正，敬礼。这些注意事项，之前李都给我说了，所以我也不慌不乱，做到了心里有数。随后到8点前这十几分钟都要把眼睛擦亮，副院长、副书记的车，保卫处处长的车都会陆陆续续驶进来，都要记准车型和颜色以及车牌号，敬礼迎接，以示尊重。8点半的时候，我开始和李交换岗位，再到9点半的时候，一直在保安室内休息的刘班长和小冯开始出来换岗，我和李进屋休息。休息时我们才可以上厕所、喝水、抽烟、玩手机，当然抽烟和玩手机也都属于违反规定的行为，只不过要求不是太严，队长实行的是人性化管理，睁一只眼闭一只眼罢了。11点半我和李继续上岗，11点50分左右领导的车又会陆续驶出，也就要继续敬礼。当然，中途任何时候都要时刻注意，不能麻痹大意，万一失了礼节，院长可能不会在意，但队长知道了肯定会严肃批评。到12点10分领导基本走完，刘班长和小冯就去吃饭了。学校里面是食堂，对面有市场，自由选择，但时间不宜过久，因为回来还要换我和李去吃饭。我和李吃完饭回来时已经快下午2点了，一个班也快结束了，心情就好了起来。

退伍后的我在家浑浑噩噩休息了三个月，刚一站岗还真有点儿不习惯。不过这里的站岗当然没有在营部门口站岗要求严，所以对于一名退伍军人而言可谓小菜一碟。在保安室内休息的时候，李就开始抽烟了，不到十平方米的房子如果不开窗，瞬间就会烟雾缭绕，对于这样的情况，我只能忍。我虽不抽烟，但并不能阻止别人抽烟。下班后，刘班长直接换掉上衣回家了，李和小冯要回宿舍补觉，我就一个人换掉上衣去了图书馆二楼的阅览室，借了本《诗刊》找了张桌子坐了下来。那年我才 24 岁，还有几分青春的模样，所以也不易被阅览室的老师察觉我不是学生。进门的时候，我顺手写了个“中文 0601”就进去了，没有人发现。阅览室到 6 点关门，我也就混在大学生的队伍里鱼贯而出，虽然没有被人识破什么，但总感觉自己做贼心虚似的，有那么一点点紧张。去外面市场吃完饭，回宿舍也没事干，我对电视基本不感兴趣，就又去了图书馆一楼的学生电子阅览室上网。说是电子阅览室，实际上就是网吧，只不过是在学校内部，每小时会比校外的网吧便宜 5 毛钱而已。电子阅览室里，有的大学生在做简历，更多的在聊 QQ、看电影或打游戏，只有我熟练地登录新浪博客，写诗，贴诗，给全国各地诗友的诗写评论，也回复诗友们的评论留言。那时候，我常常怀着期盼的目光，希望能在电子阅览室内碰到一位和我一样在电脑前写诗或读诗的大学生，但直到我离开大学前的一年中，都没有如愿。

坐在电脑前，不知不觉三个小时就过去了。电脑屏幕右下角的窗口提示 5 元的充值已经用了三个小时（每小时 1.5 元），余额不足，电脑即将关闭，如要继续使用，请到前台续费。我怀着留恋的心情走出了电子阅览室，时间虽然还早，但也无处可去，只能回宿舍。走在校园里宽阔的路上，初春的夜晚，行人并不多，路遇和我年纪相仿的大学生恋人们在路边昏暗的灯光下拥抱或接吻的时候，我都会避而远之。哪个少年不怀春啊？面对这些热恋中的大学生们，我除了自卑，只有羡慕。来到大学，才知道大学生活如此美好，我后悔当年没有好好学习，对于眼前狼狈不堪的打工生活，也只能随遇而安，不敢奢求其他。在图书馆看书是免费的，而在电子阅览室上网是要钱的，一周下来一算，我上网的费用并不低于同事们抽烟的费用，慢慢地也就有所收敛了。实在无聊的时候，我就去操场上打乒乓球或打篮球。大学生们还是很随和的，只要你开口，就能加入他们的活动中，总之得找点事干，不能闲着。

几天后，到了新的一周的周一，我们二班开始上中班。中班和早班的主要区别就是能少站一个小时的岗，到下午6点半领导下班走完后，门口留一个人值守，其他人就可以吃饭休息了。当保安会让人变懒，这话一点儿不假。一个班下来，除了站就是坐，无所事事。天长日久，回到农村老家去井里挑一担水都嫌累。夜里到11点学校就关门了，无特殊情况，停止出入。关门后，门外面也就不留人了，四个人坐在保安室等待下班。下班后，我有时回宿舍，有时去电子阅览室（24小时营业）上网，有时去市场的夜市上买个油炸饼夹菜或煎饼馃子当作夜宵充饥。

如此平淡无奇的日子，在春暖花开中一天天过着，谈不上累，却也谈不上开心。我是怕上夜班的。夜班每两个小时要有两人同行，带着橡胶警棍和强光手电筒去校园所有区域巡逻一次，即使遇到风雨雷电天气，也必须按时巡查，且需要在每栋楼的固定点位刷卡签到。在保安室的人也睡不好，窄小、干硬的木质排椅实在无法和绵软的床铺相比，有时还有醉酒的教授和家属们出入，叫门都得开，睡也睡不好，坐着又困乏，怎么都难受。如此三周过后，我已基本适应了这枯燥的工作。那时候我啥都不想，只想着3月15日早点儿来临，早点儿发工资，自己能经济独立。

发工资后不久的一天，我接到了一个陌生的电话，对方说他姓庄，名叫庄波，博客名叫诗行天下，想来找我聊诗，并赠送我一本他的签名诗集交流。我忽然想起来了，这位我在博客上认识的诗友发纸条要过我的电话，我就说好，让他来了打电话。那天是个周六，我上中班，下班无事，我早早去学校对面的公交车站接他，随后去市场旁边的一个小川菜馆请他吃饭，与他喝酒、聊诗。聊天中，我知道这位朋友是外地人客居本地，比我小两岁，也单身，二人不禁相见恨晚。那顿饭他点了一盘葱爆回锅肉、一盘糖醋里脊、一盆紫菜蛋花汤，外加两碗米饭、两瓶汉斯9℃啤酒，竟然花了我30多元。结完账一算，一天半的工资竟然没了，心中十分惆怅。但又想，第一次见面，人家大老远坐车专程来找我，不请人家，面子、心里都过意不去，一顿饭结交一位好朋友，且是志同道合的朋友，也值了。

博客是个神奇的东西，虽然现在很多人不用博客了，但很多人都很怀念那几年在博客上交的朋友，有到现在还微信联系的，也有博客关闭或停止更新后就永远消失不见的。娟子是我在博客上认识的第一位我工作这个学校的大学生，我已记不清是在哪位朋友博客的最近访客里看到娟子的头像的：一个貌美如花、长发披肩的女子站在一个紫藤花架下，面露微笑，让人着迷。后来翻墙访问了娟子的博客后，我就发送出了好友申请信息，谁料当时她也在线，且很快就通过了验证。那时候她也刚开始从古体诗词转型写现代诗，所以我们聊得非常开心，互相加了 QQ 好友，留了电话。我直言不讳，说我是这所大学的保安，她也没有看不起我的意思，且还流露出一份不太相信的惊讶。我说，没事，我的头像就是我本人，不信你哪天从门口路过，我们可能会遇见。

娟子是 06 级中文系汉语言文学专业 2 班的，比我小一岁，已经大四，马上毕业，正在一所高中实习。后来有一次我上早班，她背着挎包赶公交车去实习学校，我们真的遇见了，但只是打了个招呼。慢慢地，我开始在一些杂志报纸上发表了一些诗歌作品。有一天，娟子将我拉进了这个大学的一个延续了十几年的文学社——北辰文学社的 QQ 群。在群里，我认识了更多和我一样痴迷文学、爱好文字的大学生。后来我被聘为名誉社长，参与社团活动，且和许多学生成了朋友、兄弟，到现在我们依然时常联系。

时间就这样在不知不觉中一天天过去了，转眼已经到了 5 月初，有的女大学生已经开始穿裙子了。有人说，在大学当保安真是一份养眼的美差，每天有看不完的青春时髦美女；校园里的大学生美女看得多了，走在大街上，看哪个女的都不入眼。说的倒也是事实，但话又说回来，人家再漂亮和我一个保安有什么关系呢？从心底讲，校卫队的几个年轻保安都癞蛤蟆想吃天鹅肉，想着近水楼台先得月，做着找个女大学生回家做媳妇的美梦，但事实是无一梦想成真。有人说，小陈，中文系一个班几十个学生，男生就两三个，剩下的全是女生，你有机会。我听了只能一笑而过。我知道，感情这种事，可遇而不可求。何况我要貌没貌，要学历没学历，要钱没钱，即使有那么一点点才气也是不值一提的，根本没啥吸引人的地方。同事李经常根据大学生们的衣着和外貌分辨对方是哪个系的、大几的，甚至是哪个省的。可能是李在这儿工作时间久的原因，事实证明他十有八九都能猜准，常常让我们佩服不已，甚至有时愿赌服输请李吃饭。

时间长了，我和门口常来的几位快递员也熟悉了。那时候的快递还远没有现在这般普及，后来三班一位同事禁不住月薪 3000 元的高薪诱惑，辞了职，骑着摩托车加入了快递员队伍，在同事们中间引起了一阵骚动。几位年轻的同事也跃跃欲试，生出了辞职转行的念头，要知道快递员辛苦归辛苦，月收入可是保安工资的几倍。我那时被诗歌迷住了，也习惯了这种和大学生们在一起交流相处的生活，有时候换上运动鞋、牛仔裤、夹克衫，飘飘然中真以为自己也是位名副其实的大学生了，就没有滋生跳槽的念头。

一天吃饭的时候，我在市场上碰见了当兵前在书店做图书批发时认识的胡老板。胡老板是开小书店的，他的店开在这所大学旁边的中学校园内，后来因为竞争激烈被迫转成了文具用品店，兼带复印业务。胡老板了解了我的情况后，问我能不能利用早班和夜班的空闲时间，晚上 7 点到 9 点到他店里兼职，主要是操作复印机，给上晚自习的中学生印卷子，每晚给我 10 块钱。我一听，这种好事上哪儿去找？反正那段时间都闲着，而且距离这么近，何乐而不为呢？就满口答应了下来。在文具店兼职的时候，我认识了隔壁蛋糕店的打工妹 S。S 的父亲在市场上开了一家面馆，后来，我慢慢地喜欢上了 S。

那时候我和 S 每天一起下班，有时我晚一点儿，有时她晚一点儿，但我们都会互相等对方。然后，她回面馆给父亲帮忙，我则无所事事，所以就常常送她回面馆再离开。我对 S 的追求是热烈的。在部队的两年时间里，我几乎中断了和所有女性的交往，如今遇到了一位心仪的女孩儿，自然心潮澎湃，魂不守舍。可是转眼又到了放暑假的时节，我和S就都停止了那份工作，如此，我就只有每天去市场吃饭时能看她两眼。S并没有答应做我的女朋友，只是说先交往。那时，我竟以为她就是我一生中蓦然回首的那个人，每天相思成病，憔悴不堪。谁料，7月的一天，我突然收到了一条让我五雷轰顶的短信，S说她和一个男孩儿私奔去了安徽，向我借300元，说是刚去没生活费了，工资还没发。我毫不犹豫地将钱打到了S提供的农行卡号上。更让我意外的是，很快S的电话号码就成了空号，QQ也将我拉入了黑名单，我的300元就此打了水漂，至今没有说法。与此同时，让我觉得雪上加霜的是娟子也大学毕业了，已经在另外一座城市找到了工作，她照完毕业合影、论文答辩完毕后马上要去单位报到。那几天，我感觉人生真的要坍塌了，可是冷静下来一想，娟子的离开是理所当然的，我们只是朋友，我唯有祝愿她飞得更高。娟子走的时候我没有送她，短信也没发，只是在她的QQ空间动态里留了一句：一路顺风！

人生有太多的意外，S的突然离开让我不知所措，悲伤不已。放暑假对我们的保安工作也有影响，具体说是有好处——早班和中班就不用站岗了，只需留一个人在门口值守就行。放假不用站岗了，每天出出进进的人流量也减少了百分之八九十，但各项规章制度依旧都需要遵守。就这样，很快又到了一年中最忙碌的几天——9月份新生报到。新生报到的时候车流量很大，且人员混杂，有些区域需要拉起警戒线，严加防范各种意外的发生。那几天，每个班都需要加班，加班费按每小时 2.5 元计算。新生报到完就是半个月的军训时间，不管是看到佩戴军衔的现役部队教官，还是看到身着迷彩服、黄胶鞋的大学新生，身穿保安服的我都感觉异常亲切，仿佛又回到了我的军旅生涯。这时候，校卫队的同事们也就开启了新一拨的“品头论足”：新来的大一新生，哪个像官二代，哪个像富二代，哪个是农村来的，哪个漂亮，哪个丑，如何如何，磨破嘴皮也不知疲倦。

新生军训快要结束的时候，我们迎来了一次严峻的考验——甲型 H1N1 流感的暴发。消息通过网络迅速传播得人人皆知，而且很快有可靠消息，说这座城市已发现了首例感染患者，已被隔离。一时间人心惶惶，人人自危。对此重大情况，作为人流量很大的大学校园，学校保卫处也迅速召开紧急会议，并确定了防范措施。我们十二名保安被安排第一批注射了疫苗。保卫处给我们配发了两个电子测温仪，要求我们对每天进入校园的所有人员测量体温，超过 37.5 摄氏度者严禁进入。这样一来，我们的工作量瞬间就变大了。针对学生外出，各系也打印了盖章的出门条，每人每月允许出校门四次。门禁制度一时严格了起来，后勤打扫卫生的、食堂做饭的人员，校内超市及移动、联通营业厅上班的人员等都被配发了工作证，这些人员凭工作证出入，学生凭学生证和假条出入，这样一来，保安的“权力”可谓是到了前所未有的顶峰时期。有个在食堂上班的女孩儿忘带工作证了，被铁面无私的保安硬生生拦住。女孩儿差点儿都哭了，因为迟到是要扣钱的，回宿舍取一趟肯定来不及了，但我们作为保安，必须按规定办事。有的同事手机响了，各种说情的电话从四面八方源源不断地打来。刚开始，大家都不敢徇私舞弊，除非队长发话才敢放人，但后来慢慢松懈了，也就会偶尔看个情面。在那段实行门禁的时间里，各种新鲜事层出不穷，有大学生和保安打架的，也有坐在老师的私家车里从我们眼皮子底下耀武扬威溜走的，更有翻墙的、钻洞的，让人哭笑不得。我那段时间也做过亏心事，有时候会利用职权便利偷偷放一些认识的文学社的学生出入，至今回忆起来，一种情绪无可名状。

到了国庆节后，因甲流引起的门禁也被解除了，校园的一切秩序又慢慢恢复了正常，我们保安也可以松口气了。刘班长坐下来一回想，门禁那段时间认识的学生总量竟然超过了以前几年的总量。对于学生而言，认识保安有好处。有时他们带东西多，坐出租车回来，学校按规定一般不让出租车进，但如果队长没在的话，我们也会偷偷给个面子放进去。而对于我们保安而言，认识学生基本没啥好处，最多就是人家给你发根烟，或从手中的水果袋里取出一个苹果、一根香蕉递过来，得到点小恩小惠。不过我知道，这样会更让人看不起。

冬天慢慢来了，我才知道世界上真的没有一样好干的活儿。不管是在外站岗还是值守，都冻得人直打哆嗦，夜班去巡逻一圈，回来后常常雪水早已湿透了棉鞋。那时，我会把当时的情况和2006年在部队的雪地里训练匍匐战术做对比，也会和2004年在东莞的电子厂里连续十二个小时搬箱子装车做对比，这样一比较，心里也就坦然了许多。

很快又到了放寒假的时节，看着银行卡上2000多元的存款，我竟然有了一点点满足。要真说是满足，我倒认为是可耻。虽说我这一年很少买衣服（买了也没时间穿，天天上班要穿保安制服），且我一直不抽烟（抽烟按每包5.5元算，本地的一种低档烟，一天一包，一年下来也得1000多元），但这点存款毕竟是很丢人的。

那年的除夕，我上中班，我是和李在保安室度过的。李偷偷在保安室就着几袋泡椒鸡爪喝了一瓶啤酒，我在门口看着远处不断升起的烟花，一会儿想起了已经半年没见的娟子，一会儿又想起了S，也不知S是否已经从安徽回到家乡。接下来的几天才是最难熬的，从初一、初二一直到初三我们中班结束。学校的食堂早关门了，市场上的饭馆也都还没开门，我和李每天只能去超市买方便面和火腿肠填饱肚子。那时，想着别人都在亲戚家吃香喝辣的场景，心里真不是滋味。

当校园里的花儿次第开放的时候，学生们又开始返校了。一切都在春暖花开中按部就班地进行着，只是物价悄悄地有了一点儿涨幅。一碗面由 4 元涨到了 4.5 元，村子里拉人的摩托车票价也从 2 元涨到了 2.5 元。在这个大学当保安一年了，虽说吃穿不愁，但一提到存款，我就无言以对。对象没谈下，就这点存款，别说买汽车、买房子交首付，就是买一辆新的两轮摩托车或者买一部新的高档手机也不够。在和父亲商量后，我去找队长谈了一次话，看能不能涨点工资。队长说他也知道大家都不易，想给大家涨工资，但处里经费紧张，目前肯定涨不了，实在不行，让我重做打算。留下，他高兴；走了，他也高兴。他说刘班长年龄已大，像我这样的年轻人在这儿确实也没啥大的发展，可以另谋出路。他希望走了的队员们出去后都能干成一番事业。队长说得中肯，权衡再三后，我正式递交了辞职申请书，上交了保安制服，领了押金离开了。

对于那一年在大学当保安的经历，至今想起来，我一点儿也不后悔。我并不是好吃懒做，只是一时寻求个安稳之处罢了。这些年，我的写作有了很大起色。诗歌、评论、非虚构、小说作品先后多次在《人民日报》《光明日报》《文艺报》《人民文学》《中国作家》《诗刊》《星星》《北京文学》《作家》《天涯》《天津文学》《延河》等报刊发表，并且成为了中国作协会员、鲁迅文学院第 44 届高研班学员，先后获得了第十届长征文艺奖、首届闻捷诗歌奖、第三届陕西青年文学奖评论提名奖，入选了《中国校园文学》第二届全国教师文学笔会，成为陕西省委宣传部第二期“百优作家”，当选了市作协副主席。这些成绩的取得，无疑和我 2009 年在大学当保安时常常在图书馆读书有着莫大的关系。

这么多年过去了，我还在坚持写作；而由于结婚生孩子和工作种种琐事的干扰，当年一起写诗且是汉语言文学专业本科毕业的娟子基本已经中断了写作。但不管写与不写，我们那年建立起来的友谊一直还在延续着。她结婚时，我专程坐火车去她所在的城市参加了她的婚礼。前年我买房子时，娟子知道我手头紧张，还主动给我转了 20000 元。这些生命中的感动，常常让我叹息不已。这份难得的友谊，还得感谢那一年，我在大学当保安。

大转盘的劳务市场

从这所大学出来后，我一时找不到合适的工作。那时候，母亲也从一个小区的物业公司离职了，跟着邻居家的阿姨在城郊一个大转盘的劳务市场找零活儿。母亲刚去几天，每天都能等到收入不错的活儿，而且工资是下班时候现结，感觉比在小区打扫卫生强多了。她问我去不去。万般无奈之下，我就跟着母亲去了。那时，劳务市场应该还属于新生事物，就是无数农民工在扎堆等零活儿的过程中，慢慢形成的一个聚集地。政府近年来给很多劳务市场加装了防雨棚、座椅等，让这些穷苦百姓们切实感受到了党和国家的温暖。

这个劳务市场离老家比我当保安的大学近多了，坐老家的三轮车下来后，不用再急急忙忙赶公交车，步行几分钟就可以到。我跟着母亲去了两天劳务市场，母亲天天能挣到钱，而我两天都是空手而归，第三天我就不再去了。

那两天里，我和母亲还有邻居家的几位阿姨、叔叔都是乘坐早上5点50分发车的第一趟三轮车。真是“莫道君行早，更有早行人”。我们到的时候，明亮的路灯下，劳务市场已经像清晨的蔬菜批发市场一样，看上去黑压压一片。虽然大家都知道来得早不如来得巧，但按常理而论，来得早些，被雇佣走的可能性更大一些。

这个劳务市场里面最多的时候能有将近一百人。来这里的人，最大的年龄 60 多岁，最小的 20 多岁，其中女性基本在 40 多岁到 50 多岁之间。这些人有的是像我这种临时来几天的，有些是一年四季都以这儿为根据地的；有些拿着铁锹、洋镐、榔头、水钻机、瓦刀、切割机、刮腻子板、擦玻璃器、抹布等工具，多少算是有些技术的人；有些就空手坐在那里，只能干一些装车卸货、建筑工地搬砖提水泥灰的体力活儿。他们有戴帽子遮太阳的，有不戴帽子的；有戴手套的，也有不戴手套的；有蹲在那里的，也有坐在花坛边上的，中午天热的时候，还有躺在地上的；有抽烟的喝啤酒的，也有几人一圈围着打扑克牌的。有的人等了一天，没等到活儿，就打了一天牌回家了；有的人从家里来时就是一身脏衣服；有的人从家里来时穿的干净衣服，接到活儿，坐上车，到了干活儿的地方才换上旧衣服。我怕麻烦，去的时候直接穿的脏衣服。

大转盘边上的车辆来来往往，络绎不绝。有的车只是停在路边，接人或送人，等活儿的人如果一窝蜂地拿着像凶器一样的工具围上去，常常会吓人一跳。有的车则是停下来找人干活儿的。等活儿的人不仅需要火眼金睛去分辨过往的车辆，还需要有一副金刚不坏之身往车上挤。比如这个人只要四个人，这时候就看谁能先挤上车。有时候有女的挤上去了，老板厉声呵斥，下去，只要男的！这时女的就只能灰溜溜地下来。挤来挤去，吵架甚至动手的事情常有发生，但动手的人都是摩拳擦掌，做个样子，毕竟这里每天都需要挤，真要是打架，会有打不完的架。

那天母亲等到的活儿是去给一个厂里边的大粗钢管刷油漆。老板给的价钱是80元，母亲和邻居家的阿姨坚持要100元，老板后来答应了。那天，她们两个人一共刷了几十根粗钢管。回家后，51岁的母亲已经腰酸背痛，但看到攥在手里的一张百元大钞，心里又开心了很多。

我等了一天也没等到活儿。一般到了下午基本就没活儿了。失望之下，我就提前回家了。母亲比我晚回去了几个小时。母亲说，你要往前挤，别站在那里不动，别看你年轻，雇人的都知道，现在的很多年轻人干活儿还不如中年人。

第二天是个星期六，我没心情去了。但是母亲苦口婆心地劝慰，走，去了万一碰到个活儿，就能赚点钱，你在家里谁给你发钱哩？禁不住母亲的劝导，我就又从黎明前的月光中爬了起来。那天天亮的时候，天空乌云密布，到了劳务市场两个小时后，开始下起了小雨。雨一来，人们都作鸟兽散了，躲到离花坛几米远的银行和火锅店的屋檐下去避雨。避雨的时候，我碰见了一个从师范学校毕业后做了小学老师的老同学。他是去银行存钱的。同学问我，你在这干啥呢？我没好意思说等活儿，就撒谎说，我等个人。那一刻，我尴尬极了。对于面子的事情，虽然我一直尽量做到活得真实，不去在乎，但那一刻，我还是感觉有一丝丝脸红，羞耻感袭遍了全身。

半个小时后，雨停了。母亲和邻居家的阿姨又满怀希望地去等活儿了。我跟母亲说，妈，我回呀。母亲说，早上起得这么早来了，急着回去干啥？我说，这活儿不好干，我先回呀。说完，我头也没回就走了。母亲在午饭前接到了一个擦玻璃的活儿，半天时间挣到了 60 元。夜里母亲再劝我时，我死活不想去了。且不说能不能挣到钱，主要是感觉内心的自尊受到了极大的伤害，自卑感爆棚。心里想着，如果长期在这里干活儿，就算有人介绍对象，问我干啥工作，我说在劳务市场找零活儿，人家肯定立马就不说话了。如此也不是长久之计，我就彻底放弃了。

我如今工作的单位，就在这个劳务市场的五百米开外。每次开着车路过，我都会想起那个曾经的自己。这时候，我就会感觉到如今的自己是多么幸福。

搬家师傅与饮料仓库送货员

几天后，我又先后从事了两份只干了一天的工作。第一份工作是在一个老兵搬家公司。刚上班，我就要坐着一辆轻卡去给一个住在五楼的人搬家。那家人的东西实在是多，多也不怕，主要是没电梯。实在太累了！当时我一想到下次可能遇到七楼的工作，我的双腿就直发抖。搬家公司在我入职前说得很清楚，干不满五天是没有一分钱工资的。晚上回到家里，我知道，必须做个决定。要么就咬咬牙坚持长期干下去，如果坚持不了，就早点儿走人。最后，我还是想着“天生我材必有用”，如果等到第三天、第四天再辞职，那就亏大了，于是第二天就没再去。

几天后，我又找了家饮料仓库做送货员的工作。当时天慢慢热了，饮料生意越来越好，老板和他妻子两个人的电话都接不完，妻子要看仓库，老板一个人根本忙不过来。老板开着一辆机动三轮车送货，我坐在他身边一起去。这活儿和搬家一样，纯粹是体力活儿。我穿着一件蓝色围裙跟在老板屁股后面干活儿，熟悉了一些小超市和小饭馆的地理位置。老板说过几天等我熟悉了，就可以一个人骑着三轮车干了。刚开始，我以为是两个人一起送，我想凑合还能干，一听到以后是一个人干，机动三轮车技术很差的我，就马上像被针扎了一下的气球一样蔫了下来。这且不说，下午快下班时，在给一个小超市送一箱饮料的时候，我碰见了一个初中的女同学在那儿买口香糖，我一下子很是尴尬。我想，如果下次送货再遇到个同学当老板的话，那岂不是颜面丢尽了？那天坚持到下班后，我就辞了职。这个老板人还不错，虽然没给工资，但给了我两瓶橙汁。当时也挺口渴，我二话没说，拧开一瓶就一口气喝完了。那种舒服劲儿真是难以用语言形容，我感觉那是我人生喝过的最甜的一瓶橙汁。另一瓶我带回家给了母亲，母亲却一直舍不得喝，最后放到了过期，被扔掉了。

令人悲伤的小商品批发部

2010年5月，我从一所大学的保卫处校卫队辞去保安的工作后，兜兜转转进入到了一家小商品批发部工作。

这份工作我是从收音机里的招聘节目中找到的，地点在距离2006年我工作的那家书城向东五百米的一个小商品批发城。

这是一座专业搞批发的小商城。一楼主要经营茶叶、烟酒、糖果、袜子手套、水杯、小凳子、文具、玩具、零食；二楼主要经营电子产品、不锈钢制品、卫生纸、结婚喜事用品；三楼主要经营大型音响、电饼铛、电饭煲、电暖器、电风扇、电热水壶、小型电视机等。我打工的这家小商品批发部，是二楼东门楼梯上去的第一家，在不到二十平方米的店铺里，一层一层摆满的小商品有将近千件。

这家批发部主要经营挂钟、闹钟、电子手表、计算器、手电筒、台灯、电子万年历、电热水袋、电吹风、剃须刀、复读机等各式各样的小商品。老板个子不高，短发，皮肤黝黑，胖胖的一个西瓜肚，发财后也学着大款买了一枚粗粗的金戒指和一条粗粗的金项链。老板娘苗条美丽，两个人走在一起，完全不搭。店里有一个资深店员，叫小琴。我去后的主要工作是跑腿。这里所说的“跑腿”真的是跑腿。店里常卖的圆形或方形挂钟比较占地方，一个品牌一种颜色只挂一个样品展示，供顾客挑选。顾客选好后，大多数人肯定会要新的，这时我就需要拿着钥匙，以百米冲刺的速度从二楼飞奔到地下一层，打开灯，在六排两米多高的铁货架中按编号寻找。找到货后，拿上楼，打开后盖，装上电池并调好时间，交给顾客检查。

那时候没有电脑软件系统，对于库存量难以准确把握，白跑一趟的情况时有发生。还有一种情况是，顾客已经基本看好了，在等待的过程中又忽然改变了主意，或离开转去另一家店里。遇到这种情况，也常常会白跑一趟。

这家批发部在这个批发城里算是生意好的，但是生意好并不代表老板是好人。在这家批发部里，我第一次感受到了人性的恶，或者说是金钱对于人类良知的无底线吞噬。

我在这家批发部干了半年，刚去时，工资是每月900元，三个月试用期满后，第四个月涨到了1200元。按每个月1200元计算，一年下来收入也不过一万多元。而我听说，在那个没有电子商务的年代，这不到二十平方米的店铺转让费竟然可以达到二三十万，这还不算店铺和仓库里的存货折算价和给县上送货的那辆崭新的大金杯汽车。这个凶神恶煞的老板，应该就是那时候我认识的人中最有钱的一个。

老板是外地人，刚来我们这座城市时，他的一个儿子还小，夫妻俩摆地摊卖一些小电子产品，慢慢赚到了第一桶金。后来这座新建在市中心繁华商业区地段的批发城开业时，他们取出所有存款，又从银行贷款，总共花 10 万元买下了这家店铺。他也算有财运，在市场经济的大力推动下，几年时间，光店铺的价值就翻了一两倍。

那时店里每天很忙，老板和老板娘几乎天天吵架。有一次吵架时，老板当着我和小琴姐的面，把一杯滚烫的茶水泼向了老板娘，老板娘哭着离开了。几天后，听说老板娘在附近一个女士服装店当导购。据我观察，这个老板以前可能并不是这样的，应该是有钱后就慢慢变得飞扬跋扈了。

有钱人未必就幸福，这话确实不假。老板的儿子当时在一所民办高中上学，每天 10 元的零花钱还不够用，放学后经常来店里要钱。有一次，趁着老板上厕所，老板的儿子还从抽屉里偷了 20 元。晚上对账时发现后，老板狠狠揍了儿子一顿，把儿子两边的脸都打肿了。

除商城地下一层的小仓库外，老板在几公里外的一个城中村里还有一个大仓库。大仓库是一户有大小六间房子的独院，这里的货品主要是针对县上的客户。县上那些小客户虽在这儿批发商品，但亲自来市里的不多，老板的侄子和堂弟负责给市区周边的几个县送货。这两个人有谁休假或请假时，我就会成为替补，跟随面包车去县上东奔西走。去县上送货，在和老客户联络好感情的同时，有空闲时间还需要发展一些新客户。有一次，老板的堂弟因为媳妇生孩子坐火车回老家了，我跟着老板侄子在一个县城的百货商场发展新客户时，遇到了批发城二楼另一家主营电子产品的送货员。竞争对手相见，分外眼红，老板的侄子正年轻气盛，没说几句就和对方干起了架。司机正在停车场坐在驾驶室里休息，我一个人死拉硬拽才把两个人拉开了。

晚上回去交款时，老板侄子把这件事汇报给了老板。第二天早上，老板就去对方的店里和人家理论。双方刚动手，就被商城管理处的人和保安拉开了。记得老板大口大口喘着气说了句："你给我等着，我弄死你。"我笑了笑，没吭声。那年月，我还不能理解"世上的钱不能让一个人赚完的道理"，我只感觉这个人太凶狠、奸诈了。

去县上送货，每次去三个人：司机只管开车，另外两个人，一个人根据对方的需求量数货、装箱子、送货，一个人开单子、收货款，并跟有欠款的客户要账。跟车送货时，我从来没有按时下过班。每天回来后，三个人需要把车开到老板的小区楼下，然后去他家里上交当日的发货单和货款。有时候，在计算器上反反复复算来算去，货单上的金额却怎么都和挎包里的钱数对不上，这就犯难了，然后左思右想，从出发到返回，一家一家挨着捋，最后核对到完全相符为止。账对不上肯定是钱少了，钱多了就不存在这个问题。有一次，我们收到了一张面值 100 元的假币，老板把假币扔在了他侄子的脸上，说是要扣工资。到底扣没扣，无从得知。包括小琴姐和司机在内，每个人的工资数，别人都不知道。每天外出送货的货款基本在 5000 元左右，我想应该不会被扣。

在商城，每天绝对晚上 6 点整下班，因为商城统一管理，6 点要关闭楼梯口的卷闸门。跟车送货的外在因素太多，晚上 7 点下班算是早的，遇上下雨、车祸、修路、堵车等情况，有时候只能在途经的地方吃晚饭，晚上回来不管 9 点、10 点，都没有一分钱加班费。记得陈村镇街道的手工面条物美价廉，如果下班晚了，我们三人就会一起去吃。男人走在一起，再穷也要面子，永远不可能 AA 制结账，三个人轮流买单，倒也默契，坚持得很好。

那年，我已到了结婚的年龄，低收入的工作，加上天生丑陋的长相，让我的头发像秋风吹过的落叶般，一根根掉个不停。那时候，我没有像在书城时那么执着于在城里租房，在残酷的现实面前，我已向命运之神低下了我高贵的头颅。我骑着哥哥的一辆旧摩托车每天上下班，每天停车费是 1 元，办月卡 25 元。我不想让我的银行卡跟不存在一样，我想自己攒点钱。可是面对严重的脱发，我起早贪黑几个月攒的那点钱，又全部送给了一家当时在全国电视台打广告、搞得很有名气的专治脱发的医院。

看到我这个样子，母亲恨铁不成钢，整日里唉声叹气，和我唠叨村子里谁家的女儿出嫁了，谁家的儿子比我年龄还小都已经结婚有小孩儿了。面对母亲的唠叨，我只能置若罔闻。

到了 10 月份时，我又辞职了。辞职的原因主要有二，一者工资太低，只能解决温饱；二者临近霜降，天气转冷，遇上下雪天，交通很困难。

听一位同学说，驾驶证考试即将改革，几个月后要变成电子化考试，考证的难度会大大增加，那时候学车的人会如洪水般涌向驾校。我准备去考个 C1 型的驾驶证，虽然那时候开车已经不算特长，而只算是求职或生活中最基本的能力了。

现在该谈一谈“我第一次感受到人性的恶”的原因了。

这里和其他私人小店一样，是每个月 15 日发上个月的工资，但是如果领完工资直接辞职，可能会给雇主的生意造成短暂的困难。所以，员工一般要辞职的话，需要提前一个月给老板汇报，老板就可以早点儿招人。按常理，这样也就可以拿到这个月前半个月的工资。社会是个大染缸，不遇到一些事，有的人也许永远难以长大，尤其像我这种木讷老实的人。我在 9 月中旬领到 8 月份的工资后，向老板提出了辞职。有经验的人，很多会选择工资领到手后直接走人，招呼都不打、直接拉黑老板手机号的也大有人在，因为他们知道这半个月工资肯定要不到。老板问我为什么要辞职。我说，准备去学车。老板说，学车咱这不是也有车吗？你看鹏鹏（老板侄子）和小军（老板堂弟）都是送货时跟着咱司机学会开车的，何必花几千元去驾校学呢？我笑了笑说，即使会开车，没有驾驶证还是不行，现在交管越来越严格了。老板说，那简单，你先学会，等能开了，报个自学，交1000元，我给你找人办个驾照就行了。我说，算了，还是去驾校学好一点儿。老板看我态度坚决，就把我叫到没人的过道悄悄说，要不每个月给你增加200元工资，你给咱继续干。我意已决，说，算了，我已决定好要学车。老板想了想，笑里藏刀地说，你看现在人不好招，你再给咱干几天，把剩下的这半个月干完，到时候我给你把这个月工资结了。这可能是我这一生中听到过的欺骗我最深的一句话，以至于现在每每想起来，我都咬牙切齿，恨不得拳打脚踢这个人渣一顿。

我学车也不着急那十天半个月时间，就答应了老板坚持到月底。可当我辛辛苦苦干到9月30日那天下班时，这个人渣老板却说，这两天资金周转困难，等过几天有钱了，我给你打电话你再来领工资。我竟然天真地以为他说的是真的，就带着一丝失落和无奈回家了。

辞职几天后，我等啊等，像黑色的夜空盼望一轮明月出现一样，始终等不到老板的电话。因为急着去驾校报名，手里钱不够，我只能给老板打电话。第一次拨打，无人接听。几分钟后，我又打了一次。电话通了，老板有点儿不耐烦地说，给你说了让你过几天来，你等不及了吗？我低声下气地说，老板，我这两天等着用钱。你要有钱了，我明天来取下。老板说，我也等着用钱呢。说完，他就恶狠狠地挂断了电话。那一刻，我几乎要泪奔。我这才知道，世间很多看似简单的事情，遇到一些浑蛋，却并没有道理可讲。一个月的工资啊！我怎么能不要回来？所以我只能忍。我心里很清楚，如果和老板骂起来，这笔钱很大程度可能就永远没戏了。我更清楚的是，老板肯定是坑我了，因为当时店里每天流水最少也在 5000 元左右，根本不差我那点工资。

万般无奈之下，我厚着脸皮又跟父亲要了 3000 元，去驾校交了报名费。父亲是一名乡村学校教师，每个月工资会按时打到银行卡上，所幸能帮我。

科目一考试前一天，在驾校培训完，我坐公交车去了趟店里。那个老板正在悠闲地听着收音机，抬头看了我一眼，照旧说没钱。旁边站着一个新来的年轻漂亮的女店员，听到我和老板的对话，她大概猜出了啥情况，脸上似乎也流露出一丝忧虑。我没有和老板打架的勇气，生性懦弱的我遇到这种事，只会忍耐。我那时候骨瘦如柴，要真打肯定也打不过他。

科目二练习了几天倒库入库后，我又给老板打了几次电话，始终无人接听。第二天再打，我被拉入了黑名单。那一刻我的内心，只能用绝望来形容。以至于后来很多年后，我去市里办事或买东西，都会绕着商城走，始终都不愿再踏进那个商城一步。

这世间的事，说来也奇怪。我曾经喜欢的一个女孩儿，住在距离我家和单位不远的地方，很多年了，我一次也没邂逅过。而这个我最不想看见的人，我在火车站前广场、体育场南门的一家面馆和一家工商银行门前竟然碰到了三次。在银行门前那次，他身边走着个年轻漂亮的女人，他们有说有笑。老板抽着烟，脖子上的金项链比以前的更粗了，肚子比以前的更大了，一双黑色的皮鞋，应该刚打过鞋油，十分光亮。让我感到意外的是，好多年不见，他竟然还记得我姓啥（也许是内心有愧于天地吧），还主动问我，小陈，你在这儿干啥了？我那时已经有了一份好工作，每个月收入 3000 多元。想起过去的恶心事，我有点儿反胃，有种想吐的感觉。我黑着脸说，不干啥。说完，我就向相反的方向走了。

这些年，有时候和朋友聊天，或者有时候手头紧，我都会想起这个人的模样。我也曾想过通过申请劳动仲裁等方式要回自己的血汗钱，可是面对一些程序和手续的现实问题，我还是选择了隐忍和放弃，因为当时我没有签劳动合同，甚至想找个证人都已不可能。不过，这件事我一辈子都不可能忘记，即使未来某一天我买彩票中奖500万元，我也不会忘记。这是一段屈辱的经历，也是一段教会我长大、让我变得成熟的经历。但无论如何，我无疑是一名受害者。坦白讲，我甚至曾在内心诅咒过这个人某天会遭遇一场车祸。有时候我甚至想，某天提一把铁锤冲进去砸了他的店。但作为一个守法公民，作为一个女人的丈夫和一个儿子的父亲，我还是忍了。

十多年过去了，那个商城一直都在，但他的店在不在，他是否还活着，我都无从得知。内心郁积的伤痛，让我后来慢慢学会了自我排解。我会安慰自己，要怪只能怪自己太老实，对别人太信任，涉世未深，不知人心之险恶。日光流年中，夜深人静的时候想想，可能这个世间，每个人和每个人的相遇，也许都是上天早已注定的。花开花落里，我渐渐地就变得释然了。

第三次进厂

2011年3月11日，是我第三次进厂的日子。这个日子我记得很清楚，可能是因为2008年年底从部队复员回到家乡后我再未出过省。2009年到2010年年底，我的两份工作都在本市。2011年忽然要出省，一时间有些感慨，就把这个日子记得特别清楚。

这次出省工作的原因很简单：一是本地的工资实在太低了，而且工厂太少，自己又别无所长，想找一份满意的工作太难；二是年龄越来越大，已经到了晚婚的年龄，却没有找到合适的对象。看着村子附近出远门打工的亲戚、朋友、同学，都慢慢领回来了来自湖南、广西、河南、四川、贵州、甘肃、云南等地的媳妇，有的彩礼钱竟然比我们本地的还少很多，我不想让母亲整日为我的终身大事发愁。

2011年2月25日，我通过了科目三的驾校考试，便开始在本地春季招聘会上到处投简历。最后有两家还凑合可以干的单位给我打来了电话，让我等通知，结果却杳无音信。3月9日，我收到了一封邮政EMS快件，打开一看，是一个崭新的黑色封皮驾驶证。几个月的付出和花费终于有了结果，内心谈不上多高兴，但也总算在悲催的日子里有了一丝安慰。

那两家与我擦肩而过的单位，一家是日报社的印刷厂，当时我因为给本地日报副刊投过诗歌稿，也在上面发表过几次，认识了编辑部的老师，还托编辑老师给负责印刷厂的领导打了电话说情，领导说让等电话；另一家单位是一个烤瓷牙模具厂。3 月 10 日，在苦苦等待两家单位电话无果后，我想联系一位在苏州工厂打工的诗人朋友，不知为何，打了好几次电话，他始终不接。无奈之下，我又打给了邻居家一个和我从小一起长大、在常州一个工厂打工的小伙伴。电话接通后，他很热情，告诉我他们厂正在招人，让我赶紧买火车票坐车过去。

打完电话，我赶紧去火车站的售票窗口买好了第二天前往常州的一张硬座火车票，所幸还有座位。初春的夜晚，时常侵袭的倒春寒还能让人感受到几分凉意。在家里整理好行李后，我辗转难眠，就和一位河南开封的诗友纳兰 QQ 聊天。当听说我要去常州时，他说常州有一位诗友和他关系很好，是一家公司的副总，也是一位好大哥。他跟诗友联系了一下，说如果他有时间，让他去火车站接我。听到这个消息，我很意外，也很激动。两分钟后，他就发来了那位诗友大哥的笔名和手机号。他说已经把我的车次发给了那位大哥，大哥明天下午一定准时到出站口接我，让我到时候提前和大哥联系，不要客气，然后又把那位大哥在新浪博客的名字发给了我，让我以后有空了多和大哥学习写诗歌。那一刻，我心里是既感动又激动。

第二天，父亲要上班，母亲要去地里干活儿，我一个人又一次背着装满行李的彩条布袋子到了火车站，坐上了前往常州的火车。车刚过洛阳时，我先接到了报社印刷厂一个座机打来的电话，刚挂没几分钟，那家烤瓷牙模具厂又打来了电话。有句话说，一切都是最好的安排。对于这句话，在经历了一些事情之后，我不得不信。毫无疑问，这两个电话中的任何一个，如果早打一天，我可能都不会踏上去往常州的列车。哪怕早打几个小时，我都可以退票回家留在本地。可是天不遂人愿，我已经上了火车，并且火车已经出了省，我就只能选择继续前行。如果说天意不可违，我想这或许就是天意吧。

火车下午 3 点到站，快到常州火车站的时候，我给那位大哥打了个电话。大哥说，他已经到火车站了。那一刻，诗友间无私的浓情厚意让我内心深受震撼。

这位大哥写诗时的笔名叫老爱。当时他穿着一身没有一丝褶皱的黑色西装，系着一条黑白相间的条纹形领带，戴着一副眼镜，一看就是白领阶层人士。大哥要给我提袋子，我没给他。大哥说，还没吃午饭吧？赶紧去吃饭。我说，那好。大哥把我带到了出站口的一家餐饮店，给我点了一份米饭套餐。大哥已经吃过午饭了，我吃时，他在一边看着。如果是一位很熟悉的朋友坐在对面看着我吃饭也就罢了，我一个从陕西农村刚到江苏的打工仔，被一位公司的副总这样看着吃饭，着实有些尴尬。不过，这种陌生感带来的尴尬情绪，很快就在与大哥的诗歌交流中荡然无存了。我们聊到了当时新浪博客上很火的诗人，辽宁的玉上烟，黑龙江的小龙女，河南的纳兰、量山，陕西的若水，江苏的小海，等等。诗真是一个美妙的东西，它可以让两个有年龄差异、生活差异、财富差异、文化差异的人，很快成为亲密无间的朋友。它是拉近心灵的产物，它是润物细无声的产物，孔子说“不学诗，无以言”，可悲的是，现在读诗的人越来越少了。

吃完饭，大哥带我到了停车场，把我的行李放进了一辆银白色的汽车后备箱，然后驱车一个多小时，把我送到了同村小伙伴所在的 ×× 空调厂。看到 ×× 品牌时，我忽然想起上初中时，同学们用过的随身听和很多亲戚家里的 DVD 都是这个品牌。

快到厂门口时，我给小伙伴文杰打了电话，文杰说他马上出来。几分钟后，我们到了厂门口。当我打开车门，从那辆小汽车上下来时，文杰流露出了非常惊讶的表情。那时候没有网约车，文杰本来让我坐一趟可以从火车站直达厂门口的公交车，说坐出租车太贵。文杰根本想不到还会有朋友开小汽车送我。下车后，大哥从口袋掏出了一包软中华烟，给我发了一根，我说我不抽烟。大哥自己点燃了一根，又从后备厢里取出了两包新的软中华香烟递了过来。我说，大哥，我不抽烟。大哥说，你初来乍到，拿上，去了给抽烟的人发一根，也算是个礼节。听大哥这样说，我想了想也有道理，就没再推辞。大哥和文杰打了个招呼，对我说，好好干，有事了联系。说完，他就开车走了。文杰穿着一身淡蓝色工作服，笑着问我，这谁啊？我说，一个朋友。文杰说，你刚来这儿就有朋友？我笑了笑说，别的朋友介绍认识的。文杰哦了一声，我顺便给了文杰一包烟。

这个厂位于常州市武进区洛阳镇，当时最少有几百名员工。厂区和宿舍楼分建在一条公路的两边。我被分配在了仓库，负责和文杰一起拉着一辆手动液压搬运车给流水线的各个岗位送原材料。

车间大厅有两条流水线，当时那季节不冷不热，空调销售还处于淡季，我们生产任务不是太多，只开了一条流水线，周末可以正常双休。一条流水线的长度大约为三十米，需要二十多个工人左右两边按工序依次排开。有的岗位可以坐着，而有的岗位只能站着。具体的先后工序如今我记不清了，隐约记得有面板、金属固定片、电机、线路板、枫叶片、贴标、配装遥控器、质检盖章等将近二十道工序。

我的任务是在流水线开动前，提前去仓库把当班生产机型所需的材料用手动液压搬运车一筐筐或一箱箱送到每个工位前。材料仓库共两层楼，每层有将近一千平方米。众所周知，空调主要分为挂机和柜机两种类型，而柜机和挂机又有好几种规格、颜色等。每次生产任务单下来，材料都需要严格按每种型号配送，你得一丝不苟地在仓库里仔细寻找。任何一项错了，都会造成返工，也算责任重大。

送完材料后，如果有空闲，我和文杰就躲在无人的角落里睡会儿觉、看会儿手机。有时候，流水线上的人要上厕所，也需要我们去顶岗。流水线的线长是一位操着一口方言的江苏人，大家私下里叫他“老虎”。我们仓库主管也是本地人，与“老虎”不同的是，大家都叫他“老大”。老大个子不高，年龄也不大，对我们很照顾。在厂里的领导里边，他算是一个异类。

我当时一个月工资有 2200 元左右，文杰在这里干第三年，每年的工龄工资是 100 元，所以他一个月可以比我多拿 200 元。听说当时线长和我们仓库主管的工资系数是我们新人的 1.6 倍，可是所有领导基本都是本地人。宿舍是免费住的，可南方毕竟消费高，一日三餐下来，基本得花将近 20 元。吃饭贵也就罢了，我和大多数陕西关中的男人一样，只爱吃面，可常州的饮食习惯基本天天是米饭，即使有面条和凉皮，也和老家的做法及味道完全不一样。也就是说，每天要花很多钱吃饭，还吃得心里不舒服。江浙一带的饮食主要以咸淡为主，虽然我吃辣也只吃微辣，但还是很难适应。周内上班时间紧，每日三餐都在食堂刷卡解决。周末的时候，我们同宿舍关系好的几个人会轮流做东，请大家去外面一公里左右距离的洛阳镇街道的小馆子换个口味，喝点啤酒，热闹一下，然后去看看衣服，买点日用品，或者理个发。理发需要 12 元，是我那时经历过最贵的一次。当时我在整条街道上看了好几家，这家还算是最便宜的，但和老家比起来，还是贵很多。

立夏过后，天气渐渐转热，订单也多了起来。车间里边每日的生产量和每个工人的工资都是挂钩的，记得 5 月份我拿到了 2800 元工资，比平时多出了好几百元。当时我很激动，从 2004 年打工到 2011 年的八年时间里，那是我最高的一笔月工资，算是破了纪录。

这时，一条生产线已经无法满足厂里订单需求了。一个周日上午加班的时候，一个劳务中介公司模样的人忽然领了二十多个新人来到了车间。这批新人一半是甘肃的社会人员，一半是贵州某地一所职业学校刚毕业来实习的年轻学生。那天，所有人一起以老人结合新人的方式被重新分配了岗位，我们仓库的人未变动岗位，却也没有增加新人。从那天起，我的工作量一下子增加了很多。而且有时候，正在生产某个型号的产品，忽然听到“老虎”一声吼叫后，副线长就会赶紧按照“老虎”的命令，按下一枚红色的停线按钮；

然后“老大”就会通知我们，赶紧撤旧料，备新料。那种时候，膀胱里有尿也就只能硬憋着，慢慢地，可能出汗多了，似乎就忘记了上厕所。有一次，新料快要送完的时候，我从二楼下电梯，电梯门忽然打不开了。那是我第一次被卡在电梯里，虽然不害怕，但内心还是着急。我赶紧给文杰打电话，二十分钟后才被维修工解救出来。

一个工厂，其实就是一锅来自山南水北不同的人的大烩菜。这锅烩菜里，有清白的豆腐（好人），也有黑色的木耳（坏人），还有红色的红萝卜（让我流泪的人）。套用一句莎士比亚的名言，天下的好人都是相似的。不一样的是，在这个厂里，我遇到了一个最坏的人，坏到比小商品批发部那个老板更坏，简直坏透了。

在这里我遇到的好人叫陶辉，是个叉车司机，安徽人，长得很帅，虽然不爱好文学，但因为为人品质不错，和我也算脾气相投。比如他今天给我买了瓶可乐，我明天或者后天就必定会给他买一瓶雪碧还人情。

叉车司机算是技术工种，要有上岗证，所以不是每个人都可以干的，工资也高一点儿，且不用太费力气。大卡车拉来的材料，需要叉车司机从院子一车一车转运到仓库大厅，还要一排排码放整齐。我的任务就是从他放好的地方，再用那辆编号为 0112 的手动液压搬运车，一次次地运送材料，然后来来回回奔跑在车间流水线与仓库之间。也算是工种的原因，我们俩接触的时间多一点儿，慢慢就熟悉了。我们的工作不同于流水线，流水线虽然除了停产的时间外都要一直忙碌，但男男女女说说笑笑，唱歌也好，讲荤段子也罢，总有个陪着说话的人；而我们俩基本都是一个人孤独地工作着，像一头牛，只会在地里拉着犁铧走来走去。

当然，在常州，在那个工厂之外，我还遇到了一个好人，就是那个写诗的大哥。为了感谢当时陌生的大哥特意开车接我的盛情，5 月的时候，我让同学帮我买了两条当地的蓝好猫香烟邮寄到厂里，总共花了 720 元钱。一个周末的下午，我买了一袋子水果、提着两条烟坐公交车去了趟大哥的家里。大嫂那晚做的饭特别香甜，鱼肉汤无比鲜美。大哥要打开一瓶五粮液酒，当时我滴酒不沾，婉言拒绝了。后来临走时，大哥从书架上取了很多诗歌杂志送给我，并鼓励我好好写诗，多投稿。他还拿出了一套三卷本的《沈奇诗学文集》（沈奇是西安财经大学教授、著名诗歌评论家）要送给我。当时我心里很想拥有这套书，但我也知道“君子不夺人所爱”的道理，就十分坚决地拒绝了。2020 年，我在家乡参加一次诗歌活动时见到了沈奇，并得到了他的一本新出版的签名诗集，我又想起了失联多年的老大哥。最后我离开常州时，纳兰约我一起从常州去苏州游玩，他从开封出发到了常州等我。由于大哥太忙，要接待外商一起开会，就安排了一个他的朋友亲自开车把我和纳兰从常州送到了苏州。这份感情，到现在我也不敢忘记，虽然我和大哥已失去联系多年。

汗水就不必再说了，流多少也不怕。虽然那时候我还没听过“不吃学习的苦，就要吃生活的苦”这句话，但对“少壮不努力，老大徒伤悲”的古诗句却是深有体会。我最怕的是泪水，一种泪水是社会的泪水，另一种是爱情的泪水。

社会的泪水是因为在这里遇到了一个坏人。他比我小几岁，是个“90 后”，陕南某县人。除了长得帅气外，他特别爱穿戴，好面子，有心计，会忽悠人。他在这个厂来了又走，走了隔阵子又来，反反复复已是第四次。几年前，他和文杰是同时进的厂。

不知是吹牛还是真话，有一次，他指着他们流水线上一个比他大的姐姐，得意扬扬地跟我讲，那个美女姐姐是某省人，后来在这个厂认识了一个本地人，就和那个人结了婚，也成了本地人。他说，她背上有个烫伤的疤痕，几年前他们刚认识的时候，两人谈过对象，是去外面的小宾馆开房时他亲眼看见的。后来两人分手了，美女姐姐结婚后，他们就断了关系。我听后，除了羡慕，还是羡慕。他比我早离职一个月的时间，他快离职时，忽然整天喊我哥，经常请我吃饭。要走的前两天，他忽然跟我借钱。我那时候农行卡里好不容易攒了 4000 多元。我问他，借钱干啥用？他说辞职了准备去西安重新找活儿，刚去要租房，手机也坏了，想买个新手机。我问他要多少，他说得2000元。我说，我借给你1000元吧，我也要用钱。他却说，那算了，我找别人再问问。听到这话，过于善良、过于把别人信得太真的我，却反而有点儿不好意思了。我说，那行吧，2000元就2000元，你啥时候能还给我？他说，我到西安工作都联系好了，在一个同学的小家电修理部学修家电，第一个月工资发了就还你。我就没多想，直接去自动取款机取了2000元给他。他走后，文杰知道了我借给他钱的事，重重地叹息了一声。我那时才意识到，他和文杰认识几年了，关系比我近，他为啥不找文杰借钱？刚开始，在QQ上彼此偶尔还聊几句。一个月后，我发消息他就不回了；给他打电话，是关机状态。再发QQ消息时，我已不是对方QQ好友了。那时候，我才清楚地意识到自己被骗了，而且对方是明目张胆地骗。按每个月攒1000元的情况计算，这意味着我在常州的半年里，有一个月或者两个月白干了。后来我在他们县的百度贴吧里，还发过帖子寻找这个人，只是这样的方式如同大海捞针，找到的概率太小。几年后，我认识了一个他们县的诗人，和他同龄，又是同一个镇，也曾托这个诗人打听过，却没一点儿消息。2018年，我获得了省里的第三届青年文学奖评论奖提名奖，奖金给了2000元。拿到那笔奖金的时候，我感觉这好像就是当年打水漂的那笔钱失而复得了。从那以后，任何人跟我借钱，我都会慎重考虑，哪怕所谓知根知底的，哪怕从小一起长大的。我懂得了，现在这个时代，已经不是以前人们说的“跑得了和尚跑不了庙”的那个时代了。这一点，各地法院经常在网上公布失信人名单即可印证。

此次远走他乡打工，并不是只为了赚钱，比赚钱更主要的，是过年前最好能带个媳妇回家。“男人不坏，女人不爱”这句名言，在那个时候确实是总结得很深刻的至理名言。对我而言，找工作难，找个对象更难，难得胜过李白的蜀道之难，相当于一个诗歌新人要在《人民文学》《诗刊》《十月》等名刊发表诗歌那么难。因为我在贵州当过兵，所以我对贵州的女孩儿挺有感情。当时我也挺喜欢流水线上的一个贵州女孩儿，她当时的工作任务是先拆面板，然后撕掉纸箱子里面板上面的那层塑料保护膜，最后把面板按卡槽装好。为了和她套近乎，闲暇的时候，我就主动去找她聊天。但她从来不搭理我，我加她QQ，她也不通过验证。有一次，在厂门口吃豆花时碰见了她，我就主动帮她付了钱，结果她拿着钱跑过来硬是还给了我。后来听她一个同学说，她哥哥吸毒，她的性格十分孤僻，我似乎明白了一些什么。

9月过后，订货量开始急剧下降，厂里经常放假，有时候一次竟然放假一周甚至半个月。放假了不赚钱，还要花钱，我实在撑不住，就又辞职了。大厂毕竟是大厂，我辞职回家后，到了每个月例行发工资的日子，银行卡里也照例收到了上个月的工资。辞职后，我和从开封过来的纳兰一起去苏州的七里山塘、虎丘、苏州博物馆等地游玩了几天。苏州的诗友简小莫、苏唐果，还有在苏州打工的、本来我要投靠的老乡诗友苏微凉，盛情接待了我们，一行人一起赏了美景，吃了太湖白鱼，留下了美好的回忆。送纳兰上了火车后，我前往无锡看望了一位我在当保安时候认识的、一个中文系新闻专业毕业后在无锡工作的大学生兄弟，又从无锡乘坐公交车返回了常州。去苏州时，我把行李仍旧放在厂里的宿舍。当时出发时，我洗干净了一双鞋和两件衣服晾晒在宿舍门口的架子上，回来后，鞋子和衣服却意外丢失了。

我在这个厂里干了半年时间。这半年里，我竟然没去过常州的任何一个旅游景点，包括有名的恐龙园和火车站旁边的天宁寺；网吧倒是每周最少要去一次。那半年里，我写了三十首诗歌，也在博客发现了一个常州著名的诗人，给他博客发过两次小纸条，可他从没回复过我。我在网上搜索到了常州有一份公开的文学刊物《翠苑》，通过电子邮箱投过诗歌稿件，却也一直没有回音。意外的是，2017年，我的一首诗歌入选了“中国诗歌网”的每日好诗，当时网页点击率达到了一万多。由于是实名注册，且个人主页里有我照片，我竟然收到了一个曾经同为仓库同事的评论留言：“陈朴，你就是曾经在常州××空调厂干过的那个陈朴吧？”

在厂里时，我们没谈过文学和诗歌，我并不知道他也写诗，点开他的主页一看，发现他发有几首古体诗。后来我回复，是的，并留下了我的微信号，又通过小纸条给他发了我的微信号。可直到今天，我也一直没联系上他。

这个世界说大真的很大，说小也真的很小。2023 年秋天，我在北京鲁迅文学院学习时，遇到了一位江苏省作协推荐的作家，竟然就是常州人。我告诉他，我在常州的工厂里打过半年工，遇到常州人就感觉很亲切。意外的是，他竟然还是《翠苑》的小说兼职编辑。后来，我有一次无意中打开了《翠苑》杂志的微信公众号，看到诗歌栏目主持人不知从何年何月竟然也已经更换成了我一个熟悉的诗友，只是我至今也没在《翠苑》上面发表过半个字。没有在常州的刊物上发表过作品并不重要，重要的是，以后有时间了，我想一定要再回常州去看看。

汽车装潢店的失落

9 月份回来后，初秋的家乡经常下雨，气温比起南方低多了，我脱下短袖直接换上了薄毛衣。到处漂泊的痛苦，不停更换工作的焦虑，加上找不到女朋友的悲伤，一次又一次，反反复复压得我喘不过气。

在家乡的求职难度还是和以前一样，我也只能继续求助于经济广播电台的《七彩金桥》栏目。两天后，我听到 DF 路一个汽车装潢店在招聘，月工资 1200 元，中午管一顿午餐，就又怀着一份失落与无奈打了咨询电话。

接电话的是老板娘，她只问了我的年龄和以前从事过的工作情况，就让我去店里面试。这家汽车装潢店当时在全市都算比较大的，岗位也很多，老板娘安排我在店里打杂。

这家店分上下两层。上层有各种汽车用品的仓库、厨房和一个从广东来的汽车影像代理商的办公室；下层有老板娘的办公室、会客室、财务人员办公室、装潢用品展厅、高档汽车坐垫大厅、贴膜房。每层门面大概有一百多平方米，门上是黄底儿黑字的“YD 汽车装饰”。店东边是电动车专卖店，店西边是一个运输公司院子的大铁门；门前是一大片空地，停车比较方便。在后面运输公司的院子角落，还有一个两百平方米的大仓库。和我以前打工的小商品批发部的相似之处是，店里总共十几个人，老板和老板娘的亲戚占到了将近一半。还有一点就是，这个店除了门面外，也有一辆给县上的汽车装潢店送货的面包车。而令我想不到的是，这个老板和小商品批发部的老板竟然都是一个市的。

店里大大小小的业务主要是老板娘打理，老板很少来，听说老板在西安的一个汽车商城还有个店。老板娘当时开着一辆红色的别克君威，算是很低调的了，听说当时老板娘的资产至少接近八位数。车虽然不算高档，但老板娘穿的却是雍容华贵。一身几万元的皮草穿在身上，确实显得很有身价，加上她经常去做美容，算是保养得比较好的中年成功女性。

她有两个好闺密，经常来店里找她。这两个闺密，一个开着一辆崭新的黑色奔驰，是东边不远处一个大饭店的老板娘；另一个开着一辆白色奥迪，是西边不远处一家足疗店的老板娘。她们仨年龄相仿，美貌相仿，或许资产也相差不多。这两个闺密任何时候只要一来，销售员李姐便会像自己亲姐来了一样迎上前去，掀开皮门帘，笑着说，姐，来啦，张姐在里边。

一楼大厅的汽车用品主要有车标、实习标、方向盘套、车载香水、点烟器、烟灰缸、竹炭包、中控锁、氙气灯、车钥匙套、倒车镜上加装的小圆镜、车载影像、车屁股贴、脚垫、坐垫、头枕、腰枕、玻璃膜、雨刮器等。客人看好样品后，我负责去二楼或院子的仓库找新的货拿过来。另外有些县上客户着急的话，找好后我还要送到院子的运输公司发货，或者在店门口等可以到县上的小班车，贴好收货人姓名、电话，让司机捎货。市里的同行调货时，就叫出租车去送，那时候没有“跑腿”这些服务，只能如此。

店里的销售主要由两个女同事负责，她们都是老员工，比我大一两岁，伶牙俐齿，销售业绩也不错。当时店里单个商品除了氙气灯，最贵的应该是冬天用的羊毛坐垫。店里代理的坐垫品牌叫尼罗河，好像是一个老品牌，最贵的一套下来得三千至五千元。当时店里还有一些托儿，就是比如张三和李四关系好，李四买了一辆新车或者想给车换套坐垫，张三就说，我带你去一家朋友的店，绝对给你便宜。然后如果李四来买了后，李四前脚刚走，张三就会找个借口独自返回来，根据品种价格，拿走属于自己的二三百元提成。我总感觉这是一种商业欺骗行为。

一天下午的 3 点左右，一个女销售接到了她弟弟的紧急电话，说她母亲突发重病去世了，让她赶紧回家。那个女同事一下子就从和其他同事的说笑转为了号啕大哭，然后提着包就跑到了路边拦出租车。她母亲入土那天，老板娘亲自去了，大家都还随了份子钱。一周后，她带着一双哭肿的眼睛回来上班了。当时我觉得人生没有什么大不了的事，只要双亲健在，活着就已经很幸福了。

老板娘的一个亲戚人很好，我叫他哥。他和另两个大工带着两个徒弟，主要负责贴膜、安装并修理中控锁和车载影像，每天忙得不可开交。但他们属于技术工种，工资肯定比我高很多。

在这个店，我只干了四个月。辞职的原因是住在老家去上班坐车不便，迟到了几次，没有按时在指纹机上打卡，扣了不少钱，还被老板娘指着鼻子，当着很多人的面批评过几次。再加上看不到一点儿生活的希望，每个月发到手的工资捏在手里，想起之前我在南方工作时的工资，有一种巨大的失落感，就不想干了。

汲取在小商品批发部的教训，2012 年 1 月 10 日下班后，财务把每个人的工资装在一个牛皮纸信封里写上名字，一一发完 12 月份的工资后，我跟老板娘说我要辞职，然后带着试探性的语气问，看能不能把 1 月这十天的工资给我结了。老板娘摆出一副高高在上的姿态，笑笑说，你去问问，提前不打招呼，发完工资就辞职的，看给谁发过这十天的工资？我低声说，那算了。然后我就离开了。这是意料中的结果，我有足够的心理准备，所以也没有太难过。任何行业都有它的潜规则，如果这也算是的话，我得认命。

在这个店工作虽然时间短，但那几个技术工都还和我关系不错。走出不到两百米的时候，有一家小川菜馆，我犹豫了一下，想要不要请几个关系好的同事吃个离别饭，因为有个同事之前过生日时曾请过我，还有个同事在他女朋友过生日时请我去过 KTV 唱过一次歌。几秒钟后，我决定请一下，就在小餐馆，几个人喝点啤酒，200 元左右就够了，也不至于倾家荡产。我给几个关系好的同事打了电话，说有空的话一起吃个饭。几个兄弟都来了，其中包括老板娘的两个亲戚。其中一个亲戚，后来我离开后，一直与我保持着联系。2012 年我买了一辆面包车后，还“不知羞耻”开到店里买了脚垫和坐垫，装了中控锁。两年后，他也辞职离开了。又过了三年，我结婚时给他打了电话后，他还从外地坐火车来参加了我的婚礼。离别饭席上，大家当然知道情况，安慰了我几句，也不好再说啥。那一晚，我主动喝了酒。回家时，走在雪花飞舞的路上，我不知道该何去何从，不知道年少时候的梦想飘落到了何方，也不知道人生的明天是否有希望。

十多年过去了，这里谈到的这三家店依然都开在那条路上。这几年，我去那家饭店吃过几次饭，也碰见过那个老板娘，只是她不认识我而已。不知道她们三个老板娘是否还亲密如初。几年前，我卖掉面包车，换了一辆新的小轿车，虽然经常路过那家店，却从来没有进去过。我感觉它只是我曾经的一段普通的经历，和现在的我已经没有多少的关联，就好像以前我曾经在那里丢失过一个钱包一样，那都是过去的事了，如今想起也没有多少意义。

跑车手记

一个人的一生，如果在青年时代不吃些苦，那么到了晚年的时候，可能整天生活在一种幸福的状态中也会浑然不觉，自认为一切都是顺理成章。19 岁那年中专毕业后，我去过东莞的工厂，进过书店，在贵州当过两年兵，回到家乡当过保安。可以毫不夸张地说，我工作换得比衣服还勤。当保安的时候，我已经到了婚配的年纪，那种虽然安逸却只能温饱、无所节余的日子也就无法再继续下去。在我们这个西部三线城市，像我这种一无学历、二无技术、三无经验的待业青年，想要找一份收入不错又不是太累太脏的工作很难。在经过几天慎重的考虑后，我决定跟着村子里的几位大哥一起跑车。说起跑车的那段岁月，我还是要先从考驾照那时说起。

2010 年 6 月，由于工资微薄，收入基本月月光，有时甚至还入不敷出或难以接上茬，我下定决心辞去了当保安的工作。从此，我就开始天天寻找新的工作。我想尽快找到一份待遇不错的新工作，以便攒点钱去考驾驶证，先拥有跑车的最基本条件。我错过了年初体育馆的大型招聘会，想等待大学生毕业季的招聘会又苦于学历低下，就去人才网注册，去赶集网、百姓网、58同城发帖，在路边的报亭买有招聘版的《生活向导》报纸，每天早上8点半准时打开经济广播收听发布招聘信息的栏目，有中意的工作就记下电话，等节目结束后，在心里做一对比，然后挨个儿打电话咨询。遇到可以面试的，我就骑着自行车从乡下直奔城里而去。结果，基本上就是去填了张表，然后让我先回家等电话。一上午时间基本上就这样一晃而过了。酷暑难耐，摸摸裤兜里的钱夹，我连支冰激凌都舍不得吃。眼看到了中午，一碗4元钱的面也舍不得吃，一口气骑一个多小时自行车回到家里的时候，已经是大汗淋漓，上气不接下气。有时候，母亲在家刚做好饭，我还没洗手，她就已经盛好饭给我端了出来；而有时候，母亲在地里种菜还没回家，我就自己择菜、烧水、做饭。岁月匆匆，眼看着几个月过去了，我竟然没有找到一份满意的工作。北方已经天寒起来，心灰意冷、萎靡不振的我无心再找新的工作，这时刚好一个同学叫我一起去学车，我就硬着头皮跟父亲张口要了钱走进了驾校的报名大厅。所幸我资质还不是太愚钝，三项考试都一次性过关。不久后，一本崭新的驾驶证被送到了家门口。

那年除夕，我所在的这座城市下了一场大雪。远处，听说秦岭山顶卖防滑链的生意人把本来一副不到100元的防滑链竟然卖到了500元，就那还供不应求，近处，听说在公园南路路口跑车（此地跑车的都是五菱、长安等系列的七座、八座面包车，以拉人、拉货为主，没有类似出租车那样的小型轿车）的一伙人，戴着防滑链从起点往六公里处的陵园山脚下拉人。每年除夕，人们都要去陵园祭祖上坟。那年月私家车还少，大多数人是乘坐公交车到路口再转乘这种面包车到陵园，也有的为了省钱选择那种安装了防雨棚的机动三轮车，每人 3 元，单趟路程省 2 元。骑摩托车和自行车的很少，步行的和乘出租车的更少。清明时陵园会安排大班车，但除夕不安排，加之下雪，很多有车的人家为了安全和防堵车也会选择这种面包车。车费从平时的一个人 5 元涨到了 10 元，一个来回不到一个小时就挣了 100 多元。一天下来，最多的挣了 1000 多元，最少的也挣了七八百元。

正月初六，等最后一家亲戚刚走完，我就和父母商议可否我也买辆面包车去跑车。话刚一出口，首先就遭到了母亲的极力反对。原因有三：第一，驾驶证我刚拿到手，技术不过硬，出门开车家人操心多；第二，我身无分文，买新车的话至少得 3 万多元，买二手车的话，又不放心质量；第三，我也到了该结婚的年龄，却还没有对象，万一遇到合适的要结婚，一旦买车，结婚的钱又成了问题。父亲刚开始没吭声，只是慢悠悠地抽烟。母亲说完后，父亲说，听说跑车这几年不行了，三天打鱼，两天晒网，不稳定。前几年国家政策给农村买面包车补贴，买车的人很多，像这种行业国家也查得严了，一旦遇到运政稽查人员，难逃法网。我看到除夕那天的盛况只是个别现象，如果不下雪，那天生意也不会那么好。听了父母语重心长、有理有据的一番话后，我也不好再强求什么。于是我决定再度南下，找个管吃管住的好厂子，踏踏实实干上一年，先攒点钱再买车，说不定年底过年回家的时候还能带回来个媳妇。后来我去了邻居家小文打工的江苏常州一家电子厂，经过一年背井离乡、汗流浃背的生活后，年底的时候，我带着1张存有将近一万元的工行卡回到了家乡。

2012年春节刚过，春暖花开，冰雪消融，万物复苏。在我三番五次软磨硬泡地耐心沟通下，在找份好工作非常不易的实际情况下，我买面包车的想法，终于得到了家人的同意。在父母的大力支持下，我带着一点儿积蓄和一点儿从朋友那借来的钱，在一位比较懂车的大哥的带领下，走进了车城。最后我花了总共4万元买了一辆面包车，开回了家。接下来，买保险、挂牌等一切手续办妥后，我便正式开始了整整为期一年的跑车生涯。

家有家法，行有行规。车队也有个算是约定俗成的规矩，就是有生意了按到的先后顺序排队接活儿。也就是说，谁到得早，接活儿的机会就大。第一天，我去得很早，我记得我早上6点起来洗漱完没吃早饭就去了，结果排了个第三。买了份早餐吃完后，我就和队友们一样，坐在车上开始等活儿。等活儿的间隙，有时候各人坐在各人的车上睡觉，有时候几个人坐在一个人的车上抽烟、闲谝，东拉西扯，有时候几个人坐在车上玩扑克。我不抽烟，所以我基本上是自己坐在车上听广播或看看书。那时候我用的还是诺基亚的直板机，听不了歌，看不了电影，只能偶尔聊聊 QQ，登录一下新浪博客或浏览一下新闻。结果，那一天，我从早上一直等到了下午都没等到一个活儿。前面的两个队友都接了活儿走了，后面的有的接了电话（可能是以前的老客户或熟人有需要用车的）也走了，还有几个跟我一样在那儿傻等一天的。第二天，我把闹钟又提前了半个小时，结果我如愿以偿地排到了第一，也出了第一趟车。不过，不是说刚到根据地就开张，我到的时候是 6 点 40 分，而出车的时候已经快 9 点了。第一趟生意是一个附近饭店的厨师准备回县上老家结婚，从城中村的出租屋拉点购买的结婚用品回家，再返回来。根据地址我估算了这趟共二十五公里，要价 70 元，可是这个雇主很不爽快（其实我也能理解，都是农村人，去了老家后，看见他老家破烂的房子我就更能理解了），死活只给 50 元。后来旁边的队友劝说，新车嘛，就当磨合车、练技术认路了，去吧。队友们劝我去的另一个意思就是，我走了他们也就好接新的生意。我想了下，就成交了。我开车到附近的城中村装东西，一直拉到雇主的老家，卸了货，再返回原地。我看了下，总共花了三个小时，算个粗账，当时 93 号油价行情在每升 7 元左右，我的车是 0.98 排量，一公里路程下来油耗约为0.55元，也就等于三个小时挣了20元。我回来的时候已经是午饭时间了，车队只剩下了三辆车。第一笔生意，利润小也得好歹庆祝一下。火锅、炒菜对当时的我而言有点儿奢侈，我就说请队友们吃碗面吧，这样以后人家有活儿了需要的车多，也就会记得咱。我们四个人吃了四大碗面再要了一个拼盘共花了32元，这也算是感情投资吧。

吃完饭后，我们就又开始等活儿，一会儿有的出了一趟车的回来了，有的回家吃饭的也回来了。那天下午，倒春寒开始来袭，坐在车里的我被冻得瑟瑟发抖。我的车没空调，而暖风在车行驶的状态下效果较好，在车停放时如果打开，不仅不暖和，还特费油，所以冷也就只能忍。这时候看看路边那些站在寒风中卖水果、卖菜、卖馒头的陌生人，我顿时又不感觉冷了。等活儿的时候，我唯一头疼的就是上厕所。停车的周围没有公厕，如果上厕所开走车，排队的位置就没了，而如果不开车，虽说上厕所小跑着去来回也就不到十分钟时间，但是想起随时会来贴罚单的交警，心里不免发凉。对于我们这些面包车一族来说，一张违停的罚单100元罚款可是一笔不小的数目。有时候一个不小心被罚，可能两三趟生意的利润就没了，所以大家对于上厕所都是胆战心惊、小心翼翼的，尽量做到万无一失。

第二天下午快到5点的时候，已经只剩下我一人了。这一行，有时候去得早不如去得巧，等了一天没生意，有时候可能你刚走一分钟就又有人来雇车。所以，多等一分钟就是多一份希望。第三天开始，生意开始逐渐好转。原因一，时间临近正月十五元宵节，距停车点南方六公里处有一个陵园，四面八方前去挂灯笼祭祖的人汹涌而来。原因二，又到了几十公里外的临县一座山上一年一度的庙会时间，附近村子五六十岁居多的善男信女们五六个人组团包车前去上香。到了正月十五这一天，去陵园挂灯笼的人潮达到了顶峰。那一天，我来来回回跑了七趟，中午为了不耽误生意，只吃了一个肉夹馍。一天结束收入将近 400 元，这也算是我跑车生涯中捞到的第一桶金。

之后的日子，零零散散，啥活儿都有，不胜枚举。慢慢地，在有了一些老客户后，为了拉拢住更多的老客户，我花 20 元做了一百张名片，遇到客人就发一张，便于日后联系。春暖花开的季节是踏青旅游的好时节，每逢周末的时候，旅游包车的人开始多了起来，其中主要以大学生群体为主。目标景点都在周边县区，早出晚归，一天接一个活儿就够了。钱挣了，景点也看了，不胜快哉。也有各种户外徒步的驴友群，一拨一拨地成群结队来包车，前去近郊一些不用买门票、景色却也五彩斑斓的山里。由于接送时间跨度大，这些客户都是让我送到山下的路尽头，先付一半费用，然后留下电话，说好下午我来接的时间，我们就又回根据地。

这些驴友以市里几家大工厂的工人为多，都是通过 QQ 群联系的。其他各行各业的也都有，老师、干部、企业白领，都是固定有双休日的人，唯独生意人一个没有。男女比例平衡，年龄跨度从 20 岁至 50 岁不等，整体素质较高。驴友们一般回来的时候都带着自己吃喝过后产生的垃圾，有的驴友群还以净化山区环境志愿者为名，举着队旗，一边徒步锻炼一边捡垃圾。唯独一次，遇到过一群陌生的驴友，到了目的地后不给钱，说怕给了一半钱我们下午不去接，让我们下午把他们接下山后，再一起给往返车费。结果我们去接的时候，等到天黑也没见一个人影，后来听另一个车队的人说，那些人从南山进去后，从东山那个口出去了。那一次，我被气得差点儿吐血，真是赔了夫人又折兵。有时候，这些驴友到达出发点后，也会加点钱让我们直接把他们拉到聚餐的饭店、KTV 或浴足堂，但是我们都是送到目的地后收钱走人，从没有和那些客户们一起享受过。每次送那些客人的时候，我都不免暗暗羡慕驴友们衣食无忧、每周双休的美好生活。我常想，如果我也能有一份这样的工作，那该是多么幸福。

时间就这样一天天地过着，车上仪表盘里的公路里程表也在一天天地增加着。一个月后，我粗略地算了一笔账，一个月下来，减去油费后，结余基本是所剩无几。人常说自己选的路，跪着也要走下去。父母问起来的时候，我撒谎说，这个月还行，挣了 1000 多元。父亲默默地说，能行就好好跑，刚起步，要和那些老队友们多拉拉关系，让人家带着你，挣到钱了攒起来，尽快把在别人那儿借的钱还了。跑车那一年，我更深地体会到了亲情的伟大。每天晚上，只要我没回家，父母的电话就会打个不停，时间再晚，他们也无法入眠，刮风下雨的深夜更是如此。每次出门，母亲都说，开车把心操上，开慢点，宁停三分，不抢一秒，不要喝酒，路不好走，太危险的地方不要去，哪怕少挣一点钱儿，不要去冒险……如此絮絮叨叨个不止。也所幸，我那一年都平安无事。

这期间还有两种较多的活儿，就是婚丧嫁娶用车。我们周围的村子实行火葬已经很久了。每次谁家有人去世，第三天去火葬场一般都会用车。虽说这个活儿路程不是太远，时间也就半天，但由于是丧事，每次都是 100 元以上，在同等时间、路程条件下，算是费用稍高点的。结婚用车主要是本地人娶媳妇，前面雇佣的婚庆小轿车车队走后，中午吃完婚宴，喜事双方从村子返回的时候需要用车。这个活儿的费用一般在 80 元左右，但每次喜事主人都会给我们一包装着香烟和花生、瓜子的小礼包，图个喜庆。转眼又到了清明，去陵园祭祖的人又开始扎堆前来，生意也就又算是红火了几天。清明过后，我的生意进入了严重的低谷期，有时接连两三天都不开张。不开张不说，每天来回油费加上餐费至少也得十几元成本。也就是说，不但入不敷出，保底都难。后来也算是接了一个固定的活儿——一位兽医站退休的老干部在自家小区的地下室存着从厂家发来的兽药，每个周日去县上的村镇兽医诊所送药时会用我的车。一天下来，能挣将近200元。但是这个活儿有个麻烦，就是要拆掉中座和后座，回家之后又得装上。麻烦不说，小型客车装货如果被交警逮到，罚款至少200元，所以好多人不愿意干。这个活儿让我熟悉了周边所有县上的交通路线。一天下来，走走停停，开门关门，送药收账，可以说是马不停蹄，连喘口气的时间都没有。说是固定的活儿，实际上就等于是我艰难岁月中的一根救命稻草。这活儿是固定在每周日，而有时候周日生意多，顾此失彼，也只能无奈摇头徒伤悲，得过且过。

初夏来临，天气渐热。晌午时分，火辣辣的大太阳下，坐在车里和蒸桑拿没什么两样。这时候，那些摆摊的兄弟姐妹们坐在伞下，倒比我们强多了，最起码每天都开张。在焦灼万分、挣钱心切的那段日子，我想到过放弃，转行，再去老老实实上班。可是车不同于房，根本没有涨价的可能，从开出4S店的那天起，车就已经开始贬值了。现在去上班，车怎么办？放在家里，就如同一堆废铁。开车上班的话，可能血汗就都流到了油箱。跑车虽然不好听、不体面，但也好歹算是个工作，从此也就开始有人给我介绍对象了。可惜我见了两三个，结果都是以失败告终。究其原因：第一，我的工作不稳定，没有可靠的收入保障；第二，我这人太老实，人家问我一月能挣多钱，我也不遮遮掩掩，都是如实奉告，人家一听，跑都来不及；第三，有一个女孩儿曾说，你买车为啥不买小轿车？咱俩以后如果结婚了，我坐在你的车上，人家还以为我是送啤酒、饮料的，多掉价！听到这一席话，我当时很无语。我很想对那个女孩儿说，如果我有100万元，我还不知道去买宝马吗？

结婚可以晚一点儿，但挣钱可是一天都不能耽误。从小到大，只要是我欠着别人的钱，一块钱也好，一万元也罢，我都会坐卧不安，心存愧疚，一日未还，每夜难眠。成功学讲，选择大于努力。我也开始常常去想：我这次是又选择错了吗？我知道，错与对，只有时间会给我答案。

炎热的时节，碰上生意好的日子，我会大方地去超市买一瓶冰红茶来犒劳一下自己。而遇到未开张的日子，我不禁又会脾气暴躁，仰天长叹。那一年，我的写作也是毫无起色，创作量小，偶尔发表也都是一些在诗歌民刊上，有样刊没稿费。一次，意外收到了《贵州都市报》两首短诗100元的稿费，我当时乐了好几天。那时我感觉我的人生充满了悲剧色彩，除了用“这一切都是宿命”来安慰自己，别无他法。后来我才知道，并不完全是造化弄人，命运如此；生意也好，写作也罢，一切的失败和我自身的不够努力有着莫大的关联。

所幸苍天佑我，没有将我置于有车加不起油的境地。6月初的一个晚上，舅舅打来电话询问我的生意情况后，告诉我说，他的一个朋友在东边一个平原县里做直销，卖小家电，需要包车。管吃管住管油，一个月开车带打杂，工资2800元。听到这个消息的那一刻，我真是感天谢地，毫不犹豫地就应承了下来。虽说开车也几个月了，但以前走的都是省道或普通公路，这次去这个平原县的省道我没走过，有岔路，怕走错路，也由于对方时间催得紧，我就第一次上了高速。六十公里的路程，我用了四十分钟，当时除了有点儿紧张外，主要是右脚掌踩油门时间长了疼得难受。打电话联系到老板后，我就直接把车开到了临时租住的一家小招待所门前。通过了解，我才知道他们是走村串户在农村卖豆浆机和电压力锅的，卖的电器是一种小品牌，价钱也相对便宜，不过利润挺丰厚。模式是大老板从广东厂家直接发来货，下面分为几个小组，然后批发给各组小老板，哪个小组卖得多，小老板赚得就多。不过哪个小组去哪个村子卖，得由大老板根据村子的大小、人口密集程度来分配、安排，而且价钱必须统一。每个小组有大概五六个人。下午5点，老板叫我开车去附近一个村子的仓库装货，装完后再开回招待所的院子，以便第二天早上黎明前就可以出发。这个平原县是一个农业大县，为了避免去的时候村子的农民都在地里干活儿家里没人，所以我们每天都是起得比鸡还早，以错开农民下地高峰期。到达村子后，我们开始用喇叭宣传，并同时告诉大家，只要来活动现场，每人都有小礼品赠送。一听到小礼品，乡亲们可就乐坏了，不管买不买，先领份礼品再说。这一步步都是提前铺好的路。而且后来我听说，这个大老板是在北京拜过师的，他的师兄弟们有的在一些大城市卖产品，一个月有时能赚几十万元。看吧，这样的模式都是有心理学依据的，这些小礼品正是抓住了农村大多数人爱贪小便宜的心理。我们去到一个村子后，先是找块场地，支好桌子和音响，然后摆上豆浆机和电压力锅的样品。随后小老板就伶牙俐齿、口若悬河地开始宣传了。这年头，农民也不傻，说得再好老百姓也不一定就信，所以帮工就会打一些豆浆、西瓜汁、蔬菜汁，用电压力锅蒸一些甜米饭或麻辣鸡，然后用小的一次性杯子和牙签分给大家，让大家尝味道。这一尝，大家都信了，有人就说这东西确实好，买，值得买。在大家正交头接耳地商议到底买不买的时候，有人就开始问小老板，你们这东西看起来不错，不过你们走了之后，这电子产品万一有啥质量问题怎么办？其实大老板早在县城偏僻的街道开好了专卖店，小老板们是不用担心的，不但不担心，而且还会说，老乡们如果有啥不放心，可以去我们的专卖店现场参观。然后他会大声告诉大家地址和电话，并说，不过我们这是厂家搞活动，送货上门价位也便宜，如果去专卖店买可就贵多了。这一说，大多数人就确信无疑了；不过也有人不怕路途遥远，顺路或专程去专卖店实际考察的。这些都是意料之中的事。来县城之前，小老板也是得提前带个热水壶啥的去拜访下村领导。这一层层关系的走动，也就是怕在村里的活动受到影响。后来我听说，之前有一次他们去另外一个地方的时候，遇到了当地几个地痞流氓耍横要保护费，大老板为了大局，也曾花钱消灾。当时，一个豆浆机小老板的拿货价是 120 元，卖价 260 元；电压力锅拿货价是 150 元，卖价是 320 元。大老板从厂家的发货价没人知道，也就是说，大老板卖出去的货绝对是稳赚不赔的，而小老板是赚还是赔就看自己的本事和运气了。小老板在活动现场需要发放的礼品（筷子、不锈钢盆、勺子、铲子等），同样都是必须从大老板那里取货。那一个月下来，我们大概走过了六个乡镇的二十多个村子，每天的油费大概 50 元。我跟的这个小老板当时是个新手。大老板在分配活动场地的时候，会根据具体情况酌情考虑小老板的能力，以免给新手留个大村子——小老板不会宣传，浪费了好资源。小老板当时雇佣了我一个司机三个员工。一个月下来，我们五个人的餐费每天在 70 元左右，住宿是五个人一大间每月 1500 元，加上油费和免费赠送的小礼品，这笔账算下来，小老板一个月的成本就在 1 万元左右。所以一个月如果两样产品卖不到一百台以上，小老板基本上是不赚钱的，有时候赔钱也很正常。记得那个月还连续下了三天的暴雨，活动没法做，大家就待在宿舍里玩扑克。玩归玩，吃住还得由小老板管。大雨第一晚，小老板和另外几个小老板去酒店打麻将输了好几百元，凌晨两点回来脸都绿了。这一个月下来，这个县的村子我们基本上已经走完了，有些偏远的人烟稀少的村子我们是不去的。听说这期间有位老爷爷提着用了三天就出现问题的压力锅到专卖店要求退货，老板娘说啥都不退，还吵了起来。这也就是个别现象，绝大多数产品质量还是过关的。不过，后来等我们离开几天后，专卖店也就悄悄地关门了。我跟的这个小老板，经过实践学习也算是有了很大的进步，这一战的结局最终以胜利告终，听说在这个县这一个月下来，除去一切成本，他赚了将近 1 万元。虽说比起其他小老板，他这点钱不算多，但是比起我们这些打工的那也是强多了。我虽说工资高点，可我是一个人带一辆车，油费是不用管了，但车是消耗品，维修、保养、保险可是一样都不能少的。每想到这，我的心里就羡慕、嫉恨油然而生。

在这个县的活动结束后，大老板组织小老板开了一次庆功会，在总结经验、吸取教训的同时，也将下一战的场地确定在了陕南一个县。启程前，大老板给大家放了三天假，说是放假，实际上就是休息。要知道，放假是没工资的。提起陕南，我有点儿犹豫，因为这一去战线拉得比较长，我相亲就成了问题。打电话和家里商量后，我给老板说明了不去的原因。老板说一个多月了，大家也熟了，加点工资，一起好好干吧。后来考虑再三后，我还是婉言谢绝了老板的一番好意。

回到家里后，我计划先休息一天，买点糕点和水果带母亲去舅舅家看看 80 岁高龄的外公。还没出门的时候，手机却紧促地响了起来。电话接通后，我听出了是一位之前队友的声音，他说在路上见我开车回来了，刚好一家民办院校暑假招生需要包车，问我去不去，三天时间，每天 130 元，也是管吃管住管油，去的话，现在就到车队集合出发去学校具体面谈。生意就像运气，错过了可就无法挽回，我毫不犹豫地就同意了。到了学校谈妥后，下午 1 点我们就开始分头出发。队友们有去陕北的，有去陕南的，因为我车龄短，所以被分在了近点的关中。我这组的带队老师是学校保卫科的科长，他和我一样当过兵，所以一路上我们也是聊得比较投缘。从学校出发，我们一直沿着关中环线向东行驶，四个小时后到达了此次招生的第一个目的地——煤城。第二天，是中考的日子，我们的任务就是开车前往一所初中，给考完试的学生发传单（招生简章）。一天下来，我们去了四所初中，传单发出去了一千多份。下午 4 点，我们开始从煤城前往毗邻的苹果城，计划晚上住在苹果城，第二天继续招生。结果我这辈子都没想到，这一天，我的运气会差到极点，一下子陷入绝境。

快要到达煤城和苹果城交界的时候，在一个十字路口的红绿灯前方几十米的地方，一伙身着制服的人挡住了车，示意我靠边停车。我也没多想，以为就是个例行检查，驾驶证、行驶证我都有，心想不会有啥事，就把车停到了路边。停车后，我才发现他们不是交警，而是路政执法人员。一位路政执法员上前来问我去哪儿，我随口说是去旅游。他拉开车门看见三个穿校服的学生，就让我先下车，签个字。我也没多想就下了车，结果刚下车，另一个执法员就拔走了我的车钥匙，等副驾驶上的招生老师反应过来的时候，已经来不及了。拔钥匙的执法员问那位招生老师，你们是不是招生呢？那位老师脾气不好，说，给你说旅游了你没听见啊！然后招生老师就和这位执法员吵了起来。这边一吵，其他的队员就把三个学生又叫到了另一边。三个十七八岁的女生一看这阵势都被吓蒙了，就说出了真相。这时，有一位执法人员已经从后座上提出了两捆印发的招生简章，到此，已经可以说是铁证如山，无法抵赖了。一位中年的执法人员从旁边的一辆黑色越野车上走了出来，看样子应该是带队的。这位队长过来后，就开门见山地质问起来，老实点啊，老实说，你是不是包车了？一天给你多少钱？这下我彻底慌了，就只好开口求饶。我就说，领导，你看大热天的，我也就挣个辛苦钱，你看这事，我也是第一次来外地……嘴上说的时候，我很想给各位执法员每人先发支烟，缓和一下气氛，可惜我从不抽烟，那一刻只能干着急。在我服软的时候，那位老师却还在硬扛着，我去劝，那位老师却说，你不用管，没事，我给我战友打个电话。这时候，有执法队员已经安排三个学生自己坐路过的班车去苹果城了，还有人已经开始开罚单了。执法员对我说，我给你讲，你这是非法营运，罚款 3000 元。我的天！我想着也就罚个几百元了事，可没想到是 3000 元。这次出车因为吃、住、油都包，所以我身上也就带了 500 多元。那位老师电话打完了，战友让服个软，好好给人家说说，看能少交点不。那位老师狡猾地说，这个你自己想办法吧，我身上也只有几百元，还要给咱们掏生活费呢。那位老师身上到底有多少现金，我也不清楚。这就是没签合同的后果，说不清责任。我说，我一天就挣你们 130 元，你让我直接掏这么多也不合适吧？我是给你们招生拉的车。那位老师说，你先掏吧，回去了再说，我没钱，不行了那我重新雇车算了。这就是现实，谈到钱，刚还和和气气的兄弟瞬间就摆出了要翻脸的架势。就在我们喋喋不休地理论的时候，那边已开始催了，你俩商量好了没？没商量好你们慢慢商量，我们下班了。票开好了，钱取了到东边石门镇街道上的路政执法所交钱领车，6 点之前哦，6 点下班以后的话，就明天再来。车在那停一天，停车费 50 元，钥匙保管费 20 元，你们自己看着办。这一刻，我真是叫天天不应，叫地地不灵。这时，我只想花钱了事，我叹了口气说，现在就交吧，可以刷卡吗？对方说，刷不了卡，你们坐车去镇上邮政银行自动取款机取下钱，交了开车走人。这期间，我看见他们还挡了十几辆面包车，大多数都是煤城和苹果城同属一个城市的本地车，都没啥问题，就放行了。俗话说，是福不是祸，是祸躲不过。事已至此，只能自认倒霉了。到了石门镇，我几乎是含着泪从卡里取出了自己刚从平原县辛辛苦苦挣的钱。交了钱后，一位队员撕了一张票给我，回来仔细一看我才发现，它也不是国家统一的税务发票，而是什么行政处罚收据。几分钟后，我拿到钥匙、行驶证和驾驶证，开着车驶出了院子直奔苹果城而去。一路上，我和那位招生老师都没有说话。晚上，我给那位老师说，你给我把这两天的 260 元工资付了吧，我不干了，如果明天在苹果城再遇上这事，我就没法活了。那位老师却说，你现在走了，我去哪儿找车？说好的三天，你现在要走就走，一分钱没有。我问他，那我这罚款怎么办？你们学校不该承担点吗？他说，明晚回学校你拿着票找校长，这个我也没办法。权衡利弊，我只能乞求老天保佑，冒险干完最后一天。第三天下午回到学校后，那位招生老师带着我去找校长。校长是一位中年女性。这所学校是一所护士学校，占地几十亩，学生有四千多人，来自全国各地，我估摸总资产不下几个亿。那位招生老师说了具体情况后，校长说，这钱学校不能出，我们之前没有说到这些啊，车是你自己的，罚款肯定是车主出。欲哭无泪的我几乎是乞求着校长，我说，校长啊，你看我就一个打工的穷光蛋，好不容易挣几百元，却交了好几千元罚款，你说我这不是赔大了吗？这时，那位老师也开始说情。说了半天，校长终于在罚款单上签了字，叫我去财务处报销。至今回想起来，女性到底还是心软，要知道这学校是民办学校，每分钱都是校长自己挣的钱。不过这校长确实不差钱，在我们这座西部三线城市，那时候一天在大街上也见不到几辆保时捷越野车，而她的座驾就是一款白色保时捷越野车。这笔钱对她而言，几乎就是大海里的一滴水，而对我来说，可就是一座金山、银山，根本没有可比性。报销的钱拿到手后，我感觉就像是一笔在大街上丢了的钱又找回来了。我在心里不停地像感激菩萨一样感激着这位校长的大慈大悲。对那位招生老师说了几句感谢的话后，我就归心似箭地往家里奔驰而去了。

那一夜，我做梦都梦见了执法员身穿制服向我索要罚款的情景。我暗想，以后再也不去外地了，给多少钱都不去。第二天，我又开始像往常一样在根据地等活儿。此后半年，如果有去外地的活儿，我都会坚决拒绝。生意一直是好三天坏两天，饿不死，也发不了大财。究其原因，主要就是买车的人越来越多，原来常雇车的老客户如今基本上都有了自己的车，而拉货的生意被机动三轮车抢了大半。年底，一个偶然的机会，我有了一份较为稳定的工作，从此我就彻底结束了整整一年的跑车生涯。年底我算了一笔总账，算下来，那一年我也就净收入不到一万元，离还清债还差一点儿，而车的保险的缴纳期限也已临近，买全险得4000多元，买强险也得1000多元。全部生意里当然也包括亲戚、朋友等熟人的生意，基本上都是落个人情，无偿服务。

如今回想起那段我在公园南路跑车的岁月，心里不禁感慨万千。那一年，我的车行驶了将近两万公里，而挣的钱有一半加了油。那一年，国内油价涨幅不定，最高达到过所谓的“8元时代”。当时有人建议我把车改装成天然气，可这一改又得花4000多元，所以我一直没改。如今，我每天开着新买的小汽车上下班，从原来我们那个路口的车队根据地路过的时候，已经看不到原来车队的队友，根据社交平台上大家分享的现状，我知道大家都早已转了行。现在上下班的路上，自行车已经几乎绝迹，只会偶尔看见几个家贫的初中生骑着自行车上学，摩托车和电动车占据一半，村子里的小轿车、越野车也早已经是随处可见了。

交通公司的零活儿

2013年，虽然我有了一份较为稳定的工作，但工资很低，入不敷出。到7月份的时候，有了几天空闲时间，我就又开始为生计奔波。

这次的活儿是邻居家的一个伙伴叫我去的，给一家交通公司打工，每天工资120元，管一顿午餐。我在这家公司只干了两天。

第一天是在一处上塬的公路上安装减速带，在路边立一块“前方转弯，减速慢行”的蓝底儿白字标志牌。那天的气温在38度左右，八米宽的路上需要安装十几块黑色橡胶减速板。我们一行三人，邻居家的伙伴开车，还有另一个我不认识的人。车停到路边后，我们在前方十米远的地方放置好“前方施工，注意慢行”的告示牌，只允许那段路半边通行，然后我们开始用大型的电钻机在几十厘米厚的柏油马路上打洞——我这辈子只在那两天用过这么重的电钻机——每个橡胶减速板需要打四个洞，一个洞大概十厘米深，要保证一根手指粗的膨胀螺栓能完全打进去才可以。一个洞还没打到一半，我就没力气了。我们三个人轮换着，你一会儿，我一会儿，打一个洞，安装一根膨胀螺栓，再用铁锤砸到严丝合缝，连续打完了所有的洞。减速带安装完的时候，已经是下午 3 点了，我们又开始安装路边的标识牌。那天实在热得不行，吃完饭午休时，小伙伴买了三瓶果味的冰冻啤酒，我们坐在路边，喝得不亦乐乎。他们一边抽烟一边喝，我不抽烟，感觉只喝果啤就已经很过瘾。下午减速带安装完时，我实在渴得难受，就在路边买了半个一元一斤的宁夏富硒西瓜，那是我这辈子吃过的最爽的一次西瓜，回忆起来，比小时候用小麦或玉米在家门口换来的西瓜更让人难忘。

第二天，我们去一个新建的小区，给地下车库安装车位上的定位装置，画黄色标线。地下车库很凉快，但黄色的油漆味道实在刺鼻。我们先把又宽又厚的双面胶分两边笔直地贴在绿色油漆的地面上。一个小型画线车上有一个油漆桶，我笔直地推动车向前，一条线就画好了。等油漆干了后，我们再轻轻地撕掉两边的双面胶。那个地下车库总共有一百多个车位，那天我们只完成了三十多个车位的任务。那天晚上，一个同学说一个剧组正在我们这儿拍一部电视剧，大量招收群众演员，我就怀着好奇的心情报了名，第二天去了剧组。

当群众演员的两天

我没有去过横店，不知道在横店做群演是什么情况。我们这儿拍摄的是一部古装电视剧，总导演是张纪中，但我去的时候，已经接近这个取景地拍摄的尾声，后来也没见过张纪中。

群演分为好多部分，我们这个部分领工的是一个年轻小伙儿。本来我们工资就很低，每天只有 60 元，但结账时，他还要每天从每个人身上拔毛 10 元。盒饭可以管饱，但我想来这儿的人可能是都觉得新鲜、好玩，也就不在乎工资的多少了。当时因为是暑假，七八岁到十几岁的学生群演也很多。这个工作可以说大家基本上是抱着玩的心态去的。因为当时我早上开面包车从老家过来再回去，来回的汽油费得 10 元钱，然后在路边的停车费一天得 12 元左右。第一天，领工要求我们早上 6 点在市区一个酒店门口集合，统一坐大巴车去一处风景区里拍摄。大巴车在弯弯曲曲的路上拐来拐去，开了不到四十分钟的时候，我早上吃的面包就因为晕车全被吐了。晕车难受时，我只想下车。只要下车能蹲在路边或坐在路边缓缓，我就会好很多，但司机不可能停车，除非你不去了，随时可以下车。虽然看了这么多年电视剧，但自己还没拍过电视剧，也没见过大明星，我还是强忍了下来。

那是一部古装电视剧。我们拍摄的是一场战争的戏，我拿着一杆长枪道具，穿着兽皮和藤草编织的衣物，脸上被涂抹上一些泥巴一样的东西，戴上一头像野人的假发，成了一名勇士。这场戏我们拍了四遍，直到副导演喊“过”，才算完事。很遗憾，我没有见到大明星。主演的女演员虽然名气不是很响，却还有一个替身和助理。那个替身其实长得并不比女演员差。女演员休息的时候，穿便装的助理会赶紧走到她跟前撑开伞，递上一瓶矿泉水。我有幸和那个替身合了一张影，照片上她笑得很美，我却一脸严肃。当时我们遇到了一个身高两米一的演员，在休息的间隙，和他合影的人很多，我都没排上队。那是我这辈子亲眼见过的个头儿最高的一个人。

这个活儿一点儿也不累，而且很好玩。第一天我们早早就收工了。

第三天，出发时间还是一样。为了不晕车，我也可以自己开车到拍摄地然后等待集合，但那几十公里路的汽油费没人报销，这样的话等于一分钱不赚，而且山路比较危险，想想还是忍了。

第四天，我们晚上加班拍了一场夜戏。我们这些男男女女、老老少少的群演，分为十几堆一起烤篝火、烤鱼、跳舞，大家都很开心。大巴车载着我们回到酒店门口时，已经是翌日凌晨 3 点。那天太累了，第五天我就没再去了。当时剧组的人告诉我们，我们演出的情节会出现在剧集的第 14 集。

十多天后，这个取景地的戏拍完了，领工通知我领工资。我领到 100 元的时候，问他我啥时候能在银幕上看到自己。他说，明年吧。结果一直到现在，那部电视剧都未能上映。

题外篇：家庭记忆

1985年的春天，我出生在陕西关中西府、秦岭北麓、渭水南岸一个叫陈家滩的小村庄。我家祖辈世世代代都是农民，到了父亲这一辈，有三人跳出了“农门”：伯父做了医生，二姑当了工人，父亲是乡村教师。可实际上，只有二姑一人成了名副其实的城里人，因为二姑是双职工家庭，完全脱离了农村生活。而婶子和母亲都是农民，所以伯父和父亲也一直居住在农村，每天下班回家后或是周末的生活都和农民完全一样。从二十世纪八十年代到今天，中国农民家庭所遭受的苦难远远多于城市家庭，走遍大江南北，这一点都无可辩驳。套用一句托尔斯泰的名言：城里的家庭下班之后大多数都是清闲的，农村的家庭却各有各的忙碌。道理很简单，地球永远是圆的，成千上万的人修上成千上万年，地球也不会成为方的。

奶奶患病

1982年，母亲嫁给父亲的时候，爷爷已经去世了。父亲是他们那一辈中最小的，所以父亲和母亲结婚后，就和伯父分了所有房屋、耕地、牲畜、粮食、干农活儿的工具以及厨房的锅碗瓢盆，彻底分了家。从此，奶奶就跟着父亲和母亲过日子。

天有不测风云，人有旦夕祸福。1992 年端午节前的一个周末，母亲带我和哥哥翻山越岭去大姨家走亲戚。由于路途遥远加之黄昏时下起了暴雨，晚上我们便住在了大姨家。夜幕降临的时候，一阵急促的敲门声瞬间将我们置于惊恐之中。那时候全村没有一部电话，传递消息只能亲自上门。门开后，戴着草帽、披着化肥袋内层塑料纸、拿着一把手电筒的招录哥给我们讲述了事情的经过。下午的时候，快 70 岁的奶奶突然发病，半身不遂。等到父亲和乡亲们赶到时，奶奶已经无法站起。不知所措的父亲将奶奶背回了炕上。父亲缓过神来后，就叫招录哥赶紧摸黑来叫我们回家。招录哥刚出门，就下起了暴雨。我那时候还小，根本不知道奶奶病情的严重性，只依稀记得回家时母亲走得很快，下山坡时滑倒了两次，脸上泪水和雨水混在了一起，分不清是苦是咸。

一进家门，我和哥哥、母亲就脱掉了到处是泥的鞋袜上了炕，围坐在奶奶身边。三个出嫁的姑姑也都来了，狭小的房间里，一屋子人哭成一团。给方圆几十公里的乡亲们看了一辈子病的伯父，这次也束手无策了。那时全村一辆车也没有，生活条件的落后导致人们对于生命健康的重视程度也很低下。后来，父亲和伯父以及姑姑们商定，第二天一大早用架子车送奶奶去医院。

第二天到医院后，医生经过检查确诊奶奶为半身不遂，这种病据说当时农村基本看不好，只能听天由命了。医生没有建议奶奶去西安、北京或上海接受进一步治疗，一辈子生活在农村的亲人们也就依医生的嘱咐，带着医生开的几盒小玻璃瓶的口服液，带奶奶回家了。从此，奶奶的左胳膊和右腿就永远失去了知觉，在炕上开始了悲惨的晚年生活。一生勤快利索的奶奶一下子躺在了炕上，还要人端吃端喝、接屎接尿。她无法忍受这一残酷的现实，试图在身边没人的时候用针眼细的开关灯的绳子自尽，以图解脱。后来父亲发现了，就将绳子剪短了。奶奶又骗年幼无知的我给她拿剪刀和菜刀，万幸的是，那次我刚把剪刀拿去就被从地里回来的母亲发现了。后来奶奶对于自尽彻底无望，加之我们全家人每天伺候从无怨言，她也就以求终老了。人说久病床前无孝子，我的父亲母亲完全尽到了儿子和儿媳的责任，这一点我是看在眼里记在心里的。大冬天，母亲拿着一把破烂的旧笤帚去门前的河里刷奶奶的便盆，两手被冻得通红通红。三九天，河里结冰了，母亲多拿一把斧头去砸开冰层，也要给奶奶把便盆刷干净。如今回想起来，那时晴朗的日子，父亲会背奶奶在院子里坐一会儿晒晒太阳。奶奶从患病到去世的一年多时间里，没有坐过轮椅，这不能怪父亲，只能怪那个年代的人穷、条件差。那年月没有电视，没有智能手机，父亲在家的时候只会给奶奶用收音机听听秦腔。真不知那些时光奶奶是怎么熬过来的，我想奶奶也只有胡思乱想罢了。

奶奶去世前的一年多时间里卧病不起，她在人生的最后一段岁月里经历了何等痛苦的折磨，没有人能说得清。记得奶奶下葬那天，父亲含泪对我说，再把你婆看一眼，棺材盖盖上了就永远看不到了。在邻居叔叔伯伯们为奶奶盖棺材盖准备钉钉子的那一刻，我的泪水顺着脸颊滴在了奶奶的脸上。当我拿手去给奶奶擦的时候，被一位大伯骂了一顿，这件事我一生都未能忘怀。

如今，我买了车，住在了城里，整天手机不离身，可我的奶奶看不到了。父亲和母亲还住在乡下老家，每年除夕，虽然城里房子有暖气，但我都会开车带着妻子和儿子回去过年，跟着父亲去给奶奶上坟，在元宵节挂灯笼。2004 年，我从一所中专学校毕业，去东莞一家工厂打工。从那时起，不管我在哪儿工作，每次发工资了我都常常会想，如果奶奶还活着，我要给她买啥好吃的。而我能想起的却只是 6 岁那年，奶奶带我和哥哥去公园玩，她想在门口的一个卖汽水的凳子上坐下休息一会儿。结果，那个浓妆艳抹的女老板说，要坐可以，必须每人买一瓶汽水，不买不让坐。因此，我们便在一棵石榴树下站了一会儿。我知道不是奶奶舍不得给我们买汽水，而是那年月家里确实太穷了。

哥哥和父亲受伤

1994年夏天，同样是一个雨天。因为长期下雨，村里学校的小学教室突然倒塌，正在上课的哥哥被压在了房下。当时，学校附近的村民全部带着锄头赶到了事发地，他们用手和锄头刨出了受伤的学生，哥哥是被一个亲戚家的叔叔用洋镐刨出来的。随后，村民们用自行车、架子车、人力三轮车将受伤的学生分别送往医院。哥哥除了受到惊吓，并无大碍，只是右脸被划伤了，且伤口较深，后来缝了几针。那时候医疗技术差，哥哥脸上至今还留着一道疤。一道疤留在脸上，就是一个人一生的痛。虽然不在明显的地方，但也能看得清清楚楚。对于一个没结婚的人，不管是男是女，脸上留道疤终究不是好事。可是事已至此，只能相信命运，只能感叹天灾人祸，无可避免。哥哥当时住了几天院，记得当时的市委书记还到医院探望了受伤的学生，并带去了营养品。我没有在哥哥的病房见到当时的市委书记，但后来哥哥出院拿回家的一桶铁桶装的麦乳精，倒是让我的童年记忆中多了一种甜。那东西是白色的小颗粒，开水冲一碗喝起来像醪糟一样爽口，让人陶醉其中不能自拔。现在的超市好像没有卖了，只有每次想起哥哥住院的事情，我才会想起那段荒芜的童年里那道特殊的美味。

父亲那一次受伤，论程度，应该比哥哥的更加严重。

1995年学校刚放暑假的一天，天气炎热，干旱非常严重，地里的一亩多韭菜、黄瓜、豇豆、茄子、西红柿渴得眼泪都流不下来。每天在收音机上听天气预报的父亲，在无望中开始从河里挑水浇菜。那时我和哥哥还小，挑不起两桶水，但也跟在父亲后面用小桶提水。一亩多地被分成了好多小块，父子三人辛辛苦苦干了一天，却连十分之一的任务都未完成。我和哥哥喊胳膊疼的时候，其实父亲的肩膀已经磨破了肉皮，起了血泡。干旱的季节里，一滴水可能就能挽救一株菜苗的生命。看到耷拉着脑袋蔫蔫的菜苗，父亲心急如焚。挑水，既费力气，又费时间。天气太热，一勺水浇在菜苗根部就是杯水车薪，等第二趟挑水回来的时候，刚才浇的土地已经恢复了原状，作用不大。

夜里，父亲和母亲商量，要不借邻居家的水泵。母亲一生好强，怕求人，就让父亲去借。父亲是教师，平时每年过年给乡亲们写春联，乡亲们只带纸，笔墨都是父亲提供；谁家盖新房，给乡里土地管理所写宅基地申请书，都是父亲效劳。所以父亲在村里人缘很好，也受人尊敬，只要父亲出马，一般都能完成任务。商定后，父亲拿了一包烟就去河对岸的存生叔家借水泵。那年月，存生叔家是庄子里唯一有水泵的人家。一般只有亲戚家去借，他才会借。外人去借，他要不说借出去了，要不就说坏了，还没修好。所幸，父亲成功而返。

第二天，父亲摸黑就起来给水泵接电。菜地周围没有人家，想要直接插在人家里的插板上需要几百米的线，因此水泵的电源只能把引线接在菜地附近的电线杆上。父亲用旧窗纱把水泵吸水的部位包起来，再把它放在一个旧竹篾笼子里，最后才放进一个深水潭。水潭一定要深，水的高度必须淹没水泵，否则水泵就会被烧坏。两层的包裹实际上是为过滤沙子——河水里，有水潭的地方必有沙子，沙子一旦被水泵强大的吸力吸进去，容易堵住吸水孔，那时水泵就坏了。把水泵放好后，父亲就带着我和哥哥拉水管。那时候的水管是硬水管，像一条蟒蛇一样，用完后盘起来用绳子扎住，再次启用时需要慢慢解开。这听起来简单，做起来却并不容易。放水管时如果不注意，很容易折断水管，折断就麻烦了，就需要用更粗的水管把两头用火烤软后迅速连接起来。别说粗一点儿的水管家里没有，水管一旦被折断了，父亲根本没法向存生叔家交代。借人东西，必须完璧归赵，如果损坏，赔偿不说，以后还怎么再好意思开口？父亲放得很慢，放得心惊胆战，在我和哥哥的协助下终于放好了。

我和哥哥已经迫不及待地等在了出水口，等父亲接好了电线，第一股水便像一条蛇一样迅速流淌了出来。父亲在河边的电线杆上扯开嗓子喊，有水了没？还没等父亲话音落下，我和哥哥就争先恐后地回答，有了，有了。父亲来地里后，就让我们回家玩去，可是我们都不愿意回。那年月的孩子没有多少玩具，什么铁环、木剑等早已玩腻了，见到任何新奇的东西都是兴趣满满。我们一边看避险的蚂蚁逃命，一边看晒死的蚯蚓被水冲得死无全尸。太阳升起来的时候，母亲在二楼的烟囱旁喊我们回去吃饭。我和哥哥不得不服从命令了，吃完饭还要给父亲送饭。水泵浇地的好处就是接好水管后就可以边歇边浇了，可是父亲并没有闲下来。平日里上班时间，他是乡村小学的语文教师，是学校的教导主任，可是只要回到家将自行车停在屋檐下，他就是彻头彻尾的农民，啥活儿都干。菜地旁边有一小块地，父亲准备种点青菜。种青菜的地，土必须尽量细碎，用镢头挖完地的父亲就边浇菜边用耙子搂土块，再把搂成堆的土块集中用镢头背打碎。就在我刚提饭走到地边的时候，一件不幸的事情发生了。

刚挪完水管的父亲，在转身的一刹那竟然踩在了倒置在地头的耙子上。那一刻，我只听见父亲“啊”了一声，就坐在了地上。耙子一般有八根铁齿，而且头部很尖，那凶险的场景，让我想起李连杰在电影《太极张三丰》中与董天宝打斗的那一幕。父亲穿的是老旧且有漏洞的黄胶鞋，不知穿了多少年走了多少路的鞋子——鞋底已经被磨得光亮光亮的，很薄很薄，踩在耙子的头部，当然一下就被穿透了。父亲没有那么好的运气，能刚好踩在指缝中躲过这一劫，但其实也算幸运，只踩上了最边的一根。坚强了一生的父亲，只有在奶奶坟前哭过的父亲，男儿有泪不轻弹的父亲，在剧痛之中，眼泪流了出来。我惊慌失措，呆若木鸡地傻站在那里。父亲没有叫我帮忙，鲜血已经将父亲浅黄色的胶鞋染成了红色。这时，父亲咬了咬牙，自己把脚抽了出来。周围的地里没有干活儿的乡亲，父亲让我跑回去叫母亲。他疼得站不起来，我个子太矮，无法搀扶他回家。我“嗯”了一声就被吓得飞奔而去。到了家里，母亲正在洗锅，听到我的哭诉，二话没说，就去邻居家叫了年轻的宝林哥去地里帮忙搀扶父亲回家。宝林哥说，估计父亲疼得要命，走的话不好走，背的话也疼，不如拉架子车去拉回来。然后，宝林哥就找轮胎，找气管打气；母亲却早已拿了两个火柴盒往地里去了。火柴盒两边擦火的地方是黑褐色的，含有硫磺的成分，有止血的功能。母亲撕下来先给父亲贴上，再用一个干抹布裹住了伤口。我们从地里离开的时候，父亲还让我去挪挪水管，说不要让有的菜苗被水淹死了，有的却被渴死了。那年月没有电话，没法打 120，只能自己去医院。走在去医院的路上，我又想起了拉着奶奶去医院的情景。我被吓得不敢说话，只是一直跟着朝前走，也不知道多久才能到医院。

母亲的职业

这些年，我给母亲写过很多诗，文章倒是第一次写。母亲今年 65 岁，她一生的苦难太沉重了，我认为再写一百首诗也是写不完的。写到这里的时候，我想起了李健的一首歌《父亲写的散文诗》。那首歌的现场视频我不知看了多少次，看一次，哭一次。那首歌之所以能感动人，主要是因为歌者演唱的真实感和触动感。如果像歌里唱的，父亲像一张旧报纸，那么母亲就像一团旧卫生纸。

外公和外婆一生未曾生育孩子，他们从母亲的亲爹亲娘家里一次抱了两个孩子，一女一男，亲姐弟，为了以后好相处。可是人间的悲痛从来不饶人，母亲 6 岁那年，比她小一岁的亲弟弟因为太饿，一次夜里吃了太多蒸熟的马铃薯，腹胀难忍，在外公背他去医院的路上当场去世。后来，母亲又赶上了地震。母亲对于童年那场地震的回忆，远远深刻于 2008 年的汶川地震。

母亲爱唱秦腔、爱跳舞，多次登台演过节目，还被村上选为社火演员，正月十五在城里人面前表演。如今每年正月初一村里迎新年，母亲照样演出。她虽没有一部智能手机，但也喜欢在别人手机上看短视频软件中演出的自己。那时候，母亲是开心的。母亲在娘家的苦难距今太遥远，就从嫁到我们陈家说起吧。母亲每次和父亲吵架，第一句话就是：“我从嫁到你们家，一天都没有闲过……”此话不算夸张。不管是晴天雨天还是雪天，不管是在城里还是农村，母亲只要睁开眼睛，就总是一刻也闲不住。

至于晚上熬夜纳鞋垫、做布鞋之类的就不提了，主要说说母亲的职业吧。刚和父亲结婚时，母亲除了要忙一年的春种夏收和秋收，还要去家后面的秦岭深山里挖柴胡、穿地龙、猪苓等药材。挖得少了，她会埋怨运气不好，光走路了，没有成果；挖得多了，她又背不动，有时候就两捆换着背，等父亲下班了去山里接。累点苦点，母亲从来不在乎。为了这个家，为了她的两个儿子，她连命都舍得。母亲的弱点是胆小，每次在草丛里碰到蛇都会被吓得号啕大哭，惹得同行的人笑话。这些药材的生长周期都比较漫长，后来慢慢地没的挖了，母亲就开始在山脚下的一个粉石厂装拖拉机。母亲个子不高，拖拉机的车厢却不低，她一铁锨一铁锨，不知装了多少回。

后来，家里栽种了几十棵苹果树。国庆节过后，母亲就开始骑一辆飞鸽牌 28 梁的加重自行车，后座两边驮两竹筐红艳艳的秦冠苹果，去十公里外的城市走街串巷地叫卖。前两年，秦冠苹果还好卖，可后来大量的红富士涌入市场，秦冠因为口味和不耐储藏等原因，一下子就失去了竞争力。在几乎收益为零的境况下，邻居们有的挖了秦冠改种红富士，有的积极响应村上政策栽猕猴桃，也有人栽矮化核桃树和樱桃树、梨树、葡萄树，一时间各打各的算盘。每年春天，百花争艳，到了夏秋，却不知谁富谁贫。我们家住在山下，去城里的路是下坡路，卖苹果也无所谓，只要自行车的刹车好着，就不怕。

挖了苹果树后，母亲又开始喂猪。早些年，家家只喂一头猪，主要喂草，偶尔给猪槽倒点剩饭或发霉的馒头，就等于给猪过年了。可现在变成了规模化养殖，全村有规模的养猪户都养三五头到三五十头不等。猪吃饲料太贵，全村人几乎承包了市里十分之一的大小饭馆的餐饮垃圾（俗称泔水），每天下午去回收。泔水人人皆知，又脏又臭，这个母亲根本不怕，她怕的是重。当时家里喂了五头猪，不仅数量增加了，原来的黑毛猪也换成了白毛猪，原来石头垒的猪圈也改建成了旧砖修建的新圈。猪多了，吃的也就多了，草要多，泔水也要多。从此，母亲的车座后面又变成了两个铁皮桶。去城里带泔水和卖苹果刚好相反，卖苹果负重的时候是下坡路，而带泔水负重的时候是上坡路。母亲不到一米六的个头儿，回家时候车上再带两桶加起来一百多斤的泔水，只能推着车走。不管春夏秋冬，风吹日晒，下雨飘雪，电闪雷鸣，她一步一个脚印推着自行车，一天也不能耽搁。猪和人一样，一顿不吃饿得慌，所以母亲就算生病了也坚持去。那时候，母亲承包着三个小饭馆的泔水，分别是一家川菜馆的、一家面馆的、一个面皮摊的。那时候，母亲不怕自己生病，就怕猪生病。日日夜夜、辛辛苦苦将近一年时间喂一头猪，直到猪贩子把猪拉走，把钱给到她手里，她才能舒口气。如果猪生病，花钱请兽医也没事，就怕看不好，病死了就成了垃圾，还得挖一个深坑埋了，从金钱的意义上而言，和河里的石头没啥两样。她还怕饭馆的老板生病，老板生病，饭馆就会关门，泔水就没着落。下雪天骑车很容易滑倒，她滑倒也不怕，就怕自行车倒了，把泔水倒路上了。现在的人们已经忘记饥饿的滋味了，想起那些年猪饿得嗷嗷叫的样子，也真是可怜。刚开始，饭馆老板很高兴，店员不用倒泔水了，可以腾出时间干其他活儿。可后来，要泔水喂猪的人越来越多，老板们也就摆起了架子，要泔水的人每个月得给店里买点洗衣粉、肥皂，算是利益交换。买的多少根据饭店的大小不等决定。你不买也行，想买的人多的是。当然，承包饭店也要承包生意好的，生意不好的有时候一天半桶泔水都没有，只会误事。好不容易把泔水带回家，不是直接加点草或麸子就可以喂的，为了减少猪的生病概率，还得把泔水烧开消毒。那年月没有天然气，也没有煤气罐和电磁炉，全是烧柴，后来柴跟不上，父亲就去修车铺捡废轮胎。这东西做饭烧肯定不行，但烧泔水是在屋后的茅棚下，四面敞开透风，可以用作燃料。柴是节省了不少，可那种臭味，闻过的人才知道。村子里喂猪的不止我们一家，我们家算是少的，喂得多的人家要两三个人用三轮车去拉泔水。如此，各家的晚饭不只被泔水烧开后的臭气，轮胎燃烧的臭气也到处都是，再加上猪粪的臭气，那味道就更不用说了。臭且不说，那年月环保政策不严，一次性筷子到处使用，碗上套塑料袋也是司空见惯。泔水桶里不只是泔水，烧开之前还得捡掉这些垃圾中的垃圾。当然，垃圾中有时也有闪闪发光的金子。有一次，村子里有人在猪槽中捡到了一枚被猪吃剩下的金戒指，这让母亲好生羡慕了几个月。也许你觉得有点儿恶心了，我只能请你原谅，在这样的故事里，容不得半点儿掺假。

全村喂了几年猪后，随着肉价行情的变化以及社会经济的转变，这种小打小闹的养殖业已经没有太大的生存空间了。那一年，新上任的村主任开始在全村发展蔬菜种植。作为农民，自古靠山吃山，靠水吃水。发展蔬菜种植，让原有的平地里小麦和油菜变成韭菜、豇豆、黄瓜等各种时令新鲜蔬菜，也不失为明智之举。种菜后才知道，种菜远远比养猪更辛苦。谁也不曾料到，家里种菜一种就好多年，从我上小学种到了上中专。菜农到底有多忙，用我记忆深刻的一件事举个例子：我中专第一年的暑假，从学校图书馆里借了本《简·爱》，结果一个暑假就看了三页。捂地膜、插菜架、绑菜蔓、施肥、浇水，程序繁多，而且一样也不能省略。为了在菜市场占个好摊位，早上 5 点就得出发，6 点就要到市场；而为了保证蔬菜新鲜，早上 3 点多就起来打着手电筒去摘黄瓜、豇豆。晴天还好，下雨了每次都被淋成落汤鸡。韭菜好种，却是最难择的。它的根部会有很多脏东西和腐叶，把它们择干净还需要用绳子分成一小捆一小捆的。割一次韭菜，一个人在家光整理就得一天左右。坐着腰疼，蹲着腿疼，站着眼睛疼，所以只能不停变换几种姿势。比起择菜，卖菜更辛苦，生意好的时候憋着不上厕所，就想早点儿卖完；生意不好的时候，上厕所也要跑着去跑着回，以便避免错过买主。如今的厕所收费的几乎已经绝迹了，要知道那些年上厕所是收费的，从一毛钱涨到五毛钱，所以有时候母亲憋着不上厕所，也是为了省钱。为了省钱，为了减少上厕所，母亲就尽量不喝水。现在说起母亲的病，当然与那些年卖菜不无关系。

卖菜卖了好多年后，村子里又开始种植松树苗。松树苗品种繁多，主要以白皮松为主，夹杂有油松、华山松、樟子松等。白皮松是我们这个城市的市树，适合在我们这样的山城气候条件下成长。以前家里的土地是一亩多用来种菜，五亩多用来种小麦和玉米，村里倡导种植白皮松后，家里的土地全部种了树，只留了一分菜地。可是，如今白皮松行情也是连年下降，利润几乎没有多少了。种植白皮松没有以前那么忙碌了，母亲又开始在城里的小区打扫卫生，在饭馆端菜、洗盘子。

母亲的一生太不容易了，她的职业经历只是一个中国农村妇女的缩影。我也只列举了几种她从事时间长的主要职业，有些比如刷漆、发传单、水果市场装箱子等等，几天或者几个月的短工都没有写到。自从我和哥哥先后在城里买房后，本该歇息下来跳跳广场舞、在公园里的自乐班唱唱秦腔戏安享晚年的母亲，不但没有歇息，反而更加卖力了。可是毕竟岁月不饶人，母亲的身体已经大不如前，高血压、萎缩性胃炎、尿频、头痛，多种疾病在不停地侵袭着她的每一寸肌肤。

辛苦了一生的母亲，我欠她的太多了。不仅如此，我还常常对母亲发脾气。母亲一辈子常常教育我，一粒米就是一条命，看见我扔掉发霉的馒头或倒掉变味的剩饭时总是训斥我。削南瓜皮的时候，我削得厚了她也说我浪费。她卖菜的时候，渴了常常喝矿泉水瓶子里装的给菜喷洒的河水。我偶尔给她买一瓶饮料或一个冰激凌，她也想喝想吃，但嘴上却怪我乱花钱。有时候她去市里买东西，中午饿着不吃饭，回到家才做饭，在外面吃也就吃一碗面皮或豆花充充饥，从来舍不得吃份快餐或吃碗面。我常常给她讲身体与吃饭的重要性，她总是听不进去，她只有一个信念，能省就省。买东西也是磨破嘴皮子跟店家讨价还价，她卖菜时候一斤韭菜卖 2 元，对方给 1.8 元，不到收摊前她坚决不卖。路上看到一个一角钱的硬币，她骑着自行车也要停下来，把硬币捡起来装进兜里才离开。想起文人常常说的“铜臭”，我非常羞愧。我只知道母亲的不易和母亲对这个家的无私付出，在母亲面前，我不谈高尚，但母亲和天下所有母亲一样高尚与伟大。前几年，村子里有个比我还小的年轻人得了尿毒症，村上号召大家捐款，母亲很大方地捐了 100 元。

这些年，夜里回想起来自己对母亲的过激言辞，我常常是悔不当初，而每次在家庭琐事中面对固执、思想观念陈旧的母亲，我又无计可施。因此，我只能尽量装聋作哑，顺从、妥协以尽孝。写到这里，我想起了诗人江非的一首诗，反复读来，发现虽然相隔千里，我的母亲竟然和他的母亲一模一样，请恕我全文收录如下：

我的母亲没有慈悲之心

江非

我的母亲不爱菩萨，她没有慈悲之心，面对一只公鸡，她杀了它

我的母亲不爱我们，我们撒了饭饼，她打我们

我的母亲她不跳舞，也不去看别的女人在冬天和裙子中跳舞

我的母亲每晚都要把活儿干得很晚，干到天亮

干完了活儿还要过来摸摸我们，把她的脸

低低地俯向我们，数数我们

好像弯腰在地上捡拾掉落的线轴和细细的缝衣针

我的母亲还活着，在北方，在那个有路人和灵魂路过的房子里面

我的母亲头发都白了，就像昨晚屋顶上刚刚落下的雪、盐罐里的盐

我知道，雪总是要融化，然后汇入河流，流入浩渺的大海

我的母亲今晚刚刚烙完面饼，又为我们的衬衫缝好丢失的纽扣

我的母亲如今已不再伤悲，也不再用她杀鸡的手来打我们，但摸我们

尾记

爷爷在父亲和母亲结婚前就去世了，他的苦难我只是有所听闻，未曾亲眼所见。而我作为家里的次子，受的苦自然比别人少，也就只字不提了。

一个家庭就是人间的一个细胞，人间尚有各种苦难，更不用说一个家庭。远的不说，在我们村子里，我们家这些年所遭受的苦难和别人比也不算太多，程度不算太严重。我记下这些，只是为了对过去的时光进行一次回忆。只是想等我的儿子长大了，让他看看，能够知道祖辈们的辛酸和不易，以增强学习的动力。这些年，随着国家各种政策的强力实

施，每一个农村家庭的面貌都在发生日新月异的改变，每一个家庭的苦难都在减少，这是我们每一个人想看到的。忘记过去等于背叛历史。我们每一个人都应该记住曾经的苦难，都应该在苦难中变得更加坚强。吃得苦中苦，方为人上人。不管能不能成为人上人，我们都要有吃苦的精神、勤俭节约的精神，都要有改变现状、努力让生活过得更加甜美幸福的精神。如此，一个人活在人间的意义，便足够了；一个家庭历经苦难之后，也就会收到上天的福报。

如今，我和哥哥都在城里买了房子。我的父亲退休七年了，他的退休金和母亲两个人花也花不完，可是他还是坚持一个人住在乡下老家，在地里干农活儿或偶尔去工地打工。我的母亲还在一家物业公司打扫卫生。父亲和母亲不为自己的穿金戴银，更不为自己的吃喝玩乐，他们活着的每一天，都停不下来。这是中国农民朴实的共性，至今未曾改变。

后记：每一段经历都是一笔人生财富

这本书，是我的打工生涯回忆录，也是一本我的青春自传。书中所记录的，是我2004年中专毕业后到2013年夏天，近十年间打工的生活经历。其中，2006年12月至2008年12月，我在部队服役。2013年后，我有了一份稳定的工作，彻底结束了以前飘来飘去的打工生涯。我知道相对于很多人而言，我的这些打工经历根本不算什么苦痛的生活。我只是想记录下它们，作为一份社会资料也好，写给自己的内心也罢。

以前没想过要出版这样一本非虚构作品集，直到2023年，我读了胡安焉的首部非虚构作品集《我在北京送快递》后，我觉得，我也应该把以前所有的打工经历都写一遍。于是匆忙动笔，在以前已经写了一部分的基础上，又对自己打工生涯的点滴生活进行了完整的回忆。书中有些篇章已经断断续续在《天涯》《延安文学》《中国作家》等几家杂志上发表过。

近十年来，文学界对于非虚构写作已经有了很大的包容。在这十多年间，我的写作体裁各式各样，对于非虚构作品的阅读热情也丝毫未减，这些作品给人所带来的视觉冲击力和心灵震撼太过强大，常常让我欲罢不能。

从慕容雪村的《中国，少了一味药》、梁鸿的《中国在梁庄》、黄灯的《大地上的亲人》、周芳的《重症监护室》和《在精神病院》，到袁凌的《寂静的孩子》、弋舟的《空巢》、陈年喜的《一地霜白》、塞壬的《无尘车间》，再到胡安焉的《我在北京送快递》、张小满的《我的母亲做保洁》、陈慧的《在菜场，在人间》，等等，每一本书，我都非常喜欢。它们每一本，都可以给我强大的人生安慰，都可以让我对人生和人世间有更清醒的认识，都可以让我在遇到困难和挫折的时候，找到坚定的信心和无穷的力量。

对于国外的非虚构作品，我的阅读非常有限，如果把美国作家菲利普·罗斯的作品《遗产》算作非虚构作品的话，我想它一定是一部世界一流的作品，丝毫不逊色于获得过诺贝尔奖的作品。

现在仔细回想过去，我不会再悲叹命运的不公，不会再痛恨上天曾经让我遭受的一些人生之痛，反而觉得是这些真实的经历让我慢慢变得更加成熟，让我变得更加热爱生活，珍惜生活。其实，每一段经历都是一笔人生财富，在未来的生活里，让我取之不尽，用之不竭，给了我永远的阳光和雨露，让我在平凡的小日子里，懂得了善良，明白了只有不断学习、更加努力生活，才会有更美好的生活。

最后我要感谢文学，是它让我的精神世界变得更加丰富，让我的现实生活变得更加充实。我希望每一个热爱工作的人都会有一个美好的未来，也希望每一个喜欢阅读的人都能有一份更好的工作。